中川李枝子の世界へ

冒険って何？
怖いことって何？
悪いことって何？
生きるって何？

物語の世界では、子どもたちは日常のふとした瞬間から不思議な冒険の旅に出かけます。

主人公はどこにでもいる男の子と女の子。いたずらっこで、わがままで、くいしんぼうで、かんしゃくもちで、弱虫で、どうしようもないきかんぼう。とんでもないことをしでかす子や、恐ろしいことに首をつっこむ子が、たくさんいます。でもみんないざという時にはとても賢く勇敢に、もしくはラッキーに、危機を乗り切ります。

人に会い、景色を見て、たくさんのものを得て、そして失う。

子どもたちは、楽しいことやゆかいなことは大好きでも、一番大切なことはきちんとかぎわけて、また家に帰ってくる。

本当の子どものための中川李枝子の物語。

すべての子どもたちに、そして子どもだったあなたに、この特集を送ります。

目次

Cover Artwork by Rieko Nakagawa
Jacket Artwork by Soya Nakagawa

中川李枝子
冒険のはじまり

「そらいろのたね」中川李枝子 さく 大村百合子 え 福音館書店 刊 ©Kentaro Yamawaki

きっぱり、のひと

工藤直子

artwork・中川宗弥　写真・朝岡英輔

李枝子さん
気がつけば長い長い出会いですね

こどもには、いのちがけよと李枝子さん
　保育士時代の　こどもを守る懸命さ　すごい

まっすぐな　大樹のような李枝子さん
　会議で　あわてふためく姿　みたことない

どんな場でも　きっぱり不変の李枝子さん
　意見をのべると　まるで太い文字のよう

李枝子さん　カッコイイな　と
　ずっとニコニコみていました

李枝子さん
これからも　いっしょに、ね

対談

世界は絵本を窓として生まれる

中川李枝子×工藤直子

構成・新井敏記

ふたりの出会い

中川　私たちの出会いのきっかけは岸田衿子[1]さんかしら？

工藤　そうね、谷中に住んでいらした衿子さんが「今度、うちで先生を呼んでヨガやるわよ。その時、李枝子さんとあなたを誘う」って。

中川　そうそう、衿子さんのおかげ。

工藤　私は『ぐりとぐら』[2]が好きで。それで李枝子さんに出会ったら、好きになっちゃった。

中川　あら、光栄ですこと。

工藤　『ぐりとぐら』は大らかな理由のない世界を作ってくれた。みんながあれを好きになるのはわかります。私は子どもの本の世界というものに遅く入ったから、その世界のことはまったく知らなくて。

中川　あなたはちゃんと仕事していらしたから。博報堂でね、ずっと。

工藤　そのあとフリーの編集をしていました。角野さん[3]や神沢さん[4]もすてきでしたね。李枝子さんのことをいいなあと思っていたら、絵を描いた妹の百合子さんとも会って好きになったのね。それで三人で月一で会おうって決めたの。

中川　そうだったわね。

工藤　百合子さん、親父ギャグがうまかった（笑）。

中川　そうだった？

工藤　サラッと言うのよ。楽しくってねえ。三人で牡丹が花盛りの鎌倉に行った時、「この集まり、続けたい」って言ったら、ふたりとも「悪くないわね」って言ってくださって。で、それなら集まりの名前が必要だということになった。そうしたら百合子さんが「びばの会ってどう？」って言ったの。“Viva”のことかと思ったら「美婆」だった（笑）。

中川　そんなこと言っていたかしら？　あの頃みんな元気だったから。本当に楽しかったわね。世界一周くらいしたかったわよ。

工藤　毎月やりたいって思ったけど、……あの頃は、忙しかったんだろうね。結局一回だけでおしまいになっちゃった。

少女時代

中川　なにしろ本のない時代でした。戦争が始まって、国民学校の三年生の時に疎開令が出て、私は姉と一緒に札幌へ。そして四年生の時、終戦。だから三月十日の東京の大空襲も遭ってないの。

1　詩人、童話作家、翻訳家。一九二九～二〇一一年。絵本『かばくん』（中谷千代子絵、福音館書店）など。
2　中川李枝子・大村百合子作、福音館書店、一九六三年刊。
3　角野栄子。童話作家。一九三五年～。『魔女の宅急便』（福音館書店）など。
4　神沢利子。詩人、児童文学作家。一九二四年～。『くまの子ウーフ』（ポプラ社）など。

親は三月十日に大空襲があることを知っていて子どもたちを疎開させたのかしら、なんて思ったりしてね。子どもの時は、居場所が学校と家しかありません。道草はだめ、お友達の家に遊びに行ってもだめ。学校に行っているか、家にいるかなんです。暇な時間がいっぱいあるのね。サイレンが鳴ればすぐに家に帰されちゃって、家から出たらだめだって。だから身の回りにおもしろいことはないかっていつも探していました。子どもはおもしろいことがあるから生きているのよね。そうしたら、家に本棚があった。

工藤　そこで本にいったの？

中川　そう。父はとっても整理整頓が苦手なのよ。うちの家系はみんなそうなの。昔の本棚って大きいんですよね。ガラス戸がついていて。そこに何から何まで全部押し込んである。それをきれいに並べるのが私の遊びだった。そうするとやっぱり手に取ってみるでしょう。それで本に興味を持ちました。最初に読んだのが岩波文庫の『グリム童話集』。タイトルがカタカナだったから読めたんです。仮名もみんな振ってあったから。金田鬼一さん翻訳で、「鬼」って名前に付くのがまたおもしろくってね。なにしろいろんな本が全部押し込んであるわけ。『金色夜叉』[5]とか。

工藤　いろいろ読んでいるのね。

中川　あら、読まなかった？

工藤　うん。親いないし。

中川　ああ、あなたお母様いないしね。

工藤　誰も読んでくれないし。

中川　でも私も人に読んでもらった記憶は全然ない。字は生まれた時から読めると思ってる。

工藤　ふふふ。あなたも親に読んでもらってないじゃん。

中川　私は親に読んでもらおうなんて、読んで欲しいなんてちっとも思わない。本は自分で読むもの。

工藤　そうね。

中川　誰もいないところで邪魔されずに、じっくり読むの。今もそうよ。

工藤　それが一番。私の親は学校を休ませました。台湾は空襲がひどかったんです。私が住んでいた場所は日本の航空基地があったんで。

中川　じゃあ危ないわね。

工藤　幸せな休校。どこにも行かないで遊んでいられるから(笑)。

中川　へえ。私のクラスの先生なんかは、ごほうびに本を読んでくださったわよ。

工藤　私の先生も。一年生の時。

中川　それでね、先生が教室に入ってくるのを廊下側の子は見ているの。「あ、先生、本持ってる！」って言うと、教室がみんなわーっとどよめくわけ。

工藤　ねえ、それは男先生だった？　女先生？

中川　女先生。

工藤　うちも女先生。

中川　男の先生は一年生の担任なんか持たないのよ。学年主任とか。

工藤　みんな兵隊さんになってた時期だったしね。

中川　村岡花子さんの本とか読んでもらいました。

工藤　私は『十五少年漂流記』[6]かな。それから巌谷小波の『こがね丸』[7]。

中川　あら、そんなの耳から聞いてもおもしろい。

工藤　おもしろかった。わけがわからないけど、リズムがおもしろかった。

中川　私は何を読んでもらったか覚えていないけど、先生が本を読んでくださるっていうんで、みんなでワクワクして。先生が机の間を本を読みながら歩くの。それで先生がちょっと撫でてくれるのよ。頭に触ったりしてね。

工藤　あら、いいわね。

中川　そりゃ嬉しかったですよ。おもしろいところにくると、みんなで顔を見合わせて笑ってね。だから先生が本を読んでくださるっていうのは、本当に嬉しかった。親にも読んでもらったはずだけど、それは覚えていない。お話しか覚えてない。誰が読んでくれたかなんて記憶はいらないの。私は本を必要としているわけだから。

工藤　そりゃね。でもそれはあなただから。子どもが全員そうだと思わないでね。甘ったれたい子もいるしさ（笑）。

中川　ま、そうよね。

5　尾崎紅葉作、一八九七年から読売新聞に連載。
6　ジュール・ヴェルヌ作、一八八八年刊。
7　巌谷小波作、一八九一年刊。

＊

工藤　でも私たち、もし同じ年で同じ学校にいたら、喧嘩ばっかり、ツンツンしていたかもしれない（笑）。

中川　私、喧嘩なんかしないわよ。

工藤　ほんと？　でもたぶん私は木登りとかかけっこをやっていて、あなたは上から「ふん、そんなのおもしろいのかしら」って目で直子ちゃんを見たと思うよ（笑）。

中川　いやあ、そんなこと言わない。でも群れないわね。だって友達が欲しくて学校に行くわけじゃないから。誰とでも友達になったけれど。

工藤　私、生まれてから転々として、小学校六回変わりました。だから友達っていうのは一瞬でいなくなる人。近所も、風景も。そのぶん楽です。フーテンの快感（笑）。

中川　私も転校は苦ではなかった。ちょっと楽しみでもあるんだけれど、でも前の学校もちょっと恋しい。

工藤　李枝子さんはきょうだいもいてさ。やっぱりボスだったんじゃない？　妹はみんな言うこと聞いたでしょう。

中川　聞かないわよ。ふふふ、よくわかんない（笑）。

工藤　でも、いいきょうだいだね。

中川　うん。
工藤　男きょうだいは？
中川　弟が一人。かわいそうにね。女、女に挟まれて。
工藤　うちはきょうだいがいたけれど、みんな年上で家を離れてた。
中川　先生だったでしょう。
工藤　うん、だからひとりっ子みたいだったよ。
中川　ほんとね。
工藤　二年生の時に二度目の母が来たの。
中川　お父様が再婚なさったの。
工藤　私はその人が大好きだったんです。戦争中だから大した結婚式もできないんだけど、敏感にわかったのね。おばちゃんって呼んでいた人が、もしかしてこの人これから……って。ささやかな内輪の集まりみたいなものがあって、その時だけちょっと化粧していてさ。今でも覚えていますけど、一緒にお風呂の火に薪をくべていた時、それまでおばちゃんと呼んでいた人がそこにいて。そこで私は「おばちゃん、今日からおばちゃんのことお母ちゃんって呼ぶね」って言ったんです。
中川　あら、いいわね。
工藤　でも、そうしたらすごく恥ずかしそうににこにこっとして「うん」って。
中川　そうなんですか。
工藤　その母ちゃんが好きで。
中川　幸せよね。
工藤　幸せです。だから二年生の時にちょっと幼児返りしました。うちにあった古い乳母車を引っ張り出してきて、その中に入ったり。小柄な母ちゃんだったけど、学校から帰るとおんぶしてもらったり。中学生になって、きょうだいだけで一緒に住むようになると、他のきょうだいはみんな死んだ母ちゃんが好きで、嬉しそうに話すわけ。血の繋がりってなんだろうってこっそり一人で考えました。なんで継母の方が二番目になるんだ。血が繋がっている方が一番なのかってね。それ以来、グリムやアンデルセンの継母ものは読まなかった。
中川　そうね。大した人よ、工藤さん。私はね、お母さんって呼べる人がいれば、血が繋がっていようがいまいが、それで十分。そういう考え。保育園で何がわかったかというと、子どもはお母さんが大好きっていうことなの。
工藤　近所のおばさんが「直子ちゃん、意地悪されてない？」とかね。
中川　それ、ご近所が悪いのよ。保育園にもいたのよ。もらいっ子だったけれど、お母さんもその子もうまくいっていた。それなのに近所の人が知っているからって引っ越していった。ああだこうだ言う人がいるだろうからって。かわいそうで、私ちょっと憤慨したの。
工藤　初めて抽象的に物事を考えたのは、血の繋がりとは何か、ってことでした。
中川　そういう私はね、自分の親が目の前にいる。もう私はこの二人の子だってはっきりわかっている。だから孤児に憧れた。ちょっと異常かなと思って、大人になってから毛利《もうり》子《たね》来《き》先生[8]に訊いたのよ。「先生、私は孤児になりたくてしょうがなかった」って。そうしたら「みんなあるよ。かわいがられたんだな」って仰った。おかしくないって。目の前のもやは晴れました。

家族との関係

工藤　父には本当に一度も怒られたことありません。それと戦争中だったけれど、台湾で「日本人が偉い」というようなことは一切言わなかった。

中川　あなたの話を聞いていると、どういうお父様だったのかわかる。公職から一切退いてね。

工藤　敗戦で、日本に引き揚げて以来全く仕事に就かない。大貧乏したよ（笑）。

中川　あなたの生活はごきょうだいが面倒を見たの？

工藤　うん。そこへ寄せてもらった。でもうちはみんなマイペースだったんですよ。中学高校の時にきょうだいと一緒に住んでいたけれど、そこでも私には何にも規制がかからなかった。早く帰ってこいだの宿題しろだの言われなくて、その代わり、それでダメなら全部お前の責任、という感じでした。その時、兄と姉と私が滋賀県の彦根にいたの。その頃ブームで、兄と姉は麻雀が大好きになった。もう一人、麻雀がとってもうまい兄が時々遊びに来ていて、他の高校の先生とうちで四人でやっているわけ。ところが誰か一人足りないと「直子、ちょっと来い」って。

中川　麻雀を？

工藤　そう、中学校の時から。それで負けたらちゃんと払わせるの、私の小遣いから。その代わり勝てばもらえる（笑）。

中川　まあ、すごい！

工藤　「今日はちょっと宿題が」って言っても「そんなのいいから」って。兄たちは先生なのに（笑）。でも明日学校に行って立たされても私の責任。強引に誘われたかもしれないけれど、はいって言ったのは私だから。

中川　うふふ、みんなおもしろいね。

工藤　うん。みんなちょっと変（笑）。どんなおうちもちょっと変でしょう。

中川　うちなんかもそうよ。うちは母が、一人ずつひとりっ子のように育てたいって言っていたの。だから私、きょうだいが母とどういう関係だったのかってわからないの。

工藤　おもしろいわね。

中川　妹によると、戦争中本当に食べるものがなくて困って、母は食事を一食抜いてみたんだって。そうしたらとてもお腹が空いちゃって、無理だった。そんな話をしたって言うけど、私は一切聞いたことがない。それから姉はやっぱり母のいろんな相談相手をやっていたらしい。母のきょうだいが九州にいるんですけど、

8　小児科医。一九二九～二〇一七年。

時々そこへ送金していたらしいのね。そういうのを姉は見ている。郵便局に行って送ったのよって。私はそういう話なんて全然知らない。きょうだいそれぞれで違うんだなと思った。

工藤　じゃあ「お姉ちゃんでしょう」とか言って、妹の面倒見させるなんてこともなかったんだね。

中川　そういうことは言わない。でも「きょうだい仲良く」って言うのは母の口癖でした。

戦争の頃の記憶

工藤　私、死ぬのが怖かった。四歳くらいの時。誰だって子どもの時にあるでしょう。人には言えなくて、ごまかしていた。「大きくなったら何になる?」って言われると、男の子は陸軍大将とか兵隊さんとか言うわけ。女の子は、お嫁さんか看護婦さん。それしか選択肢がなかったの。

中川　看護婦さんだけだった。従軍看護婦。ある日「小國民の友」[9]という子ども向けの雑誌に、お母さんと坊やが水杯を交わしている写真が載ったんです。私は絶対それ、忘れない。お母さんが紺色のツーピースを着て、赤十字の正装をしているの。プリーツスカートにジャケットを着ていて、帽子も鞄もあるんです。小学校三、四年生くらいの男の子は学童服を着ていた。お母さんがこれから戦地に行くから、親子で水杯を交わしているの。ひどいよね。ショックだった。お母さん、戦地に行くんだ。生きて帰れないか

もしれないって。

工藤　うちは親が何も言わなかった。

中川　うちも何も戦争の話はしなかった。

工藤　それが今になって思うと、ありがたい。

中川　そうよね。でも、みんなそんなものだったのかしら。

工藤　うちは台湾にいたから、まわりの大人は結構、台湾の人たちを見下げたようなものの言い方をしていた。それを父ちゃんはちゃんと台湾語で話したの、台湾の人と。

中川　あなたのお父さん、ほんと偉い。

工藤　その時は、それがどういうことなのか全然わからなかったんだけど、でもそういう話はあんまり文章化したくない。ガチョウや水牛と、どのように私は付き合ったか、という話ならするけど（笑）。

中川　水牛なんてすごいわね。

工藤　すごいよ。ツノがすごいから、そばに行くには気合がいるよ。水牛のそばにしゃがんでずっと見ていて「このまつ毛のきれいさは何だ！」と思ったのを覚えてます。

中川　あら、素敵！

工藤　そのことを知っているのは、世界に私だけだって思って。誇らしかった。

中川　やっぱり違うわね、私とはスケールが違う。

工藤　夜寝る時には、ヤモリやトカゲがいて、虫を食べるためにガラス窓の向こう側から張り付いているヤモリの白いお腹が見えるわけ。そうしたら、脇のところが二ミリくらい、トクトクって動いているの。これってもしかして、心臓だよって思って。その時も、それを知っているのは私だけ。みんな世界で私だけ……。

前向きと後ろ向き

工藤　言葉っておもしろいなって、最近感じています。

中川　いいじゃない。

工藤　たとえば子どもの頃の言葉の記憶。自分だけじゃなくて、友達の記憶も興味があるから李枝子さんのも知りたい。私は「えんぽー」っていう言葉なの。

中川　あら、遠く？

工藤　うん。遠くの「遠方」。父親が出張かなにかで遠くに行く時に、その時だけ着る洋服が違うんです。ナフタリンの匂いがして、ちょっとピカピカしているの。それで私は不安になって「父ちゃん、父ちゃん、どこに行くの？」って訊くと、父ちゃんは「えんぽー、えんぽー」って。意味はわからないけど、なんかわけのわからない場所、私の知らないキラキラした場所、みたいなのが刷り込まれて。だから、最初に印象に残ったのは「えんぽー」って言葉。

中川　へー、私そういうの考えたことない。

9　小学館が発行していた小学校高学年向けの月刊雑誌。一九四二〜一九四八年発行。

工藤　あなた、何考えていたのよ？　五、六歳の頃（笑）。
中川　全然覚えてない。自分の小さい時のことなんか。
工藤　本を読んでいたことだけ覚えているんじゃない？
中川　ふふふ。
工藤　「思い出さないよ」っていうのが返事としておもしろいな。
中川　そう？　もう私、前ばかり向いている。後ろなんて一度も振り返っている暇がなかった。ちょっと小さい時の話を誰かにすると恥じ入った。恥ずかしいの、すごく。
工藤　なんで？
中川　今の私より劣るから。
工藤　カッケーなあ！　階段を上るように生きてきたんだ。
中川　ひたすら前向きなのね。だから赤ちゃんの時にどうだったこうだったっていう話は大っ嫌い。
工藤　ああ、おもしろいな。そういうの、書いてよ。
中川　いやだ、いやだ。
工藤　小さい時の記憶で言葉以外だと、うちは母ちゃんが早くいなくなったものだから、一緒に写っている写真が二枚くらいしかなかった。それをチビの頃から眺めて、こんな人だったんだって思っていた。抱っこされたとか、そういう感覚がどっかにあるかなあって考えたけれど、全然なくってさ。その中に一枚、母ちゃんの膝の上に抱かれている写真があったわけ。膝に抱かれていて。それを見ていた時に「そうだ！　私のお尻には母ちゃんの膝に触った記憶があるんだよなあ」って思った。どんな感じだったんだろうって。私はほとんど後ろ向きね。
中川　だから今日の工藤直子さんがいらっしゃるわけで、素晴らしいわよ。

番外編　好きだった映画の話

工藤　私もそうだったんだけど、中学高校の頃ってみんな何かにはまるじゃない。映画とか……。
中川　アメリカ映画好きよ。
工藤　何かはまったやつはないの？
中川　私は映画が大好きで、なかでも外国映画ばっかり。日本映画はあまり観なかった。できれば映画評論家の小森のおばちゃま[10]とか、淀川長治[11]さんとか、ああいう仕事がしたいなって思っていた。普通の映画が好きだったの。四人姉妹の『若草物語[12]』とかね……。『ヨーロッパの何処かで[13]』っていう映画も観たわね。
工藤　あれドキュメントみたいじゃなかった？
中川　三回くらい観ました。いい映画だった。あとは『ママの想い出[14]』もとってもよかったの。ある家族が非常に慎ましい生活をしていて、お母さんが何かというと「ママの貯金があるからね、大丈夫よ」って言うの。本当は無いのよ、貯金なんて。アイリーン・ダン[15]が演じたお母さんがとってもよかったの。やっぱり共通点があるのよ、ママには。少年文庫にも出てくるし、日本のいいお母さんもみんな同じ。
工藤　私は『風と共に去りぬ[16]』。延々と長い映画でさ、中休みがちゃんと入って。

中川　私も観たわよ。観終わるまでに四時間くらいかかる。私、お腹こわしちゃってね。お腹を冷やしてひどい目にあっちゃった（笑）。主演はヴィヴィアン・リー[17]よね。

工藤　絶望的になった主人公が、夫に去られ、子どもに死なれ、「明日、考えよう」って言うんだよ、最後に。

中川　「明日は明日の風が吹く」だ。

工藤　それがものすごく印象に残っているの。『ヨーク軍曹』[18]という映画もあった。すごくよかった覚えがあったから、大人になってもういっぺん観たらそんなこともなかった。あとは『北ホテル』[19]。フランス映画で、落ちぶれた人々が集うホテルのドラマなの。そこに出ているルイ・ジューヴェ[20]という名優がいるんです。その人に高校時代惚れて、あの人のおヨメさんにはなりたいと思った。そういう人はいなかった？

中川　私はジェラール・フィリップ[21]。ジェラール・フィリップの奥さんは本を書いているのよね。旅行記かなんか。

工藤　いやあ、うちらの十代は、映画の文化でしたからね。

中川　よかったわよね。学割で観られたから。

10　小森和子。映画評論家、タレント。一九〇九〜二〇〇五年。「おばちゃま」の愛称で親しまれた。
11　雑誌編集者、映画評論家。一九〇九〜一九九八年。
12　マーヴィン・ルロイ監督、一九四九年公開。ルイザ・メイ・オルコット原作のアメリカ家庭小説の名作を映画化。
13　ゲザ・フォン・ラドヴァニ監督、ベラ・バラージュ脚本、一九五二年公開。第二次世界大戦後の戦争浮浪児を描いたハンガリー映画。
14　ジョージ・スティーヴンス監督、一九四九年公開。貧しいながら支え合い暮らす家族を描いたアメリカのホームドラマ。
15　アメリカの俳優。一八九八〜一九九〇年。『シマロン』他、アカデミー賞に五度ノミネートされるも受賞にいたらなかった。
16　ビクター・フレミング監督、一九三九年公開。マーガレット・ミッチェル原作、南北戦争下を生きる女性スカーレット・オハラの半生を壮大に描いた大作。
17　イギリスの俳優。一九一三〜一九六七年。『風とともに去りぬ』の他、『欲望という名の電車』でもアカデミー主演女優賞受賞。
18　ハワード・ホークス監督、一九四一年公開。第一次世界大戦で活躍したアルヴィン・ヨーク軍曹を描いたアメリカ映画。
19　マルセル・カルネ監督、一九三八年製作。パリの安宿に集う庶民の人間模様を描いたフランス映画。
20　フランスの俳優、演出家。一八八七〜一九五一年。
21　フランスの俳優。一九二二〜一九五九年。代表作に『花咲ける騎士道』など。

中川李枝子の本箱

小学生の頃から大切にしている『世界童謡集』。表紙がぼろぼろになってしまったので、絵を模写したカバー（右）をつけた。

**中川李枝子は子どもの頃、
父の本棚にある本を手当たり次第読みあさり、
本が尽きれば新聞や辞書にも手を伸ばした。
活字への欲望が高じて、本のあとづけに書かれた
出版社の住所まで覚えてしまったという。
保育士になり、作家になっても、その熱は冷めることなく続き、
これまで読んできたであろう本の量は、文字通り計り知れない。
中川がインタビューの中で、
読書について語った一部をここに紹介する。**

構成・ISSUE編集部　写真・ただ　絵・赤井稚佳

少女向け雑誌みたいな本は「賢い女が出てこないから読むな」と母に言われていました。母が好きだったのは、中勘助**『銀の匙』**[1]。小学五年生の時、東京から転校してきたお友達が「これは僕のお父さんのお友達の作った本だから読んで」と言って、初版の『銀の匙』を貸してくれたんですって。母はそれを読んで、目の前が明るくなったそうです。うっとりしたらしいの。とっても感動したんだけれど、親に買ってとは言えなかった。文学少女は不良になる可能性がある、なんて親は考えていたみたい。小説を読むと数学ができなくなると言われていたそうです。

　私が小学生の頃、疎開先の札幌の家には**『明治大正文學全集』**[2]もありましたし、いろいろな辞書もありました。辞書で最初に引いた

言葉は「妾」でした。こういう言葉の意味を聞いたらおばあさんに叱られると思った。子どもの読むものじゃないって。辞書には「妻にあらざる女」と書いてあったから、「妻」と引いてみたら「婚姻せし女」とあった。それで次は「婚姻」と引いたら「結婚」って。そのへんでやめちゃいました。他にも祖母がいろいろなものを仕舞い込んでいた行李があって、そこにも叔父たちが残した教科書や作文なんかが入っていたから、読むものには事欠きませんでした。よそのうちに行ってもわかるんですよ。「この家、ここに本がある」って。本に飢えているから。

当時読んだ本は『**乳姉妹**《ちきょうだい》』[3]。江戸川乱歩の『**人間椅子**』[4]とかね。

『寡婦マルタ』エリイザ・オルゼシュコ著

「女といえども、世の中に通用する仕事を持つべきだ」。まだ10歳にもならない子ども心にそう思ったのです。
（中川李枝子『ママ、もっと自信をもって』より）

画集も好きだし、なんだって読みました。よく覚えているのは『**寡婦マルタ**』[5]。ポーランドの難しい名前の作家の作品です。『**グリム童話集**』[6]を読んだ時と同じで、タイトルにカタカナがついているから、自分でも読めると思った。

札幌には親類のおばさんもいました。津田塾を出て英語の先生をやっていた、吉本つねさん。礼法も教えてくれる、いい方でした。親元を離れて疎開している私をかわいそうに思ったのか、よくおうちにごはんに呼んでくださった。その方はアメリカの将校さんたちに日本のことをいろいろ教えていたから、家には雑誌の「**LIFE**」[7]とか、おもしろい本がたくさんありました。そのおばさんが、ある日風呂敷に本をいっぱい包んで、疎開していた祖父母の家まで来てくれたんです。風呂敷には「**赤い鳥**」[8]が包んであって、もう読まないからあげますって。もうひとつの包みには『**のらくろ**』[9]が入っていた。「これは私の大事な本だから返してちょうだいね」って言われてね。私は漫画なんてぜんぜん読ませてもらえなかったから、おばさんが漫画を読んでいたことにびっくりしました。

疎開先の家には西條八十さんの『**世界童謡集**』[10]もありました。あれは一番のめっけもん。いまも手元にありますよ。叔父さんからもらい受けたんです。この表紙絵は初山滋さん。いいでしょう。小学校に『**アンデルセン童話集**』[11]を持って行ったら、外国の本だからといって没収されてしまったことがあったから、それ以来翻訳ものは人には見せませんでした。だからこの『世界童謡集』は宝物です。マザー・グースってどういう人かわからなかったから、英語ができたうちのおばあさんに訊いてみたら、「マザーはお母さんで、グー

『ふたりのロッテ』エーリヒ・ケストナー著

女の子だからと甘やかしたりしないし、双子でも個性が違って自立している。（中略）
何より、作者のケストナーは、子どもを一人前に扱い、対等に向かい合っています。
（中川李枝子『ママ、もっと自信をもって』より）

スはガチョウだよ」って。それしか教えてくれなかった（笑）。

ケストナーの**『ふたりのロッテ』**[12]は、戦争が終わって福島に住んでいた頃、地元の西沢書店に行って、母がきょうだいそれぞれに一冊ずつ買ってくれました。不思議なのよ。うちの父は、貧乏するから学者にはなるなって言っていたの。うちは貧乏なんだ、だからお前たちに贅沢はさせられんって。それでも本は買ってくれるし、別に困らない。だから私貧乏はちっとも嫌じゃない。

バイコフの**『私たちの友だち』**[13]という本も大好きでした。ロシアのお話。保育園の子どもたちも大好きだったけれど、今はもう絶版みたい。長いものだって何だって読めました。ドフトエフスキーの**『罪と罰』**[14]とか……。一時はトルストイに夢中になった。原久一郎の**『トルストーイ伝』**[15]という本にもうすっかり参っちゃった。それで早稲田のロシア語科に行こうかって言ったら、叔父さんに「カムチャツカの蟹工船に乗んのか？」なんて言われて（笑）。ロシア革命の本も読んで、それもまたおもしろかった。父がしょっちゅう福島から東京へ出張に行く。そうすると本を買ってきてくれるんです。トルストイ**『戦争と平和』**[16]とか、大人向けの文庫本でした。ハードカバーの本なんて手が届きませんでしたから、本屋さんへ行けば、まっすぐ文庫本のところへ行くんです。

『チボー家の人々』[17]は最初の月給で自分で買いました。あれはハードカバーで買った。ロマン・ロランの**『ジャン・クリストフ』**[18]も読みました。おもしろかった。

何かを身に付けようなんて思って本は読まない。次どうなるかと思って。それだけよ、楽しみは。

◎文中に出てきた本の概要。すでに絶版で手に入らない作品もある。

1 『**銀の匙**』 **中勘助** 古い引き出しから見つかった小さな銀の匙。それは幼い病弱な「私」に薬を飲ませるために伯母が探してきてくれたものだった。中勘助が少年時代の思い出を綴った自伝的小説。

2 『**明治大正文學全集**』 一九二七～一九三二年に春陽堂書店から刊行された六十巻からなる文学全集。大正期から昭和初期に起こった一冊一円の「円本」ブームの中で出版された。坪内逍遥、幸田露伴、夏目漱石など名高い文豪の作品を収録。

3 『**乳姉妹**』 **菊池幽芳** 控えめで淑やかな房江と、大胆で激しい性格の君江。対照的な二人の乳姉妹を描いた、メロドラマ的家庭小説。新聞連載の後、一九〇四年に春陽堂から単行本が刊行。映画化やドラマ化もされた。

4 『**人間椅子**』 **江戸川乱歩** 醜い容姿の家具職人が自分の作った椅子の中に身を潜め、盗みをはたらくようになる。やがて椅子に身を任せ座る女性との革一枚隔てた触れ合いに、偏執的な感情を抱き始め――。江戸川乱歩初期の怪奇小説。

5 『**寡婦マルタ**』 **エリイザ・オルゼシュコ**／**清見陸郎訳** 夫が急死し幼い娘とともに残された主人公。職を得ようと試みるも挫折を繰り返し、生活は困窮していく。女性の社会的地位の問題を描き、日本でも多くの女性読者に影響を与えた。

6 『**グリム童話集**』 **グリム兄弟**／**金田鬼一訳** グリム兄弟がドイツ各地の説話を採録。『ヘンゼルとグレーテル』『赤ずきん』など日本で広く知られている話も多い。ドイツ文学者の金田鬼一が日本では初めて原作に忠実な全訳本を刊行した。

7 『**LIFE**』 一九三六年から発行されていたアメリカの週刊誌。思想、政治、外交などを写真を中心とした記事で報道した。第二次世界大戦やアポロ計画など歴史的な出来事を広く市民に伝える重要な役割を果たした。

8 『**赤い鳥**』 一九一八年に鈴木三重吉によって創刊された児童向け雑誌。教訓的な物語に代わる文学性の高い童話や童謡の掲載によって、日本の児童文学発展の一役を担った。清水良雄による表紙絵も人気を博した。

9 『**のらくろ**』 **田河水泡** 一九三一年から雑誌「少年倶楽部」に連載された漫画。身寄りのない野良犬のらくろが軍隊に入り明るく活躍していく物語は、戦前の子どもたちに愛され、アニメーション映画化されるなど人気を博した。

10 『**世界童謡集**』 **西條八十・水谷まさる共訳** 詩人・童話作家の二人が世界の優れた詩やうたを集めたアンソロジー。マザー・グース、ウィリアム・ブレイク、スティーブンソンなどの詩や、遊び歌、子守唄、作者不明の民謡も収録されている。

11 『**アンデルセン童話集**』 **ハンス・クリスチャン・アンデルセン**／**大畑末吉訳** デンマークの作家アンデルセンによる童話集。「おやゆびひめ」などでよく知られている。説話集のグリム童話と対照的に、個人の創作であるアンデルセン童話集は、その情緒性、感傷性が特徴とされる。

12 『**ふたりのロッテ**』 **エーリヒ・ケストナー** ／ **高橋健二訳** 夏の林間学校で偶然出会った、互いを知らずに育った双子の姉妹。別れた両親を仲直りさせるため、ふたりは計画を立てるが――。一九四九年にケストナーが発表した児童小説、日本では翌年に岩波少年文庫から刊行。

13 『**私たちの友だち**』 **バイコフ**／**上脇進訳** ロシアで生まれ満州で生活した著者が、共に暮らしたさまざまな生き物との関わりを綴った児童向けの動物文学。動物の生物学的な特質や習性に触れながら、自然に対する人間の態度に問いかける。

14 『**罪と罰**』 **ドストエフスキー** 貧乏学生である主人公が強欲な金貸し老婆を殺害し、偶然それを目撃した老婆の妹までをも殺してしまう。罪の意識に苦しむ青年の葛藤を通し、人間性の喪失と回復を描いたドストエフスキーの世界的名作。

15 『**トルストーイ伝**』 **原久一郎** ロシアの小説家で思想家のトルストイの評伝。『戦争と平和』『アンナ・カレーニナ』などの制作背景から妻との結婚生活まで、詳細に綴られた事実からトルストイの思想や人間性を知る手引きとなっている。

16 『**戦争と平和**』 **トルストイ** 十九世紀初頭のナポレオンとの戦争時代、国難に抗おうとするロシアの人々の長編群像小説。貴族社会の興亡から民衆の生活までを描き、三人の若者の人生を中心に、生と死や愛について問いかけていく。

17 『**チボー家の人々**』 **ロジェ・マルタン・デュ・ガール** ／**山内義雄訳** 第一次大戦前後の激動のフランス社会を生きる、チボー家の兄弟アントワーヌ、ジャック、その友人のダニエル、三人の若者の精神と運命を描く。一九二二年から十八年をかけて発表された一大叙事詩。

18 『**ジャン・クリストフ**』 **ロマン・ロラン** 音楽家ジャン・クリストフが幼少期から大成して老いるまでの、人生の喜びや苦悩を描いた長編小説。主人公はベートーヴェンがモデルと言われている。著者は本作でノーベル文学賞を受賞した。

青空が見えるまで

高校を卒業後、保育士になるために都立高等保母学院で学んだ中川（当時大村）李枝子は、実習で児童養護施設の東京家庭学校を訪れた。その時の体験をもとにした物語が、同人誌「麦」に発表した「青空が見えるまで」だ。デビュー作『いやいやえん』以前の、いわば“幻の作品”には、まだ戦後の空気が残る中、事情があって親と離れて集団生活をする子どもたちのたくましい暮らしぶりと細やかな心の動きが描かれている。

出典

「麦」第9号（1956年9月20日「麦の会」発行）

「麦」第10号（1957年2月1日「麦の会」発行）

「麦」第12号（1958年4月1日「麦の会」発行）

「麦」第10号の表紙絵は大村李枝子が描いた。（左）

麦

10.

青空が見えるまで（第一回）

大村李枝子

明るくて、きれいで、そして、とても静かな部屋だった。

隅の三角棚に、男の子の写真と、大きなフランス人形が並んでいた。その横には、真黒いミシンが、ピカピカ光っていた。

主任保母の山本先生は、半分白くなった髪を、女の子みたいにプツンと切って、ふちの厚い目鏡をかけ、背中をまっすぐにして、信太をみおろしていた。何もかも整頓されてしまって、チリ一つ見えない、広々とした机に、先生のがっしりした二本の腕がのっていた。

信太は、客用のやわらかいいすに、お尻の先だけほんのちょっとのせたきりで、石ころみたいに動かなかった。

何しろ、あごやら、足がコチンコチンに固くなってしまって、息をするのさえ、やっとなんだから。

やがて、山本先生は、

「相川信太だね」と、石ころが、びっくりしてとびあがるほどの大声を出した。

信太は、おどろいて、先生を見あげた。

「お父さんは、これだったね？」と、こんどは、先生の太い指先が、広い胸もとに、のびた。

「ハイ！」　信太は、ありったけの元気を出して答えた。

「だけど、おまえは、健康そのものらしいね。心配ないや。……ええと、お母さんは　女中さんか。一ヶ月に、一度くらいは　会えるだろうね。きようだいは、何人？」

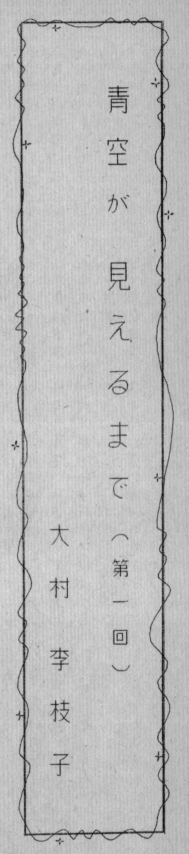

「妹が一人。白百合園。」

「そうだった、そうだった。あそこも、このめぐみ園も、プロテスタントだから、おつきあいがあるんですよ。」

それを聞いて、信太は、ホッとした。

それにしても……山本先生の背中は、棒でも入っているのかと思うくらい、まっすぐだった。信太は、この人の前にいると、自分がだんだんと、ちっぽけになっていくような気がして来た。

「じゃ、B寮に行こう。五年生と六年生は、B寮なんだよ。六年だからって、小さいのをいじめちゃいけないよ。皆、親から離れている仲間同志なんだから、仲よくしなくちゃねえ。ここではね、A寮が中学生、Bが、六年、五年で、C寮が、四年と三年、D寮が、二年と一年なんだよ。B寮は、一番、腕白ぞろいだから、さびしい事はないさ。」

山本先生は、それだけ言ってしまうと、立ちあがった。

そして、胸を張って、後も見ずに、サッサと歩いた。廊下の左側には、同じ部屋が四つ続いていた。

「ここは、C寮舎。一番のチビ達。」

チビ達の中の一人が、ニコニコ笑いながら、「山本先生！」と、呼んだ。先生は、かすかに首をふった。

二人が通ってしまうと、五、六人がぞろぞろと廊下へ出て来て、二人の姿が見えなくなるまで見ていた。

廊下を曲がると、プーンと便所の臭いが、信太の鼻をついた。

「ここが、B寮舎。それが時間表でね。」

壁に、大きく「僕達の生活」を書いた紙があった。

（午前）
六時　起床　洗面　掃除
六時半　体操　礼拝
七時　食事
（午後）
四時　おやつ
五時　学習
六時　食事
八時　就寝

ペタリ　ペタリ……山本先生の足音が近づいたので、学習室は、すっかり静かになってしまった。だけど、先生の後に信太を見るや、つい今まで、一心不乱に鉛筆を動かしていたのも、眉を寄せて、教科書に首を突込んでいたのも、一せいにそれらを放たらかしてしまって、チラリ、チラリ、新しい子の方を、のぞきこみはじめた。

ぴたり。山本先生の足が止まった。

さあ、大へん、あわてて、鉛筆は走り、いくつかの顔が、本の中に隠れた。

「大川！　六年にもなって、鼻たらしとは。」

目立って、ひよろ長く、そして、顔色も、目立って悪いのが、大川だった。

大川が、あわてて、鼻をかむと、あちこちから、鼻をすする音が起きた。

「ためこんだって、何にもならないんだよ。ケチケチせずに、かんじまいなさい。」

信太も、あわてて、鼻の下へ指をやって、無事かどうか、確かめていると、山本先生が、くるっと、ふりむいて、ごく、あっさりと、

「この人は、相川信太君。六年生。稲二達の部屋だからね。」といった。

皆の目は、信太から、鼻たらし大川の隣にいる、生意気そうな、いがぐり頭に移った。

「チエッ。」と、大げさな舌うちと、苦笑いが、信太の耳と、目に、イヤでもとびこんだ。

この、生意気で、意地悪そうなのが、稲二だった。

先生は、そんな事には、おかまいなく、今度は、一番前で、ニヤニヤしている、目と口が、人並以上大きい子にむかって、

「ヘイタ、お前、いろいろと教えてやんなさい。」

と言い捨てると、さっさと、出て行ってしまった。

しばらくの間は、足音の遠くなって行くのが、はっきりわかるくらい、静かだった。

突然、大川が、気のない声で、のろのろと言った。

「あいかわ　しんた　だってえ？」

すると、誰かが、つづけて、

「エヘヘ……サムライみたいだなあ。しかも、あんまり強くねえやつ。」

ワーッと、皆は、笑った。大川は、たった今まで、一心不乱に読んでいた本の下から、かきかけのサムライを引っぱり出して、さっきよりも、いっそう、

真面目くさって、ちょんまげの毛を、一本一本、かき足し始めた。

学習時間には、ピンポン台が勉強机だった。陽が十分に差しこまない、薄暗いピンポン室の中に、色とりどりの派手なシャツが浮かびあがっていた。陽の差さないためか、どの顔も皆、青くて、意地悪そうで、まるで、信太なんか眼中にないよ、と、言ってるみたいだ。

信太は、逃げたくてたまらない足を、一生懸命、押えつけていなくちゃ、ならないのだ。僕も、病気になって、お父さんみたいに、療養所へ入れられてしまったほうが、どんなにいいかわかんない！

信太の、すぐ前のヘイタのまわりでは、

「ヘイタは、シンタのお世話役かあ。ヘイタは、なかなか、しっかり者だからな」

「おい、しっかり、やれよ。お前は、全く、頼み甲斐のある、男一匹いゃねえか。」

などと、なかなか、にぎやかで、そのあいまあいまに、誰かが必ず、信太の方を、面白そうに、のぞくのだった。

ヘイタは、何を言われても、大きい目を見開いたまま、口を開け放しで、ニヤニヤしていた。

信太は、ますます、心細くなって来た。

そこへ、B寮舎担任の保母の、田代先生が帰って来た。

白いYシャツが近づくと、こんな調子の良い合唱が始まった。

「オトコ　オトコ
オンナのオトコ
オット、オット　コ、コ、コー
オトコ　オトコ
オンナのオトコ」

信太は、改めて、田代先生を観察した。

山本先生のような短かい髪で、矢張り、ふちの厚い目鏡をしている。顔は、定木をあててできたように、カッチリと角ばっている。おまけに、女のくせにズボンだ。時計も、大きくて、りっぱな、男物だ。

田代先生は、何と歌われようと、（ヘスカートなんか、はいていられますか。）と、いっこうに、相手にならなかった。そして、例の、あっさりした調子で、

「皆、しっかり、やるんだよ。やれるのに、しない

っていうのは、一番、男らしくない、やり方だ。」にくまれ歌は、あっさり、吹っとばされてしまった。だけど、先生にいせいの良い気合をかけられたって、

「だってェ、わかんねェ。」

と、気のない返事しか、聞えてこなかった。でも、先生は、眉一つ動かさないで、

「その手には、のらない。考えもしないで、やってくれ、やってくれなんだからな。」

と、男のように腕を組むと、室内を一まわりして、信太の所へ来た。

先生が近づくと、煙草のにおいがした。信太のお父さんにも、しみこんでいる。懐かしいにおいだ。

「信太君、すぐ、仲よしになれるからね。皆、初めは、ブッチョウづらをしてるけど。」と、今までのとは、一寸、別の、やさしい声で、信太の肩を、ポンと叩いた。

ブッチョウ面達は、いっせいに、エヘヘと下を向いてしまった。

夕食の合図の鐘が鳴り出した。ばんざい、学習時間は終った。

「めしだ、めしだ。今日も又、まずいめしだ!!」

「天の神様、今ここに、いただく御飯を、感謝します。」

勝手な事を、口々に叫びながら、ガヤガヤと道具を片ずけだした。

「手を洗うんですよ。」先生は、組んでいた腕を、やれやれと、ほどいた。

ヘイタは、信太を連れて行くのが、気まり悪いので、ちょっと、ふり返って、ニヤッと、笑っただけにしておいた。

食堂に、一足近づくごとに、温い御飯の匂いが、廊下一ぱいに、ただよって来た。

すきっ腹にも、一人ぼっちの心にも、痛いくらい、しみてくる、懐かしい匂いだ。

食堂の手前を左に折れると、洗面所と風呂場があって、ここが食堂への関所だ。

「おい、手を洗うんだぜ。」

「オトコは、やりなおしさせるからな。」

「何しろ、あの、オンナのオトコは、けちんぼで、やりきれませんよ。」

禿げ頭の歯ブラシが、一列に並び、その下の段には、ボコボコにへっこんだアルマイトのコップの行列だ。

赤い櫛と、石けんが、もう、すっかり忘れられてしまって、隅っこで、ほこりをかぶっている。

X氏寄贈の、大きい鏡は、目鼻口が、のびたり、ちぢんだりするから、本当におかしくて、笑ってしまう。

食堂には、すばらしく大きな、真白い電気冷蔵庫が、でんと、置いてある。

やはり、X氏寄贈で、中味は、食器戸棚だ。使い物にならなくなったのを、寄付してもらったのだろう。

長細いテーブルが四つあって、ABCDの順に坐る事になっていた。

食卓には、色とりどりのはなやかな瀬戸の大皿が並び、御飯が山に盛られ、底のくぼんだスープ皿には、てんぷらと漬物が、形よくのせられてあった。

これらの食器は、男の手ばかりの殺風景な生活に少しでも美しいものを――と、山本先生が一つ一つ、値段などそっちのけで、裏まで調べて、買ってくる、高級品で、金曜には、欠かさず、当番の中学生が、石けん水で洗って、みがきあげるのだった。

信太のは、汚点《しみ》一つない、真白な地に、ピンクのバラがくっきりと、浮びあがり、そのふちには、細い、金色の線がめぐらしてあった。信太は、うっとりとした。

ここへくるまでにいったことのある、相談所でのアルマイトの食器は、まるで動物園の茶わんだ。あれが、ぶつかった時の、ガランガランっていうさびしい音ったら、ありゃしない。

ドヤドヤと中学生が入って来た。皆、ものすごく大きくて、同じガヤガヤでも、声がまるっきり違う。

反対隣りのCのテーブルの子供達は、おそろしく陰気な顔で、テメエだの、キサマだのと、けんかばかりしていた。

一番端のチビ達は、一人一人、首に、花模様のよだれかけをかけた。

こうして、子供達がせいぞろいしてしまうと、台所の方の口から、先生達が出て来た。

A寮の、物静かな八重先生。姿も、声も、歩き方も、何から何まで、ほっそりと、上品だ。もう髪が白くなりかかっている。

B寮は、女のくせに、いつも、ズボンをはいてしまって、澄ましていやがる田代先生。あいつ、まるっきりオトコなのさ。

C寮は、いつも、にこにこしていて、怒った事のない宮島先生。あんなの、すぐ、泣くんだぜ。

D寮は、でぶちん野上。何しろ、強いんだ。腕力じゃ、右に出る者なしだよ。

先生が入ってくると、稲二や大川は、勝手に、品定めをして、面白がった。

「黙《もく》とう！」

この一言で、けんかも、おしゃべりも、一さい、中止だ。あわてて、手を、あごの下へやって、組み合わすんだ。

「あいつも、するかな！」

皆は、信太をのぞいた。信太は、両手をひざに置いたままで、失礼な目玉達を睨み返した。

「チェーッ」目玉達は、閉じてしまった。

八重先生の声が、静かに流れた。

「主よ。今日も又、あなたの子供達が、無事に一日を送れた事を感謝します。今、ここに与えて下さいました、けっこうな食事を以って、いただきます。アーメン」

つづいて、待ってましたとばかりに、一同は食堂が割れんばかりの勢いで、「アーメン」と、叫んだ。

「頬ばるんじゃありませんよ」

「口の中に入れたまま、しゃべるんじゃありません」

「あなた、早すぎます」

「そんなにかきこむんじゃない。お皿を顔から離しなさい」

先生の叱言が、あちこちから、休む事なく、とび出した。その度に、新入生の信太は、びっくりして、声の方をふりむいてしまった。その上、まわりからじろじろみられるし、とうとう、半分で箸を置いてしまった。すると、隣のヘイタが、

「あれ、残した！」と、とんきょうな声を出した。

信太は、自分の顔が、カーッと、赤くなったのを感じて、顔をあげる事ができなくなってしまった。

「よけいな事を、言うんでない」と、田代先生が、ヘイタを、たしなめた。

食事が終った。

長い廊下を渡ると、信太の鼻に、又、便所の匂いがプンと来た。

裸電球がついて、部屋は、いっそうガランとした。たたみと、壁と、天井以外、何もないけど、昼間は、こんなに、ガランとしていない。不思議だ。

布団をしまう押入れに掛かっている、明るい花模様のカーテンが、電灯では、パッとしないからだろうか？

皆、気がぬけてしまって、ペタンと坐ってしまった。稲二が、ごろんと横になった。

大きなのや、小さのや、影法師が重なりあって浮んだ壁に、カウボーイや、馬の切りぬきが、沢山、はってあった。

信太は、何気なく見ていたが、これ等のもっと下に、目にしみるような、真白いシャツを着た子が、背中を丸くして、うずくまっているのに気がついた。ぶたみたいにふとっていて、笑った事がないから、何だか、うさん臭くて、おまけに、近眼で、いっも額を前に突き出して歩くので、「ぶたのおまわり」とよばれている子だ。

その丸い背中を見つけた稲二は、くるんと起きあがって、

「何だあ、ぶたのおまわり、帰ったのかあ」と、つまらなそうに言った。

「お前みたいのは、ここにくる権利はないんだぞ……なあ、みんな」

「ウン」

「ウン、そうだとも」

とたんに、丸い背中が、くるりと動いて、涙で腫れ上った額が、ぐるりと睨んだ。

シンとした。

たった一人、稲二だけが、平然として、「又、きちがいがはじまるぞ」と、舌うちした。

おまわりの額は、一段と赤くふくらんだが早いか、一番近くのヘイタに、とびかかった。

「お、おれは、何も言わない」相手の太い腕の中で、ヘイタはピーピー言った。

「やめろ、やめろよ」いきなり、信太が立ち上った。

「放とけ。面白いじゃないか」と、稲二が忠告したとき、すでに、ヘイタは逃げのび、代りに、信太

がなぐられていた。

皆は、総立ちとなった。信太と、おまわりとなら、いい勝負だ。

二人は、互に、相手が誰という事なんかそっちのけで、ただ、興奮して、組み合った。

ありったけの力で、押しあい、倒しあった末、遂に、信太が、おまわりの上に、馬乗りになった。

二人は、むっつり黙りこくったまま、胸から吹きあげてくる激しい息を、吐きあった。

「ワン・ツウ・スリー」

大川がとび出して来て、勇ましく右腕を振って数え出した。

「エイト、ナイン！」

すると、いきなり、おまわりが、すごい声を張りあげて、ワアッと泣き出した。

信太はびっくりして立ちあがった。

「テーン」

「おまわり、だらしねえぞ」

が、何と言われようと、おまわりは遠慮なしに、泣きつづけた。

「うるさいから、隣りへ引きあげようぜ」と、稲二が立ちあがった。

「あいつ、家から帰ると、いつもああなんだぜ。笑わせらあ」

稲二につづいて、皆も、ぞろぞろと立ち上った。

皆が行ってしまうと、おまわりは、涙をふきふき筆箱と葉書を取り出して、電燈の真下へ腹ばいになって書き出した。

「お母さん、お元気ですか。僕は元気です。へこまでは、いつも同じだから、すらすらとかけるんだ。昨日は、とても面白いでした。へこの後は、何とつづけよう？　もう、書く事はないや」……では又、さようなら」

葉書の左半分は空っぽだ。何だか、葉書の感じが出ないから、丹下左膳を書いた。

これで上等。明日、学校へ行く時、ポストへ入れる所を見せびらかしてやるんだ。何をくれるって言ったって、出さしてなんかやるもんか。

あいつらなんか、手紙を書いたって、出すところがないんだからな。ざまあ見ろだ。

「お前も家があるんだろ。」と、稲二は、信太のかっこうを見て、そうきいた。

「ウン」

「おれは、稲荷町二丁目の辰己湯《たつみゆ》産《さん》だから、辰己稲二って、いうんだよ。」

つまり、ひろわれたのさ……と言う所を、稲二流に、辰己湯産と、気取ってみせた。そして、つづけて、

「おれ達は、児童憲章《じどうけんしょう》で守られているんだぜ。」

と、信太の「家」を、馬鹿にした。

「それに」と、ヘイタが自慢した。「ここは得だぜ。クリスマスになると、アメリカ様がトラックで迎えにくるんだから。」

「お前、勉強できるのか？」

と、今度は、大川が身をのり出して来た。

「ここには、稲二の他には、一人も、できるのがいないんだぜ。だから、おれ達、学校へ行くと、馬鹿にされてしまうんだ。」

「そうよ。稲二は、すごく頭がいいんだ。おまけに、おれ達より、年が一っ上なんだぜ……」それから、ヘイタは、大きな目で、信太の顔をのぞきこんで訊きはじめた。

「お前、空に何があるか、知ってるか？」

「雲」

「もっと上」

「太陽と月」

「それから？」

「星」

「それから？」

「何にもないさ」

「いやある。天国さ」

「そんなの、迷信だよ。」

「迷信って？」

「うそを、本当と思っちゃう事」

「でも、ここじゃ、天国があるって教えるから、知っておきな。天国には、エス様がいらっしゃるんだ。何でも、できる方なんだぜ」ヘイタは、すごく真面目だった。「何しろ、天国みたいに、いい所って、ないんだからな。」

ごろんと横になって漫画をみていた稲二が、「忘れてた！　ハッカネズミを、忘れてた！。」と、とび起きた。

稲二は、腕力以外なら、どんな事でも、一番だった。そして、時々、尊敬と冷かしをこめて、皆から「紳士」とも、よばれるのだった。

さっそく、ハッカネズミの箱が、縁の下から持ち込まれた。

あまずっぱい匂いが、プンと来た。

みかん箱の中は、二段になっていて、ワラが敷かれ、よく、見ると、ワラとワラの、小さなすき間に、ハッカネズミのピンクの丸い背が見えた。

稲二、ヘイタ、大川、信太を中心にして、後の方に、五年生が控え、首だけのばして、箱の中をのぞきこんだ。

ヘイタが、ふところに手を突っこんだかと思うと、クシャクシャのチリ紙の中から、夕食の皿にあった天ぷらを一切れ、取り出した。食堂から出る時、信太の皿から失敬しておいたのだ。

「ヨオ、ヘイタ、お手柄。さわってもいいぜ。」

ヘイタは、静々と指を入れて、親指くらいのをつまみ上げた。ぬくみが、指先からボーッとしみこんで、背中を走り、頭からぬけて行った。

ハッカネズミは、ヘイタから大川へ、大川から信太へ、信太から隣りへと、順々に、まわされた。天ぷらは、細かく千切られて、ワラの中へまかれた。

皆は、この桃色の、あたたかい、小さな動物に、すっかり夢中になってしまい、ネズミがもとに戻るまで、タメ息以外は、何も聞えないくらいだった。が、誰かが、「ババァだ」と、叫んだものだから大騒ぎになってしまった。

ネズミは、手早く、巣へ帰され、箱は、縁の下へ帰された。

ペタリ　ペタリ

正しく一定の間をおいて、スリッパの音が近づいて来た。皆、手あたりしだいに、散らばっている雑誌を手に取った。

「おれ達の所だぜ。御用心、御用心。」

「主よ、われらを、すくい給え。」

ちょうどその時、扉が開いて、山本先生のつやつやした顔がひょっこり現れ、稲二へ向けられた。

「あれ、あれ、ネズミくさいぞ。」

（や、今日はごきげんだぞ……）稲二は、ニコニコした。

「ネズミは、部屋にあげない約束だったっけ。」

と、先生は、もう一度、念を押した。

「フン、自分の事は、何一つやらないくせに、ネズミとなると、まあまあ、よくやる事。」

「だって、先生。ネズミはか弱き者ですよ。」

「もうよろしい。八時を過ぎてるじゃないか。さあさあ、寝たり、寝たり。」

たちまち、押入れへの突進開始。五年生は隣の部屋へ、一目散に逃げ帰った。

〈イヤになっちゃうな、ババアったら。早く行っちまえ！〉

でも、山本先生は一向に動く気配がない。口だけが、休まず活動している。

「枕は、ラグビーのボールじゃないの！」

そう言われて、ヘイタは、あわてて、枕の裂け目をつまんだ。

「枕かけは、どうした？　まるで、煮しめみたいな枕だね。よくぞ、気持の悪くないものだ。」

ヘイタは、こそこそと押入れへもどると、奥から、ペシャンコにつぶれ、しめり気まである枕かけを取り出して来た。

「大川、ふとんの上を歩くんじゃなかったね？」

大川は、赤くなって、とびのいた。

「洋服は、たたむんだよ。ちゃんと、裸になって着更えてるだろうね。」

「信太の布団は、廊下においておいたからね。じゃ、おやすみ。馬鹿ふざけしないで、眠るんだよ。」

〈あー、よかった〉「おやすみなさーい」「遂に彼女は、去れり。」稲二が布団の上を、とびはねた。

でも、夜がやってくると、昼間は、あんなに自信に満ちていた稲二も、陽気に騒いでいた大川も、のんびりと落着きはらっていたヘイタも、すーっと、元気が消えて行ってしまうのだ。

柱時計が、コチコチコチと足ぶみするにつれて、勇気や自信も、コチコチと、どこかへ行ってしまうのだ。

だけど、今夜は、信太という新しい仲間の出現で、いくらか気が張っていた。

信太が、家から持って来た、布団や枕やねまきは、全く珍らしく、中でも、さっぱりした浴衣地のねまきは、すてきだった。

「オー、信ちゃんの着物は、いいなあ。」と、稲二が冷やかし半分にほめると、大川が、

「おれだって、ここに来る前は、こういうのを持ってたぜ。」と、袖を引っぱった。

「ここは、けちだから、こんなボロいのしか着せないんだよ。」

稲二は、はげちょろけた、赤い縞のパジャマを、ギュッとひっぱった。継ぎ目が切れてしまった。誰かが、愉快そうに笑った。

「継ぎが、いくつあると思う？　ホラ、袖が一つ、二つ、背中に、でかいのが一つ。ボタンの所に二つ。衿に一つ。」

「ヘッ、おれのは、もっと沢山ありますからね。」

「それに、ここの布団は、真中に綿がないんだよ。でんぐり返りをしたら、みんな、わきへ寄っちゃってんの。本当にケチなんだ。」

「特に、ババアがケチの親玉だな。赤チンなんか、ちょっぴりしか、つけてくれないんだよ。」つづいてヘイタが、説明を加えてくれた。

「ころんで、ケガしてよ。足一ぱい、真赤に塗ったら、カンカンに、怒ってんのな。」

「ババアの所に行くと、傷口に、チョッチョッとだけ。」

「おれ達は、児童憲章で守られてるってんのに。いや、実に、憂うべき事でございますな。」

稲二は、もう一度、パジャマを、ピリッとひっぱった。

ブタのおまわりが、いくらか明るくなって、もどって来た。手に、葉書を、ひらひらさせていた。

「もう、寝ようぜ！」と、稲二が叫んだ。

「グッド・ナイト」と、大川が、自慢の英語をふりまわした。

しばらくすると、静かな寝息が流れた。

扉が開いた。

田代先生が、一人一人の布団を、順々に軽く押えると、「おやすみ」と言って、出て行った。

（第一部おわり　30枚）

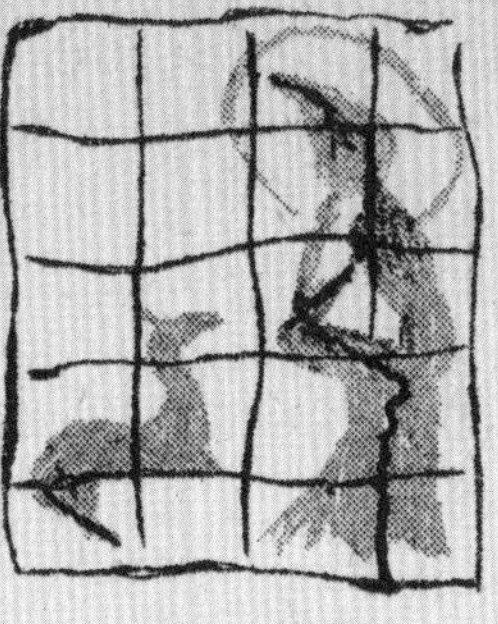

青空が見えるまで（第二回）

大村李枝子

夜露ですっかり冷え切った朝の庭は、とほうもなく広く、それにくらべて、ガラス張りの縁側のつき出した、細長い建物は、いかにも小さくて、粗末だ。

養護施設　めぐみ学園

Children's home Megumi-Gakuen

レンガ重ねの低い門には、漢字と英語の両方で彫った・石の表札が、はめこんであった。

日中は、どこもかしこも、八十人の男の子達のぶつかりあう騒々しさでいっぱいだから、こんなに広々と感じるのは、ほんの　まだ覚めない朝のうちだけだった。

霧のかかった灰色の庭に、中学生が一人、胸に鐘をかかえこみ、背中をすぼめて出て来た。

彼は、シャツの袖で、乱暴に目をこすると、いきおいよく、鐘を振りまわし始めた

鉄と鉄のぶつかり合う、重い、大きい音が、遠慮なく、鳴り出した。

信太は、足をいやという程、強く踏まれて目が覚めた。

見ると、ヘイタ達が、毛布や布団を頭にのせ、押入れに向って突進している最中で、その合間には、枕やねまきが、手当り次第に投げ込まれ、まるで、戦場といった具合だ。

信太は、とび起きると、その後に続いた。所が、信太の段になった時、布団の重みがかかったと一緒に、すべてが、一気にくずれ落ちてしまった。

「エヘ……不器用だなア」

大川達が笑った。ヘイタも、例の、しまった事のない、ゆるんだ口もとを、三日月形に広げて、楽し気に笑った。

「うまい所、やっておいてくれよ。なあ、信ちゃん」

鼻先であしらわれ、信太は憤慨して、

「君達、ずるいぞ」

と、笑いの残っている顔をにらんだ。

「何でェ。きみたちだってェ？　うすきみ悪い事を言うねえ」

大川が、負けずに言い返していると、稲二が

「くずしたのは、お前じゃねえか。自分でした事は、自分でしましょうってのが、おれ達のモットーだよ」

と、ケリをつけて、出て行った。続いて大川、ヘイタ、おまわりも、肩をそびやかして、出て行った。

静かになったとたんに、鳥の爽やかなさえずりが聞えて来た。

窓に出て背伸びをすると、前方に、もやにつゝまれた森が、うす黒く見えた。

B寮の前の庭の隅にも、うっそうと葉のしげった大木が五本ばかり立ち、その、しげみの中から、鳥の声が聞えてくるに違いなかった。

「いい所だな」

信太は、心の底から、そう思った。

信太の家は、細い路地と、どぶにはさまれ、隣の屋根にさえぎられ、満足に陽も差し込まなかった。勿論、庭なんて、形ばかり空いてるにすぎず、大抵は、洗濯物で一ぱいだった。

「……そりゃそうだ……」

信太は、すぐに、押入にもどると、いきなり、中のものを、すっかり外へ放り出し、はじめから、やりなおし出した。

自分の事は、自分でしましょうだ。

間もなくすると、手に手に、掃除用具をぶら下げた一行が、もどって来た。

ほうきを持って、部屋へ入ったヘイタは、信太を見て、目を丸くしてしまった。

「やりなおししてんのかあ。そんしちゃうぢゃないか。カーテンを閉めちゃえば、平気だよ。」

ヘイタは几帳面に、布団をたゝみなおしている信太を、馬鹿じゃないかなと、うたがった。

「お前、そんしちゃうぜ。本当に！」

へでも、どうせ、ひとの事だけど）ヘイタはそう気付くと、信太のまわりを残して、さっさと掃き始めた。

「おい、ぼくのあとを拭くんだぞ」

廊下から、おまわりが、信太目がけて、雑巾を放った。

雑巾は、信太の鼻先をかすめて、ヘイタの足許に落ちたので、ヘイタのほうきは、ついでに、そこも残して、通りすぎた。

ぶたのおまわりは、先ず、水びたしの雑巾で、長い廊下を、ひとなでし、次を、信太が、固くしぼった雑巾で、ひと走りするように命じた。

ぬれて滑りの良くなった廊下をひと走りするのは、なかなか愉快だった。

所が、あと少しという時に、田代式ズボンがやって来てしまった。

田代先生が、ひざの下でちょん切れたこのズボンをはく時は、大掃除とか、草採りとか、労仂意欲に燃えている印だから、ロクな事がない。B寮では、皆、このズボンが大嫌いだった。

でも、そんな事は、田代先生にとって、何でもなかった。

「お早よう！」

先生は、朗らかに、声をかけた。しかし、相手は（余計なお世話だ。早く行っちまえ。）という胸の中をかくしもせず、下を向いたまゝ、「お早ようございます」と、低く答えた。

たゞ一人、信太だけが、顔を上げて、ちゃんと挨拶をしたものだから、信太の声が、調子外れな、陽気なものに感じとられ、又々、「こいつ、ばかじゃないのか」と、見られてしまった。

（こういう場合は、絶対に、先生と目が合わない様、下を向きっ放しで、黙々と、だけど、ゆっくり動くに限るのだ。）

（あいつが来ると、ロクな事がないぞ。あのオトコオンナは、掃除については、全く、うるさいんだ。見かけによらず、女くさいんだぜ。）

（いったん腕組みをしたら、最後まで動きやしない。）

「ぬりなおしッ」

ぶたのおまわりの、丸っこいお尻が止まって、のっそりと立ち上ると、雄然と、バケツの所へ近寄って、手にしている雑巾を、8の字に、ねじりあげた。

「どろ水で拭いて、何になる！」

田代先生は、人指しと、親指を広げて、目鏡をずり上げながら、吐き捨てるような調子で注意した。

おまわりは、バケツを持ち上げて、井戸へ行った。

信太も、従った。

「他の者は、よろしい。

道具を片づけて、顔を洗っておいで。

歯をみがくんだよ。今日から学校だからね。いんちきしちゃ、みっともないよ。

全く、休みが長いと、だらけてしまって。」

掃除、体操、そして礼拝だ。

礼拝堂は、玄関の隣に、他からは離れて建っていた。

屋根の尖がった白い礼拝堂は、黒ずんだ寮舎と並べると、大へん、近代的で、美しくうつった。

又、この中へ、一足入ると、同時に、周りが、清潔で明るく、落付いて、およそ、めぐみ学園とは縁もゆかりもない場所のように、感じるのだ。

それに、ここだけは、日曜日になると、近所からクリスチャンが集って、礼拝が行われるし、時には、はなやかな結婚式場にもなる所だったから、便所くさい寮と、一緒に考えるわけには、いかない。

先ず、靴をぬぐと、明るい出窓に並んだ、各寮毎のみかん箱から、聖書と、讃美歌を抜き取って、ベンチへ坐る順序が、くそ真面目に、くり返された。トップを切って、一番奥の、目立たないベンチを占めたのは、大川だった。

「よお、はなたれても、あんよは早い」

と、中学生が、からかった。

「でかした、大川！」

あとから、稲二、ヘイタ、おまわりが、大川の取ったベンチへ坐った。

やがて、全員が席について、周りが見渡せるようになった時、稲二は、思わず、

「おッ、すげえ。」

と、うなった。

何と、説教壇の真ん前に、信太が、でんと坐っているではないか。

その一番前の列は、真ん中の信太をのぞいって空っぽだった。もし、いたとすれば、何かまづい事をして、罰を受けている筈だ。

「すげえ心臓だな。あいつ……」

びっくりしたのは、稲二だけでなく、めぐみ園全体の子供が、信太の後姿に舌をまいた。

「シーッ、来た、来た……」

礼拝堂は、素早く、静しゅくになった。

園長と山本先生の御到来だ。

先頭は、山本先生。しわ一つない、真白いブラウス、広い腰に、きっちりと合った紺のスカートを着、ナイロンのストッキングの筋は、真直だ。

山本先生は、いつ、どこから見ても、決して、ゆるんだ所を見せない。そして、地面に対し、垂直に立っている。

先生は、オルガンの前に坐ると、深く息を吸ってから、重々しく弾き出した。

皆は、手をひざに置いて、目をつぶった。

およそ、山本先生には不似合な、淋しい、甘い和音の行列が、長く尾を引いては消え、又、生れた。

礼拝当番が、顔を真赤にして、説教壇に上った。

この当番は五年生以上がやる事になっていた。当番は、その朝、歌う讃美歌と、全員で読む聖書の一部を選んでおく事になっていて、一口で言えば、この、おごそかな礼拝を、一手に引き受ける役目なのだ。

おまけに、左と右には、園長と、山本先生が控えているから、どうも、ふるえが止まらない。

「主の祈り」

当番は、やっと、蚊のなくようなふるえ声で言った。

こっけいな程、緊張している。この哀れな者を、どうかして、笑わせてやろうと、大川は、鼻にしわを寄せ、舌を出してみせた。

その他、口をとんがらかせ、たこそっくりな顔をして、主の祈りをとなえるのや、お祈りは、そっちのけで、一生懸命、当番の視線をつかまえようと、目や鼻口は勿論、耳まで動かして苦心しているのもあった。

「讃美歌　四六七番」

（やれやれ、やっと起立になった。音を立てないように、静々と、立つんだよ。）

主　われを愛す　主は強ければ
われ　弱くとも　おそれは　あらじ

次のおり返しに来た時、B寮のベンチが、勇ましく吠えた。

わが主　エス　わが主　エス
わが主　エス　われを愛す

二番も、三番も、ここへ来ると、黄色い声が上った。

歌が終ると、園長が壇に上った。

いつものように、片手を一寸上げると、かん高い声を張り上げて

「諸君、お坐り下さい」

と、その手を振った。

肥っているので、二重あごが、首に、ぴったりついて、シャツのカラーが見えない位だ。お腹も、すごく出ている。あんまり、肥ってしまって、バンドが使えなくなってしまい、奥さんに縫ってもらった。木綿の紐を、その代りに使っていた。

だから、たてよこ同寸とか、ビヤだるとか、こんな名前なら、幾つもあった。その上、この人の漫画なら、学園で、描けないのはいない位だ。

園長は、にこやかな表情を、少しの間、いかめしくかみ殺して天井を見上げていたが、すぐ、そのまま、かん高く、「主よ」と、続けた。もう、大分、耳が遠いのだ。

「晴れ渡った、すがすがしいよき朝を、どうもありがとうございました。

エー……………楽しい夏休みも遂に終り、今日から、新学期が始まるのでございます。

秋は、燈下親しむ候と申しますごとく、勉学に最も適したシーズンで、すべての者が、成績の挽回にこれ、つとめねばなりません。

――――エー　主よ。

どうぞ、今日一日が主の変らざる御力によって、無事終るよう、お導びき下さい。」

ここで、園長は、一息ついて、あごを引いた。

それから又、続けた。

「なお、今日、わが、めぐみ学園は、新しい友を迎えました。

相川信太、相川信太でございます。」

信太は、いきなり、名前を言われて、とび上る程おどろいた。

だが、周りは、何事もなく、落付いていた。

「……彼をも又、主の広き愛と、御力によりて、お守り下さいませ。アーメン」

「アーメン」　全員が、それに和した。

聖書を一区切り読み、もう一曲、讃美歌を歌って礼拝は終った。

六年生の教室、　明るい友達の顔　若くて元気な先生、　青空の見える窓　校庭にまで広がる大きな笑い声……

何もかも変ってしまったけど、学校へ行く事だけは、変らない。ただし、転校するのは生れて初めてだけども。

こんな、信太の気持は、よそに、部屋の中では、

「今日から学校、
給食たべに行きましょう。
おだんごもらいに　行きましょう」

と、どなりあっていた。

長い夏休みに飽き飽きしていたので、皆、うれしかった。

新学期だ、さあ、がんばろう。なんていう事は、夢にも思わないが、学校へ行く事によって、生活の場面が変るので、皆は、満足していた。

友達、先生なんか、どうでもよかった。

学校の往き帰りに、すれ違う、自動車やバス、故障したスクーターを抱えて、当惑している人、映画の広告、本屋で、雑誌の立読み、とぶに落ちている、ねずみの死がい、それから、空缶や、壊れこうもり傘なんかが、あるごみ捨て場……　全く、学校へ行く事は、面白い。

「B寮は、六年の部屋へ集合！」

声がして、直ぐに、両腕に通学服を抱えた田代先生が現われた。

「アメリカ様の払い下げかあ。」

稲二は、うんざりした。

めぐみ学園の、唯一の外出着は、アメリカ軍からの払い下げで仕立てた、カーキ色に、緑をまぜ合せたような色の、開衿シャツと、半ズボンだった。

「これは、きっと、ジャングル行進の時に着るやつだぜ。」と、おまわりが言ったが、本当に、陽当りの悪い、湿《し》けっぽいジャングルの中を歩くには、もってこいの、保護色だろう。

「こんなの、すぐ、めぐみ学園だって、わかっちゃう。」

「めぐみ学園ってわかったって、いいぢゃないか。恥かしいなんて、とんでもない。おだんごばかり取っても、少しも恥かしがらない人が、おかしいね。」

田代先生は、じょうだんのように、言いながら、本当に、そう、思っていた。

だが、家《うち》持ちの、おまわりや、信太の、身体に合った服装にくらべると、このはくらいの外出着は、いかにも、やぼだった。

第一、大きさが合わないから、だぶだぶで、そこからのぞいている、首や、手足が、一段と、細々と見えた。

「上ぐつは、あるだろうね。」

「ありまーす。」

「帽子も、あるね」

「ありまーす」

「ズックもあるね。」

先生は、念を押すと、腕を目の高さまで上げて、男物の時計を見た。

「もう、そろそろ、出かけなさい。」

信太は、あとで、私と一緒に行くから、待っていなさい。」

「ワーイ、行ってまいりまーす」

口々に叫びながら、皆は、玄関に飛びつくようにして出て行ってしまった。

田代先生も、出て行った。

信太は、一人になった。久し振りに、一人だけになった。

青空が見えるまで III

大村李枝子

B寮の一団に続いて、C・Dの子供達も、出て行ってしまった。

大騒ぎしながら出て行った彼等を追って、たった一人で、泣き泣き行くのは、D寮の豆チャコだ。

靴が片方、見えなくなってしまい、散々、さがしたあげく、出て来たのは、八文半の大靴だった。

仕方がないけど、豆チャコは、それを、はいた。右は、七文半、左は、八文半、おまけに、両方とも、右足用ときているので、何とも、具合が悪くて、歩きずらい。

兄の、アチャコは、とっくに、学校へ行ってしまった。

兄弟といっても、お互に、仲間が多勢あるので、弟の事など、考えるひまなんか、なかった。

たゞ、アダ名だけが、アチャコの弟というので、あっさりと、豆チャコと、つけられていた。

豆チャコのあとから、大あわてで、飛び出して来たのは、帽子を失くして、新学期早々、大目玉をくらってしまい、今やっと、放してもらった所だ。何てことないや！ 帽子は、先生が、ちゃんと、拾って、かくしていたんだから。やれやれ、もし、本当に、出て来なかったら、山本先生からも、叱られる所だった。クワバラ、クワバラ。

しばらく、間をおいて、D寮から、頭を、すっかり、三角巾でつゝんだ、モーコ人みたいなのが、のろのろと、やって来た。彼の後には、肥った野上先生が、赤十字のついた、薬箱を持って、立っている。

この子の頭は、春以来、シラクモで、一ぱいとなってしまい、わざわざ、二時間もかけて、東大病院の、有名な、皮膚科の先生の所へ通っていたが、一向に、よくならない。

何でも、世界で、初めて発見されたという、未だ、学名のない、注目すべき、シラクモという事だった。

でも、いくら、珍らしい、貴重なものでも、本人にすれば、全く、辛い。

この暑いのに、油薬を、厚く塗られ、ほうたいを巻かれ、学校へ行くと「臭い臭い」と、敬遠されるし、学園では、先生までが、「シラクモのマッちゃんや」と、呼ぶ始末だ。

ありがたい事に、他の子へ、うつる心配はなかった。だから、このモーコ人みたいな三角巾は、学校へ行く時だけ、使っていた。イヤがられない為に。

シラクモが出来て以来、彼は、学校が、きらいだった。

今朝も「休む」といって、散々、泣いたり、暴れたりして、やっと、行く気に、なったのだった。

こうして、どうにか、一人残らず、学校へ行ってしまうと、めぐみ学園は、久し振りに、静かになった。

でも、先生達は、のんびりしていられない。これから、一年中で、一番、大変な、冬仕度が始まるからだ。

どの寮舎の、洗濯部屋も、夏の間に、打ち直した綿が、山と積まれ、縫うばかりになっている。布団地や、とじ糸などが、とっくに用意されてあった。

その他、冬物の衣類は、半分以上が、ひじがぬけたり、袖口や、すそが、ボロボロに、すり切れてたり、ボタンが、取れたり、していた。

保母さんは、一つの寮に、二人、つくことになっていても、人手不足で、A寮と、B寮は、たった、一人だ。

そうすると、一人が、十五人と半の、子供を持つ事になる。

そうすると、一人が、一個、ボタンを、失くしたとしても、十五と半、ボタンをつけなくては、ならない。

だから、シャツや、ズボンは、つぎをしても、つぎをしても、後から後から、やぶれ物が出来て来て、つくろい物を入れる、リンゴ箱は、底の見えた事が、なかった。

その他、P・T・Aがあれば、きまって「お宅の、諸君は、どうも、成績が悪くて、困ります。もう少し、何とか、なるように、一つ、よろしく、頼みますよ。」と、十回以上も、聞かされる始末だ。

あれや、これやで、山本先生たち、保母さんは、頭も、手足も、子供に、すっかり、占領されていた。

それでも、子供達が、学校へ行っている間は、のんびりしていられた。

第一に、一息ついて、思い切り、大きな、あくびをする「ひま」が、ある。

応接間のミシンは、コトコトと、軽く鳴り、その足許で、A寮所有の、三毛猫マリが、冷たい床に、手足を、だらしなく伸ばして、眠りこけていた。

それは、いかにも「うるさいのが、学校へ行っちまって、本当に、セイセイしました。」といった、かっこうで、八重先生を、笑わせた。

洗濯場からは、はな歌が、聞える。

山本先生は、二階の、自分の部屋へ引きこもって、レコードを聞きながら、編物を、始めた。

色々な、毛糸玉で、一ぱいの行李を、籐椅子の横において、セーターや、手袋を、編むのだ。

ただし、その数は、限られていて、D寮の子供にしか、届かない。

それ以上は、からだが、大きく、編む手間が、かかり、おまけに、ちっとも、可愛らしさがなくて、作りばえが、しないからだそうだ。

山本先生は、時々、手を止めて、ひざの上に拡げた、ハンカチで、汗ばむ指を、拭いた。

一人、残された信太は、初めて、落着いて、部屋を、見まわした。

だだっ広い、のっぺりした、板壁。天井がとても高い。

壁には、アメリカの雑誌から切り抜いた、色刷りの"カウボーイ、真赤な、スポーツ用のオープンカー、青い、乗用車、きらびやかに着飾った、インディアンの男、が、点々と、貼ってあり、それにまざって、幼きエス様も、あった。

押入れは、ふすまの代りに、花模様のカーテンが下り、整頓の悪いのを、体裁よく、カモフラージしている。

押入れの一部は、棚に改造して、一人一人、私有物を入れるよう、区切ってあった。

足許の、畳は、日にやけて、赤くなった上に、乱暴に、踏まれ、歩かれ、跳ばれ、汚れた足の裏で、こすられ、見るかげもなく、痛んでいる。

たった一人で、坐っていると、段々、気がめいって来るので、信太は、縁へ出た。

田代先生の部屋から聞える、ラジオの、耳なれた曲が、急に、信太に、家を思い出させた。

お父さんは、結核で、療養所へ入ったきりだった。そして、とうとう、三年を過ぎてしまい、健康保険を切られてしまった。

その時、お母さんは、二人の子供を、養護施設にあずけて、熱海の温泉旅館で働らく事に、きめた。

「きっと、一年の辛抱よ。そーしたら、もう、お父さんも、元気になるでしょう」

お母さんは、のん気そうに、見えた。

一家が、別れ〳〵になる時、皆で、お父さんの所へ行った。

お父さんは、顔色も、よく、肥ったようだった。本当に、一年、がんばれば、すっかり、よくなるように、思えた。

信太と妹は、これから始まる、同じ年の子供達との集団生活を、楽しく、想像したのに、実際は、勝手の違う事ばかりで、今、直ぐにでも、縁から飛びおりて、あの、懐かしい、小さな家へ、帰りたい気柄で、一ぱいに、なっていた。

信太は、空を見た。

真青に晴れ渡り、少しの、ムラもなく、深々として、際限なく、広がっている。

じっと見ている中に、自分が、とても小さな、つまらない人間に思えて来た。

この、きれいな、明るい空は、彼の、手の届かない先、遠い所にあった。

しばらくして、庭先から、田代先生が、やって来た。糊のきいた、真白いYシャツに、黒いスカートという服装で、暑さを、よけるのに、衿首のボタンを外して、袖は、きちんと、折り上げていた。

これは、B寮の子供に言わすと、「ミス・自衛隊」という、いでたちだ。

「今日も、相当、暑くなるな。」

先生は、縁に腰をおろすと、持っていた煙草を、一本、引きぬいて、マッチ箱の上を、トントン打ち、

「一服してから、行こう。」

と、口に、くわえた。

「朝の一服は、心の健康のもとでねえ。」

と、言って、火をつけ、深く、吸いこみ、空に向って、ゆっくりと、煙を吐き出した。

田代先生は、この時、やっと、「我は、人間なり」と、気が付くのだ。

そして、心の中で、「主よ、どうぞ、一日が無事でありますように、子供達に、やさしい、よき保母で、ありますように、愛と、力を与え給え」と、祈るのだ。

所が、それでいて、相変らず、「怒るロボット」に、すぎなくなってしまう。

――整頓が、悪い。掃除のやり直し。勉強しろ。又、カギざきをこさえたね。部屋の中で、騒ぐんじゃない！ 上へ上る時は、泥足を洗うんだよ。――

こんな風で、怒る種は、そこいら中に、落ちているのだから、先生は、一日中、ゼンマイ仕掛けにかかった様に、怒り、どなって、過ぎてしまう。

先生は、又、深く、吸いこんだ。

信太は、白い煙が、ひろがって、消えて行くのを、見つめた。

「きれいな、空だ。深い海の底みたいだ。――

誰だっけ……空のように、心の広い人に僕はなり

たい……って、作文に、書いてたな。

どこかで、見た事のあるような、名文だけど、こういう、澄み切った、広い空を見ると、本当に、そう思うね。」

信太は、下を向いて、指をかんでいた。

先生は、そこで、一人言めいた話を止して、信太を見た。

「すぐ、なれちゃうさ。相手が一ぱい居て、遊ぶ事には、不自由しないからな。

おまわりなんか、休みで、家へ帰っても、すぐ、学園に帰りたがるんだよ。

帰りたくたって、帰る所のないのが多いのに、もったいない話だよ。

こうして、皆、物心のついた時から、集団生活をしていると、自分の得になる事しか、考えられない、心のせまい人間に、なってしまう。

君なんか、本当に、幸せ者だ。」

先生は、言い終ると、「行こう。」と、立ち上った。

学園のまわりは、殆ど、畑で、あとは、それらの畑の持主が住む、林かと思う程の、高い木に、囲まれた、広い、大きな、わらぶき屋根の家だけだ。

だから、門から外へ、一歩出ると、やわらかな、土のにおいにまじって、肥料のにおいが、風にのって来た。

門の前の小道を少し行くと、広い、アスファルトの道にぶつかり、それを、真直、北へ行くと、学校だ。

道の両側には、ずうっと畑が続き、暑いにつけ、寒いにつけ、うんざりする程、長く感じる。

この通りを行く、乗物も、極く少ない。バスは一時間に二台きりだ。

この退屈な道を、$\frac{2}{5}$程、行くと、米店、味噌屋、八百屋があり、又、畑が続いて、$\frac{4}{5}$程で、やっと、商店が並び出す。

そして、ガードをくぐって、直ぐ、学校だ。

ここまで、一年生の足で、十五分あれば、十分なのに、皆は、たっぷり、三十分近くもかけて、通学していた。

信太が教室へ入って来た時、ヘイタの顔は、思わず、赤くなった。

新入生は、昨日、自習室へ来た時と同じく、目を伏せて、しっかりと、立っていた。

一番、前の席にいるヘイタは、どうか、自分に、気ずいてくれるように、「こっち、こっちだよ」と、目をパチパチさせてみた。

「相川信太君は――」と、先生は、ヘイタの方を一寸、見て、

「上野君と、同じく、めぐみ学園です。」

と、言葉を切った。

教室中の、注目の的が、信太から、ヘイタへと移った。

「ほんとか？」

ヘイタは、赤い顔で、ウンウンと、答えた。そして、ついでに、

「あいつ、度胸がいいぜ。」

と、言ったものだから、「度胸が、いいんだってサ」というニュースが、たちまち、クラス中の耳へ、入ってしまった。

そして、これから始まる、クラス委員の選挙の時、投票しようかな？と、考える生徒もあった。

信太は、指された席へ坐った。

「なあーんだ、めぐみ学園かい。」

と、がっかりしたような声が、聞えた。

安西先生は、机の上を、げんこつで、叩いた。そして、声を張り上げ、

「さあ、二学期は、遊ぶによし、食うによし、だぞ。」

と、皆を、笑わせた。

「それ以上に――」と、一段と、声を上げ、

「学ぶによしだ。」

それから、黒板の前を往復したかと思うと、声を、やわらげて、

「上野公春！ お前、今学期は、怠けちゃ、いけないよ。

団子ばかりじゃ、中学で、入れてくれないぞ。

たまには、団子二つと、箸の一本も、取ってみろ。」

と、ヘイタの顔を、のぞきこんだ。

滝上五郎は、何とかして、信太と話をする糸口を見つけようと考え、先ず、共通の話の種を、引っぱり出した。

「君、めぐみ学園の園長って、肥ってるな。」

「うん、百貫デブだ。」

二人は、お互に、相手の笑い顔を見て、ほっとした。

「オトコみたいな先生ね。」

「ウン、僕達の先生だよ。」

「煙草も、ウイスキーも、飲むんだってね。」

「へェー、ウイスキーを、」

驚く信太を、五郎は、鼻先で、あしらい、

「あの先生、怒ると、土を掘って、生き埋めにしちゃうんだってサ。

でっかい、穴が、あるだろう？」

「そんなこと、するかい。」

「でも、うそだよ、きっと。まさかね。」

その時

「滝上と相川、もう、むだ話をしてるのか」と、先生が、大きな声で、注意した。

一日目は、簡単に終った。

帰り際に、滝上が「遊びに来いよ」と、言った。

「うん。今度、行くよ。」

信太は、友達が出来て、嬉しかった。

このあたりは、駅を境として、大体、北は住宅地、南は、畑と、なっているので、生徒のほとんどが、めぐみ学園と、反対の方角から来ていた。滝上も、そうだった。

昼近くで、人通りは淋しく、やたらに、暑かった。

「俺の頭ばかり、照らしやがるなァ。」

と、ヘイタは、額の汗を、手のひらで、やけになって、こすった

「俺、帽子を、二つも、失くしちゃったんだよ。だから、日射病で、死ぬんだ。」

「貸してやるよ。」

と、信太は、白い帽子の頭を、ヘイタの前へ、つき出した。ヘイタは、

「これ位、本当は、平気だ、よ。」

と、そっぽを向いた。

「君、本当は、ヘイタじゃ、ないんだろう。」

と、信太は、聞いた。

「ああ、でも、学園じゃ、みんな、ヘイタって、呼ぶんだ。

大川だって、本当は、小川って言うんだよ。

みんな、あだ名で、呼ぶのさ。簡単だろ。」

のに、損しちゃったな。」

二人は、のろのろ、歩いた。

しばらく行くと、道の両側にある、干上ったどぶに、大川たちが、集まっていたので、二人は、そこへ、とんで行った。

そこには、泥だらけの、どぶねずみが、手足をちぢめ、三角の口先を、少し開けて、二本の白い前歯をのぞかせ、ひげを、だらしなく、たれ下げて、横たわっていた。

稲二は、足先で、ひっくりかえしながら、一応、調べると、

「全然、無キズである。毒でやられたんだ。」と、宣言した。

すると、大川は、腰をかゞめて、しっぽをつまみ上げて、もう一度、ていねいに、見、

「毒だ。たしかに。

さっと、ネコイラズだろうな。」

と、皆の前へ、さし出したので、腐った、いやな匂いが、そこら中に、広まった。

「おい、稲二、今日、やろうぜ！」

「ウン。飯がすんだら、直ぐな。誰も、来ないから。」

聞くと、信太が、続けて、どうしてヘイタっていうのか、

「俺は、知らないんだ。」

と、ヘイタは、口を結んでしまった。

水色の、房をつけた、氷店の旗が、重た気に、垂れ下っていた。

「信ちゃん、氷を、飲んだ事って、ある？」

「あるさ。」

「しゃっこいだろ」

「氷だもの、氷一ぱいで、からだ中が、冷えちゃうよ。」

ヘイタは、冬、外で触れる以外、氷にさわった事がなかった。

「たま川のわき水も、氷みたいだったなァ。いくらでも、ただで、飲めるんだぜ。俺達、顔中、水の中へ入れて、飲んだんだぜ。すき透ってて、手を入れてると、痛くなるんだ。」

そう話すうちに、ヘイタの頭の中に、この夏、一週間交代で行った、キャンプの事が、猛烈な勢で、突進して来た。

「信ちゃんも、もっと早く来れば、連れて行かれた

「ナイス」「ナイス」と、皆は叫んだ。

そして、一同は大川を中にして、浮々とした足取りで、歩き出した。

彼等は、寮へつくと、口々に、調子よく、

「たゞ今、帰りましたァ。」

と言って、靴をぬぐなり、先を争って、井戸へ走って行って、気のすむまで、しこたま、水を飲んだ。

次に、汗だらけの顔を、水につけて、たった一枚の、黒ずんだ手拭で、順々に、拭いた。

それが、すむと

「飯だァ、飯だ。」

と、食堂へ、とんで行った。

食堂には、もう、すっかり、用意がしてあった。

先生は、居ず、終ったら、自由に、席を離れてよかった。

お皿に、バタをぬった、コッペパンと、キュウリと、キャベツの塩もみ、どんぶりには、ミルクがある。

席につくと、一応、形だけは、手を組んで、自分で、わからない程、舌を、素早く動かして、お祈りし「アーメン」だけ、はっきり、言って、食べ出した。

信太も、皆の真似をした。もう誰も、笑ったり、のぞいたりせず、当り前のつもりでいた。

一人が、突然「クックッ……」と、変な笑い方をして、目で、廊下の方を見てみろ、と、合図した。

山本先生だ。

空っぽの、食器を、おぼんにのせて、台所へ行く所だ。

「あんた達、夏休みの宿題は、すっかり、すんだ?」

と、先生は、聞いた。

「すみましたよ。」

と、皆は、おどけて、答えた。

「そうかい。そりゃ、結構!」

先生は、そのまゝ、行ってしまった。

皆は、どっと、笑った。

そして、又、うつむいて、パンを、ちぎっては、口に押しこみ、ミルクを流しこんだ。

ヘイタは、それでは、辛棒出来なくて、やたらに、机の脚を、けっていた。

「ごちそうさま!」

真先に、大川は、立ち上ると
「みんな、早く来いよ」
と、言い残して、出て行った。
ヘイタ達は、あわてて、残りを、口へ、放りこんだ。

Ｂ寮の全員が、そろうと、まるく坐った、その中に、新聞紙の包みが、おかれた。

「さて、いよいよ」

と、稲二は、身を乗り出して、一同を、見わたすと、

「毒薬を、作る時は、来た。」

と、声を落し、又、更に、一段と、低くして、

「もし、我々の、この秘密が、ばれた時は、我々は、この毒を、飲まなくては、ならない。」

話す方も、聞く方も、思わず、身ぶるいをした。

「いいか。皆、誓えるか。」

「よし、聖書にかけて、誓うとしよう。」

彼等は、いっせいに、人指し指で、空間に、十の字をかいた。これが、いつからか、この仲間の、誓いのやり方に、なっていた。新入りの、信太も、おごそかに、見習った。

これが終ると、緊張がゆるみ、一人〳〵の胸は、わく〳〵して来た。

新聞の包みは、大川によって、開けられた。

「赤ざる、ハリ金を、持って来い。」

「ガマ、棒をさがして来な。」

命じられたのが、立った。

稲二は、針金と、竹竿を、受け取ると、器用に、ねずみの首をしばり、竹竿に、つるした。

稲二の、細っそりした、白い指は、皆の期待にそって、よく、動いた。

すっかり、仕上ると、竹竿の端を持って、先ず、信太の鼻先へ、つき出した。

信太は、思わず、顔をそむけた。

稲二は、チャンスとばかりに、信太の顔を、竹竿の先で、追っかけまわした。

信太が「ヤメロヨ〳〵」と、あわてて、身を、かわすと、彼らは、手を叩いて、笑った。突然、不意をねらって
「やい！やめろ」

と信太は、稲二の手を、つかまえた、

すると、稲二は、恐ろしい目つきで
「お前は、裏切るのか！」

と、信太を、にらんだ。

大川も、ヘイタも、おまわりも、全部が、意地悪く、信太を、笑った。

「そんな事、しないよ。」

と、信太は、腹を立てて、手を離したが、負けずに、

「男のくせに、お前は、しつっこいな。」

と、言ってやった。

稲二は、ペシャンコになってしまった。そして、手首をさすり、さすり、

「オー、痛い。お前、ふざけてるのに、余り、本気を出すなョ」

と、つぶやいた。

大川が、待ちかまえたように、

「稲二、早く、しちゃわないと、ババアや、オトコが、来ちゃうぜ。」

と、たゝみの上を、叩いた。

「大丈夫だィ。皆、ごゆっくりとしてますからね。こいつが、ミイラになったら、粉にするんだ。その粉は、毒薬なんだぜ。そいつを、紙につゝんで、ババアの、皿のとこに、おくんだよ。そうすると、ババアが見つけて、『おいしい物かな』って、指で、ペロッとなめて、死んじゃうんだ。」

そうして、話は、いつのまにか、山本先生の、お化けになる所まで、来てしまった。

おまわりが、両腕を、八の字形に、力なく下げ、白目を出して、

「うらめしや！」

と、やると、皆、いっせいに、こわがって、相手かまわず、とびついた。

その時だ。

「稲二！」

山本先生は、どなった。

「稲二！」

稲二は、竹竿を持って、立った。

「外して、便所へ、捨てておいで。」

巻きつけた針金は、なかなか、取れなかった。

ヘイタが、手を貸そうとすると、たちまち、

「稲二がするから、いい」

と、しかられた。

大川が、おそるおそる、鼻を、すすり上げた。

どうやら、針金をとくと、稲二は、しっぽを持って、便所へ、捨てて来た。

「さあ、B寮、全員、起立！」

皆、声もなく、立った。

「一列に並んで、馬鹿野郎の行進はじめッ」

胸を張って、堂々と歩く、先生の後へ、彼等はテレかくしに、笑いながら、従った。

洗面所へ来ると、先生は、よしというまで、手を洗っていろと、命令した。

「ああ、くさい。

何ていう、においだろう。

あんた達に、すっかり、しみこんぢまってるじゃないか。」

「五年は、よし。

あまりこすって、手が、真赤になった。

六年は、クレゾールで、たたみふきだ。

ウジでも、わかれた日には、大変だからね。」

そう言うと、山本先生は、上の棚から、クレゾールの、茶色いびんを、取った。

「もうすぐ、あんた達の寮に、新しい先生が来るんだよ。」

すると、稲二が、「ヘッ、マンボ」と、肩をすくめた。

本当は、B寮に、保母が二人、つく所を、人手不足で、春から田代先生が一人でやっていた。

そして、稲二達は、春に、やめて行った、若い保母さんは、自分達が、追い出してやったんだと思い込み、いい気持だった。

「わたくし、もう、あなた達のような、悪い子供の顔なんか、見たくありません。」

大川は、その先生の口真似をやってみせ、

「いやだったなア。稲二。」

と、言った。

ヘイタも、おまわりも、「あんな奴」と、笑った。

「今度だって、どうせ、同じさ。」

いやいやえん 再訪

話・野瀬啓子、中川画太　構成・新井敏記　絵・中川画太

みどり保育園の跡地にある野瀬整体指導室を訪ねた。
そこは園長だった天谷保子が、約十六年続けた保育園を畳んだ後に、第二の天職の場として始めた整体院だ。
天谷は幼少期から原因不明の足の麻痺や頭痛に悩まされていたが、
一九五六年にみどり保育園を始めてからさらに体調が悪化し、左腕が動かなくなった。
しかしそんな時、中川李枝子の父、大村清之助に紹介された整体師の野口晴哉の施術によって回復、
その後も治療で野口のもとに通い続けた。一九七二年にみどり保育園を閉めた後、
才能を見出された天谷は野口の直弟子となり、やがて独立して自らの整体院を立ち上げるまでとなる。
現在は、孫の野瀬宏介が跡を継いでいる。
かつて保育園だったその場所で、天谷保子の娘であり宏介の母である野瀬啓子、
そして中川李枝子の息子でみどり保育園の卒園生の中川画太に、当時の記憶を語ってもらった。

――みどり保育園の成り立ちから教えてください。

野瀬啓子（以下、啓子）　今の駒沢公園の西口あたりに、満州の引揚者住宅と戦災者住宅が何軒も建っていました。親はみんな働かなくちゃいけないから、子どもたちがあぶれて外にいた。その子たちを町内会の婦人会で見ることにしたんですって。それがみどり保育園の母体となった。そのうち子どもが何人も集まったので、原っぱにバラック小屋を建てて保育園を始めることになりました。その時、保母学院に出した「主任保母求む」の張り紙に中川先生が応募なさって。中川先生とはその時からのお付き合いです。何年か経って、オリンピックをやるというので、立ち退かなければいけないことになりました。それで急遽、近くで保育園をできる場所を探して、それがここだったんです。

――保育園と同じ場所にお住まいだった？

啓子　はじめは古い家を買ったんです。そこに保育園を建てた。

うちは園舎の二階に住んでいたんですよ。一階の一部分に中川一家三人が住みました。今では考えられませんけど。

――婦人会で子どもたちの面倒を見ていたということですが、そもそも天谷先生は教育に対して何か思いがあったのですか？

啓子　もともとお医者さんになりたかったみたいです。小児科のお医者さん。けれどうちの祖父は軍人だったので、女が仕事するなんて認めなかった。女だから上の学校へは行かせない。花嫁修行してお嫁に行くという感じ。それで母のお医者さんの夢は叶わなかった。でもとにかく子どもが好き。そんなことから、町内会の婦人会でやっていた保育園を引き継ごうということになった。町内会でやるのにはもう限界があったんでしょうね。町内会は関係なく自分でやることになって、人を探して、それで中川先生がいらしたんです。

――天谷先生は何人きょうだいでしたか？

啓子　五人。女が三人で二番目なんです。男二人なんですが、下の弟の年が離れていて、特にその子を可愛がったそうです。中川先生も女の子四人と男の子一人のきょうだいで、二番目でしょう。なんかその辺がふたりはぴったりだったんじゃないのかしら。しっかりしてるのよ。協調性もあるしね。

――啓子さんご自身も保育園の子どもたちと一緒に遊んでいた記憶はあるんですか？

啓子　ありますよ。高校生くらいの時かな。ちょっと手伝っていたこともあるし、ピアノを弾いたりしていました。母も中川先生もすごくオープンな人だから、誰が入って来たって、危なくなければ。

――その頃は何人くらい、園児はいらっしゃったんですか？

啓子　覚えていないけれど、三十人くらいかしら？　いまだに名前も顔も覚えています。私もずっとこの辺に住んでいるので。

――クラスの名前はどなたがつけたんですか？　ほし組とか、ばら組とか……。

啓子　それは『いやいやえん』に出てくるフィクション。

中川画太（以下、画太）　みどり保育園は、すみれ組とたんぽぽ組と……。

――何年保育でしたか？

啓子　原則は三年保育ですが、事情によってだったようです。

画太　私は一歳数カ月から。

啓子　すごく困っている方は小さい頃から受け入れていました。「助かったんですよ」って親御さんの話を聞いたことがある。

画太　一番広い部屋の一番奥に、赤ちゃん用の柵があるベッドがあって、そこに入っていました。一歳半の我々は。

――何人かそういう囲いの中にいた。

画太　その時は二人だけだったと思います。ここ「野瀬整体指導室」の新しい家を設計した若松均さんと、僕の二人。彼はガラス屋の息子なんです。家にガラスくずとかがいっぱいあるわけです。だから家にいると怪我が絶えなくて、お医者さんに「この子、家においてたら、死んじゃうよ」って言われて、包帯巻いたまま入園希望でここに来たそうですよ。

啓子　認可なんか受けたらできないことをやっていたわけですね。

――啓子さんは中川さんとご一緒に勤めた時期ってあるんですか？

啓子　私は勤めたなんてものじゃないの。暇だと楽しいから見に行って、ちょっと頼まれたことをやるとか。それこそ本を読んでって言われたら読むとか。うちとすごく近かったから、私にとって特別なところではなかったです。

――たとえばどんな本を読んであげましたか？

啓子　『ちびくろサンボ』やロシア（ウクライナ民話）の『てぶくろ』、『おおきなかぶ』。それと『三びきのやぎのがらがらどん』も大人気でした。みどり保育園ではいくらでも本を買ってもらえたって、中川先生の著書に書いてありましたよ。

――それは天谷先生が本は大事だとお考えだったから。

啓子　中川先生に一任したのね。だからいい本ばかりでした。

――保育園の蔵書ではどこにも負けないですよね。

啓子　みどり保育園っていうのは本物志向なの。絵は画太さんの

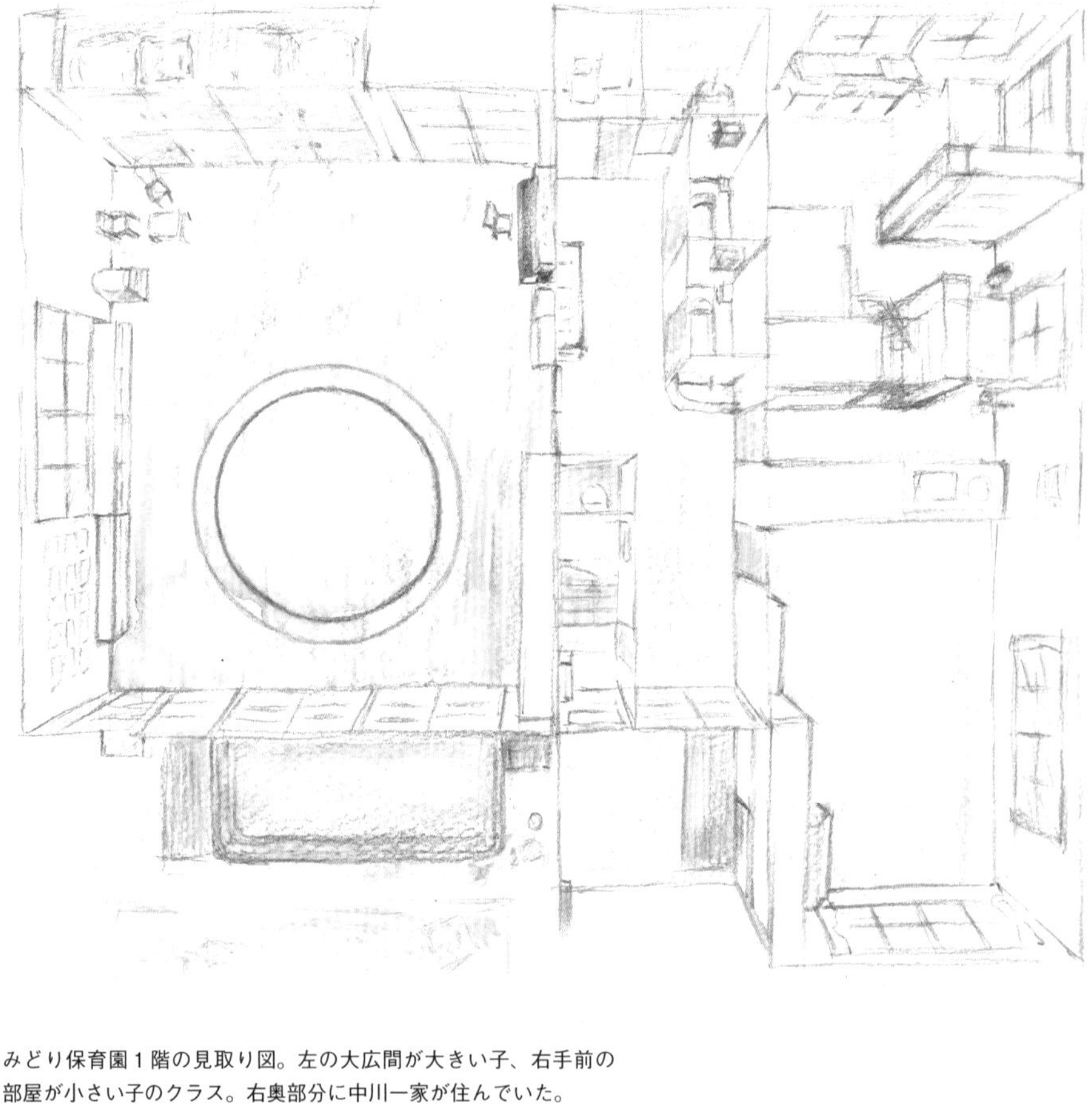

みどり保育園１階の見取り図。左の大広間が大きい子、右手前の部屋が小さい子のクラス。右奥部分に中川一家が住んでいた。

お父様（中川宗弥）が教えにいらしてました。

画太　土曜日の午後にね。

啓子　音楽も熊谷隆子先生がいらして。熊谷先生は、中川先生の保母学院の同級生。

画太　山脇（大村）百合子さんの旦那さんのお姉さんです。音感教育者だった酒田冨治さんに学んだ方。

――すごい。ちゃんとした人たちが教えにいらしていた。

啓子　本当に本物志向なんですよ。普通は気楽にパッと頼んだりできないような方たちにも、思いつくとすぐ頼んで、交渉して、ちゃんとそれをやっちゃう。

――ネットワークがすごいんですね。天谷先生も、中川さんも。

啓子　そうなんです。その辺がふたりの共通点かもしれません。自分の意志がはっきりしている。そして、こうしたいと思ったらそれを本当に実現しちゃうのね。それも気負ってじゃなく。平気でさらっとやってのけちゃう。

――信念はあるでしょうけれど、保育園を経営するって相当大変ですよね。

啓子　そうですよね。やっぱり私は行事の時が大変だなと思いました。責任を考えると緊張感を覚えた。遠足といっても大変なのよ。みんなを無事に連れて行くのはね。

画太　どこへ行ったんだろうね。電車に乗って行くの？

啓子　二子玉川や馬事公苑とかかしら。遠足のようなイベントがあると、私は緊張する方だから「そんなの大変じゃないの？」って思うけれど、先生たちはちゃっちゃとやっちゃう。

――中川さんが、外に園児を連れて行く時は懐にピストルを忍ばせて行きたかったと言っていました。そのくらいの覚悟でやっていたって。

啓子　ああ、そう。気楽にやってたわけじゃないのね（笑）。でも、とにかく朝預かった子どもたちを無事にお帰しするっていうのは、本当に大変だというのは感じていました。

――行事は他にもあったんですか？

啓子　運動会もあったし、劇なんかもやりました。もう少しちゃんと観ておけばよかった。きっと脚本や演出なんかも中川先生がなさったんでしょうね。

画太　白いタイツ姿の写真とかあるけどね。晴れの舞台。お遊戯とかね。

啓子　先生たちも楽しそうだった。おもしろそうなことをいろいろと、アイディアを出して実際にやると、子どもたちのかわいさで成功しちゃうんですよね。当時のみどり保育園の子どもたちは、毎日のように中川李枝子さんに読み聞かせしてもらっていたんだから、うらやましいかぎりですね。

みどり保育園の一年間

中川先生、帽子のひも結んで！

６月のある日。保育園の日常の風景。

園庭の遊具で電車ごっこ。「私も乗せて」と乗客が次々に。

天谷先生考案のコンクリートでできた立派なプール。ヨットを浮かべて競争。

保育園の玄関には天谷先生のうちで飼っている犬のクロちゃん。

運動会。手旗を振って元気に行進。

床に寝そべり夢中で絵を描く。

クリスマス会の出し物は中川先生作詞の「ぼくは北風」の合唱。

卒園の日。みんなと並んで食事をするのも今日が最後。

手作りの鬼のお面をかぶって。

「いやいやえん」中川李枝子 さく　大村百合子 え
福音館書店 刊　

interview

中川李枝子
子どものうた

構成・新井敏記
絵・中川李枝子

二〇一七年十月二十一日、
中川李枝子はことばと学びをひらく会主宰で
「空色のタクシーに乗ったぐりとぐら、のはらうたをうたう」という
記念鼎談を作家のあまんきみこ、工藤直子と行った。
あまんきみこ一九三一年満州撫順市生まれ、
工藤直子一九三五年台湾朴子市生まれ、
そして中川李枝子一九三五年北海道札幌生まれ。
鼎談の中、子ども時代にどんな絵本や童話を
読んでいたのかという問いを互いにしていった。
幼いころ育った環境、場所によって読書体験が
それぞれで三人の位相が興味深い話だった。
その違いがそれぞれの作品に投影されて実に印象深いものだった。
最後に自分の作品を朗読する順番を
ジャンケンで決めようということになった。
三人は手を目の前に出すとあまんと工藤が「最初はグー」と声をかけた。
すると中川がパーを出した。
そしてすかさず「『最初はグー』って、誰が決めたの?」と口を尖らせた。
確かにと思った。
息を合わせるための合図で、別に規則じゃない。
早く決めることは何も良いことではない。
中川は頑として譲らなかった。中川李枝子の大切な教えがそこにあった。
中川李枝子の教えにもっと耳を傾けたいと思った。

§北の育ち

――「最初はグーって、誰が決めたの？　どうしてそうしないといけないの？」という中川さんの疑問は新鮮でした。

中川　あら、そう。

――その異議申し立て、中川さんの姿勢に惹かれました。それこそ、みどり保育園の教育、教えじゃないかと。規則に囚われることはないんだ。「最初はグー」は息を合わせる掛け声だけど、実はそうでなくてもいいんだ、と目からうろこでした。

中川　グー、チョキ、パーがありますから。

――「最初はグー」をやり始めたのは志村けんさんだったといいます。そこからテレビの影響で東京の人はよくやるんです。沖縄ではぜんぜんそういう言い方はしないということです。地方によっていろいろあるんです。

中川　ふふふ、おもしろい（笑）。

――その異論を唱えたことに、中川さんの生き方が現れたように思います。実際あの鼎談は三人三様で、ものすごく楽しかったです。

中川　それじゃあ、よかったわね。

――二〇一九年に上梓された『中川李枝子　本と子どもが教えてくれたこと』[1]を読ませていただきました。中川さんのひととなりがよくわかりました。本を読んで中川さんの父御[2]にすごく興味が湧きました。

中川　父の原点が留岡幸助の家庭学校[3]なんです。父は北大に通っていた頃、留岡先生のお考えに共鳴して札幌の施設に下宿していた。当時は東京のお金持ちのグレてしまったような子どもが、そういった北海道の感化院[4]に送られてきたそうです。うちの父なんか田舎育ちで真面目に勉強していた

1　中川李枝子著、平凡社、二〇一九年刊。

2　大村清之助。中川李枝子の父、農学博士。一九〇七～一九九〇年。

3　日本の近代社会事業の先覚者である留岡幸助（一八六七～一九三四年）は、少年更生施設「北海道家庭学校」や児童養護施設「東京家庭学校」を創設した。

4　現在の児童自立支援施設。非行少年や保護者のいない少年などを保護し、教育するための福祉施設。

から、不良少年の兄貴分にずいぶん教育されたんじゃないかと思いますよ。自分の育った環境とは全く違う、銀座育ちのシティーボーイに。

――北海道の田舎に都会の空気を持ってきたんでしょうね。本にも触れられていますけれど、家庭学校は「三能主義」という考え方を基本としていた。

中川　能《よ》く働き、能く食べ、能く眠る。それは不健康な生活では不可能なことです。健康な生活をしようという教えです。留岡先生は監獄法[5]の権威でした。牧師で、教誨師《きょうかいし》[6]もされていた。罪を犯す人は、繰り返してしまうことがある。そういう人たちの多くは、子どもの時、家庭に恵まれなかったというのです。

――中川さんが保育士になられた時に、父御とそういった教育について話をされたことはありましたか？

中川　ありません。私は親に常に反抗するの。「我反抗する故に我あり」が信条ですから。父は人脈を大事にするんです。なにかと「あそこには中学校の時の先輩がいる」「あそこにはどこそこの大学の先生がいる」ってパパッと繋げちゃうのよ。それで「娘をよろしく」なんて言われてしまうのが私は大嫌いなの。

――でも『いやいやえん』[7]が野間児童文芸新人賞を受賞された時、石森延男[8]さんが「中川さんの文章には北海道の牧歌的な薫りがする」ということを言ったそうですね。

中川　それは嬉しかった。「あなたは道産子だ、あなたの描くものはみんな北海道の空気が流れている」と言われて、すっかり安心しました。

――安心ですか？　どうして？

中川　四歳の頃に北海道から東京に引っ越して国民学校に入ったけれど、戦争でまた北海道に疎開しました。根無し草みたい。すぐに友達とはお別れになった。四回も転校したから、なんだか地に足がついていない感じだったんです。

5 刑事施設での被収容者の処遇について定められた法律。一九〇八年施行、二〇〇七年廃止。現在は刑事収容施設法が施行されている。

6 刑務所で受刑者に対し徳性の育成を行う人。

7 中川李枝子作、大村百合子絵、福音館書店、一九六二年刊。中川李枝子のデビュー作。

8 児童文学者。一八九七～一九八七年。代表作に『コタンの口笛』『バンのみやげ話』など。

§ みどり保育園のこと

中川　父は北海道大学に勤務していました。北大の広い農場は私の原点かもしれません。羊がいて、それを見守る牧羊犬がいる。牧羊犬はとっても賢くて、牧童の何人分も働くんだと農場の人は言っていました。時間になると牧羊犬が羊を集めて牧舎に入れる。そういう話がおもしろくてね。

――まるで物語の世界ですね。

中川　そう。だから広いところが好きなの。なんにもなくて、空が広くてね。一度中国大陸に行ってみたいって、いつも思っていた。

――中川さんは、どちらかというと北欧やイギリスのイメージがあります。それこそ牧羊犬がいるイギリスの田園風景のような。

中川　だからみどり保育園[9]が気に入ったんですね。原っぱが気に入ったの。あとは何もいらない。建物なんてボロだってなんだっていいんですよ。

――みどり保育園では何人くらい園児を預かっていたんですか？

中川　定員六十人で、だいたい三年保育。すぐに終わっちゃうから一年保育はやりませんでした。本音を言うと、できればお腹の中にいるときから預かりたいくらい（笑）。小さい子がちゅーりっぷ組、たんぽぽ組、すみれ組。大きい子はもも組とさくら組。上のクラスは二クラスを一つの部屋で見ていました。

――中川先生はどこのクラス？

中川　私は背が高いからという理由で上のクラス。『いやいやえん』の「なつのなつこ」先生と同じです。園長の天谷先生は「はるのはるよ」先生のモデルですから、下のクラス。小柄な先生でしたからね。そうして各クラスにもう一人ずつ保育士がついて、それぞれ二人で見ていました。

――みどり保育園は毎日が慌ただしくしっちゃかめっちゃかでしたか？

9　中川李枝子が一九五六年から一九七二年まで主任保母を勤めた保育園。園長は天谷保子。開園当初は駒沢の野原に建てられたバラック小屋の園舎だった。

当時の園舎の前で。左上が中川李枝子。

中川　そんなことありません。子どもたちは落ち着いている。ちゃんとした保育園はうるさくないんです。

――持論ですね。それはちゃんと遊んでいるから？

中川　そう。苦情は一度もなかった。今日は何をして遊ぼうか、それしか考えない。昨日のことは昨日で終わって、これからは前。子どもはいつでも前向き。

――『いやいやえん』の主人公しげるは、みどり保育園の園児である前田ひろしくんを一日預かって、モデルにして描いたと聞きました。

中川　私が保育園からひろしくんをお預かりして、うちに連れて帰ったの。まだ結婚前だったから、高井戸の家ね。土曜日に連れて帰って、月曜日に保育園に連れて戻ったから、たぶん二泊したのよね。

――その子は緊張しませんでしたか？

中川　ぜんぜん。その子のお父さんはいいおうちのお坊ちゃんなんです。着道楽で、全部銀座の英國屋の仕立て服を着ている。そんな家の子でした。

――なぜ、そういう子を主人公にしたのですか？

中川　ちょうど主人公にしたくなるような、かわいいおもしろい子だった。

――その子を妹の百合子さん[10]が観察して描いた。

中川　はい、一所懸命に描いていました。百合子は都立西高等学校の美術部に入りました。あそこの先生は教えるのが上手くて有名で、芸大を目指す部員もいるんです。ある年の学園祭に行ったら、一つだけ変わった絵があった。そこに人が集まっていて「この絵を見るとほっとするわね」って話しているの。なにせ芸大を目指すくらいだから、他はみんな上手いんです。でも妹はそんな気ないのに絵が注目されていた。

――どんな絵だったんですか？

中川　普通の景色なんだけど、あの人が描いた絵なの。

10　山脇（当時大村）百合子。一九四一～二〇二二年。絵本作家。中川李枝子の妹。『いやいやえん』『ぐりとぐら』をはじめ、姉妹で数々の共作を生む。

福音館書店、1963年刊。

――普通の風景も彼女が描くと違う。

中川　ほっとするような、そういう〝味〟なんです。私が結婚して、妹は「宗弥さん[11]に絵を習おうかな」なんて言ったけれど、断られちゃったって。「そのままでいいんだ」って。私たちきょうだいはみんな絵を描くのが好きでした。父が研究者だったから、家にはいっぱい紙がありました。ちょっと書いては使わなくなった紙を、父がみんなうちに持って帰る。子どもたちはその紙をもらって絵を描くの。いたずら描きしたりね。父もよく絵を描いていました。常に紙と鉛筆があるようなうちでした。

――そこで物語が生まれるんですね。

§『いやいやえん』ができるまで

――『いやいやえん』がどうやって書かれたのか教えてください。

中川　朝日新聞に「女性のグループ訪問」という連載がありました。私は子どもの時から活字に飢えていて、何でも読む癖がありましたから、新聞も端から端まで読む。そこに童話を書いているグループが紹介されていて、いぬいとみこさん[12]が出ていました。彼女は岩波少年文庫の編集をしていると書いてあった。私は岩波少年文庫が大好きで夢中で読んでいたけれど、それを作っている人がいるなんて考えたこともありませんでした。まだ私は高校生くらいでしたからね。さっそく一気呵成にお手紙を書いて朝日新聞気付で出したら、いぬいさんが「ぜひ遊びにおいで」とお返事をくださった。

――手紙には、ご自身の岩波少年文庫の影響などを書かれたのですか？

中川　手紙の内容はあまり覚えていません。お返事をいただいて神保町の岩波書店に行きました。その頃いぬいさんは「麦」[13]という同人誌をやっていました。当時は同人誌同士が集まる勉強会のようなものがあって、私もいぬいさんに付いていって、話を聞いたりしていました。その後「麦」は

11　中川宗弥。画家、中川李枝子の夫。一九三二～二〇二二年。

12　児童文学作家。一九二四～二〇〇二年。著書に『ながいながいペンギンの話』『北極のムーシカミーシカ』などがある。

13　作家香山美子らが創刊した同人誌。いぬいとみこらが作品を発表。中川（当時大村）李枝子も「青空が見えるまで」を掲載した（参照二十頁～）。

分裂してしまったけれど、いぬいさんから「新しいグループを作ったから、あなたもお入んなさい」と誘われて同人「いたどり」に入りました。他に鈴木三枝子さん、小池タミ子さん、小笹正子[14]さんがいて、私が一番若かった。

――いぬいさんがリーダー的存在だったんですね。

中川　いぬいさんは、戦争中は疎開して地方にいたけれど、戦後東京に出ていらして、岩波書店で石井桃子[15]先生の下についた。岩波少年文庫の編集をすることになって、一カ月でジャケットの袖口が擦り切れたというくらい熱心な方です。「いたどり」は会費が貯まってきたので、一人一作ずつ書いて同人誌を出すことになりました。小笹正子さんの「ネーとなかま」が第一号。それは児童文学の新人賞を取りました。二番目が鈴木三枝子さん……そんなふうに一人ずつ。そこで私の番が回ってきちゃった。ちょうど保育園に就職していた頃だったんです。「あなた保育園に勤めているんだから、子どもたちに聞かせる話を書いたら？」と言われて書いたのが、「いやいやえん」の中のいくつかのお話です。

――単行本『いやいやえん』には七篇入っています。

中川　「いたどり」に載せたのは全部で六篇。「やまのこぐちゃん」は後から書きました。「いたどり」の仲間はよく読んでくれました。厳しいんですよ。「これはおもしろいけど、生活記録で作品ではない」と言われて。私も真面目だから、一生懸命書いては消して、書いては消して。

――その批判は受け入れたんですか？

中川　はい、批判というよりも感想ですからね。感謝しています。書くことは嫌いじゃなかった。みんなが一生懸命言ってくださって、それも嬉かった。

――「いやいやえん」を書こうと思った時に、たとえば登場人物や「ちゅーりっぷほいくえん」といった要素は、どういうところから考えましたか？

中川　あれはやっぱりたくさんいいものを読んでいたおかげかもしれない。石井先生に言わせると、「子どもの本の書き方というのは、教わってわかるものではありません。図書館の本を全部読みな

14　児童文学作家。「ネーとなかま」で第八回児童文学者協会新人賞受賞。

15　児童文学作家、翻訳家。一九〇七〜二〇〇八年。著書に『ノンちゃん雲に乗る』、訳書に『クマのプーさん』などがある。

さい。そこから自分で掴み取るものです」。

――石井さんらしい。「いたどり」を読んだ石井さんが編集をして「いやいやえん」は単行本として出版されました。同人誌の時との違いは何だったのでしょうか？

中川　もう忘れたわ。夢中になって書き直したから。その頃、私の実家は高井戸にあり、先生は荻窪だったから歩いても行ける距離でした。もうその時には赤ん坊がいたものですから、赤ん坊を母のところに預けて、妹の百合子と先生のところに行くわけです。あんまり先生にいろいろ言われるから、百合子が泣き出すんじゃないかと思って心配したの。私はぜんぜん大丈夫だったけど。先生に言われたとおりにやると、確かに良くなるのよ。だからおもしろくてね。先生が赤鉛筆を持って待っている。私が持ってきた原稿をチェックすると、先生はパッパッパッとみんな切っちゃう。削るほど良くなりますって。

――削った所は全部納得したんですか？

中川　削れば削るほど良くなるというのは、先生の教えです。なぜここを削ったかなんて、かまっちゃいられない。常に前向き。後ろは振り返らない。「いたどり」に出たものがいいって言う人もいます。みんないろいろ言うけれど、私は出来上がったものをそこに置くだけだから、言い訳も一切やらない。後ろを向く暇がないの、子どもと一緒に暮らしていると。

――中川さんの書かれた作品を石井さんが編集されたということが、その後の創作の態度になる。大きな出会いですね。

中川　だから私はいつも「作家を生かすも殺すも編集者」って言っています。運が良かったの。

――石井さんのことを一〇〇パーセント信じるってことですね。

中川　人は生まれてどういう人に出会うかで運、不運が決まるって。人を選ぶ能力をつけなきゃだめよ。

――それはなかなか……。

中川　良い本と出会って。

石井桃子の写真が飾られている中川李枝子の本棚。

石井桃子 本読み術

——石井桃子さんとの交流について、教えてください。

中川 石井先生の別荘が長野の追分にあって、毎夏そこで一緒に過ごして、書いたりしていました。

——追分の記憶は、中川さんは書かないのですか？

中川 いつか書こうと思っています。追分に行っている間、メモのような、日記のようなものをつけていました。それを引っ張りだそうかなと思っているけれど、まだしまい込んでいます。ずっと追分で一緒に過ごしていたから、ちゃんとまとめて一冊にしてあの世に行こうかなと思っています。

——読みたいです。

中川 まだいつになるかわからない。そういうつもりではいるんですけど……。

——追分の記憶で何か思い出すことは？

中川 毎年二人で一冊、同じ本を読んで感想を言い合ったことかな。ああだこうだと話し合った。それが追分での楽しみでした。

——今年はこの本を読みましょうと、本を選定するのは石井さん？

中川 どちらが、というわけじゃなかったですけれど。石井先生は「中川さんのために同じ本を二冊用意しとかなきゃいけない」と迷惑そうな顔をしていたかもしれない（笑）。

——誰かのために本を選ぶ、嬉しいですよね。

中川 ある年は大江健三郎[16]だったり、ある年は中勘助[17]だったり。

——純文学を選ぶんですね。

中川 そう。石井先生は「あなたは忙しくてつまらないものを読んでいる暇はないから、私が決める」と言って、石井先生のところに届く雑誌の「世界」とか「文藝春秋」の中から「これとこれを読んでおきなさい」と選んでくださった。

——いい経験ですね。

16 小説家。一九三五〜二〇二三年。著書に『個人的な体験』『万延元年のフットボール』『ヒロシマ・ノート』など。

17 小説家、詩人。一八八五〜一九六五年。代表作に『銀の匙』がある。

中川　石井先生は、たとえば坂本義和[18]さんのことを「この人は信用できる」と言っていました。そうやってその時その時で夢中になる人がいて、この人はいいわよって勧めてくれる。でも、もうおしまいだと思ったらぽいっと捨てちゃうの。たとえば「こんにちは赤ちゃん」という歌を作った永六輔さん。彼は岩波新書で『大往生』[19]を出してベストセラーになったけれど、先生は「こんなひどい本を岩波が出した。岩波もおしまいだ」なんて怒って言いながら、その新書をバンッと捨てた。

――石井さんにとって良い悪いという尺度は何だったんでしょう。

中川　俗っぽい、つまらない本だと思ったんじゃないでしょうか。

――俗っぽい。でもそういった本も読んでいるからすごい。

中川　読んで、怒っていた。私の目の前でくず箱に捨てたんだから。

――大江健三郎や中勘助の本はどうでしたか？

中川　大江さんの『新しい人よ眼ざめよ』[20]は気に入っていましたよ。石井先生に「これはいいわね。あなた手紙書きなさい」と言われて、私が大江さんに手紙を書いたんです。「なかなか良かった」という読後感を。

――石井さんの代筆ですか？

中川　そう、二人で読んでね。

――大江さんは石井さんを高く評価されています。朝日新聞の大江さんの書評欄でも石井さんのことをすごく評価していた。

中川　大江さんは『クマのプーさん』[21]が好きなのよね。

――息子の光くんのことを小説の中でイーヨーと名付けているくらい。物語のモチーフになっています。

中川　そうそう。

――追分の日記、ぜひ読ませてください。石井さんへの中川さんの思いをもっと知りたいです。

中川　いつになることやら……。

18　政治学者。一九二七〜二〇一四年。

19　永六輔著、岩波書店、一九九四年刊。

20　大江健三郎著、講談社、一九八三年刊。

21　A・A・ミルン作、石井桃子訳、岩波書店、一九四〇年刊。

中川御夫妻とのおつきあい

石井桃子（児童文学者）

じめじめした家のなかからからっとした青空の下に、出たような感じがした

中川李枝子さんの存在――というより、中川さんのお書きになったみじかいお話「おおかみ」のこと――を、はじめて知ったのは、ずいぶん前のことだった。

そのころ、中川さんは、まだ結婚前で、大村李枝子さんであったが、私は、その名まえをすぐおぼえたわけではなかった。私は、あるとき、御自分も、やはり子どものためのお話を書くいぬいとみこさんから、お友だちが、とてもおもしろい話を書いたという話をきいたのである。いぬいさんは、「いたどり」という同人雑誌をお友だちとやっていて、今度、そのお話が「いたどり」に載るのだという。

いぬいさんは、いかにもおもしろそうに、笑いながら、その「おおかみ」という話のあらすじを話してくれ、私も、とてもおもしろいと思った。その話には、私たちが何とかしてぬけだしたいと思っていた、それまでの日本の児童文学にまつわりつく、何か暗っぽいかげやセンチメンタルなものが、すこしもなくて、たとえていえば、じめじめした家のなかから、からっとした青空の下に出たような感じをうけたのである。

それから、どのくらいたってだったろうか。私は、やはりいぬいさんから、「いたどりシリーズ3」となっている、「いやいやえん」という、タイプ印刷の小冊子をいただいた。あの「おおかみ」ほか

五編のはいっているお話集で、作者は、大村李枝子さんという名であった。私は、このときはじめて、「ああ、あのお話を書いた人は、大村さんという人だな」と思った。

このお話集にある話も、みなおもしろかった。そして、「おおかみ」とおなじように、からっとしていて、読んでいるうちに、ふつふつと笑いが、心のおくからわいてくる。そして、作者自身には、苦労があるのだろうが、読者のがわから見ると、じつに、ほうりなげたように無造作に話がはじまり、はじまったとたんに、生き生きと動きだす。とかく、思いいれの多い、日本の子どもの話の中で、これはめずらしい、新しい作品だな、と、私は思った。

才能の原石みたいなもののなかに、まだ洗われていない部分があるのではないか

しかし、これは、おとなとして私が感じたことで、私が、じっさいに、この小冊子「いやいやえん」の偉力を、目のまえに見せられたのは、自宅に小さな子ども図書室を開いて、小さい子どもにこれを読んでやってからである。いまでこそ、「いやいやえん」は、単行本になっているから、そのころのようにはだ身に直接といった反応をとらえることはできないが、もう十年近く文庫で子どものせわしてくださる佐々梨代子さんは、最初のころ、なんとしばしば子どもにせがまれて、この小冊子を読まされたことだろう。文庫にくる、いま六年くらいの男の子のなかには、小さい子が、「いやいやえん」を借りだすのをみると、「おれたちは、それ、本にならないうちに読んだんだからな」と、さも自慢げにいう子がいる。

こうして、「いやいやえん」の偉力を、手ごたえをもってはっきり認識したころには、私も、大村李枝子さんという人について、前よりもっと知る機会が多くなった。かの女が、ずっと前からみどり保育園の保母さんであること、また、結婚して、中川さんになったこと、御主人は画家さんであること、かの女のお話に、一種いうにいわれないおもしろい絵をつけているのは、妹の百合子さんであることなど。こういうことは、私が、むりにききださないでも、私が、「いやいやえん」に変わらない

関心をもちつづけていれば、いやでも私の知識の中にはいってくることなのであった。

そして、やがて、李枝子さんや百合子さんと、もっと直接に知り合うときがやってきたというのは、それまで数年、私は、数人の友人といっしょに、日本の子どもの本を読みあう勉強会をしていたのだが、その仲間で、どうしても、「いやいやえん」の出版を福音館にすすめようということになったからである。

直接知ってみると、李枝子さんも、百合子さんも、私にとっては、じつにおもしろい人であった。私は、自分が、りくつだって物を考えるたちでないから、かの女たちのもっているものを、分析的に、人に説明することはできない。しかし、かの女たちは、たしかに「もっている」のである。もし、外国の編集者の中によくあるように、その人のもっている才能を、外から適確につかんで、その伸ばすべきところを伸ばし、知らず知らずのうちに、その人のゆくべき方向につれてゆくような人がいたら、どんなにいいだろうと、私は思った。

李枝子さんも、百合子さんも、そのもっているものは、したたかで、ふとくて、多分に、無意識的なものがあるように思われる。つまり、才能の原石みたいなものの中に、まだ洗われない部分があるのではないだろうか？　李枝子さんのお話についていえば、あの、ふつふつとわいて出てくるようなお話のアイディアに、はっきりきりこみがはいり、形になることが必要なのではないだろうか？　もしそういうことが成就されれば、なんとすばらしいことになるだろう。


宗弥さんは、自分でもそっちへはいってゆくし相手を自分の方へひきよせる

李枝子さんの御主人、中川宗弥さんとのおつきあいは、李枝子さんとのそれとはちがって、はたから、好意をもってその作品を見ているのではなく、私の書いたものに、さし絵を書いていただくという、ぶつかりあいである。だから、李枝子さんよりずっとあとにお知りあいになったのに、たちまち親しくなってしまった。

宗弥さんと仕事をするのはたのしい。宗弥さんは、なっとくしないと、絵をかかない。宗弥さんが、なっとくできないのは、文が絵にならないときである。

宗弥さんに、そこの個所が目に見えてこないといわれると、私は、はっとする。それが、絵にならない場合、たいていはその話は、子どものお話としては、なりたたないのである。とくに、幼い子のお話は、絵がなくても、子どもの心に、ことばが動く絵をつくらなければ、子どもをひきつけることはできない。

「チム・ラビットのぼうけん」という、イギリスのアトリーという作家のお話を訳したことがあった。そのとき、宗弥さんは、じつにじつに美しいさし絵をかいてくださった。これは、私には、大きな反省のたねになった。イギリスの作家のお話は、日本語で書いた私の話よりも、絵になったのである。はいっていける話にぶつかったとき、宗弥さんは、自分でも、そっちへはいってゆくし、相手をも、自分の方にひきよせる。そこで、文と絵は、両方から歩みよって、文、または、絵が、べつべつにあったときとは、また一つちがったものをつくりだす。これは、宗弥さんと仕事をしてみて、はっきり知ることのできた喜びである。

宗弥さんは、元来が、画家である。さし絵をかいてくださいといって、そのために、なみなみならないエネルギーと時間を使わしてしまって、いいものだろうかと、私は、時どきすまなくなる。しかし、いま書いたような喜びを知ってしまうと、また何か書いて、宗弥さんに、絵をつけてもらおうという気もちになってしまう。

「ありこのおつかい」という絵本では、私はほんとうに宗弥さんの仕事をたのしんでしまったのだが、子どもの読者は、この本をどううけとってくれるか、それが、私の大きな関心である。

私が、こんな感じをもって接している李枝子・宗弥のおふたりが、今度のあたらしい絵本「おてがみ」で、どんなぶつかりかたをしただろうか。

それをまだ見ていない私は、たのしみに待っている。それは、文と絵のべつべつのものでない一つの「絵本」であるだろうという予感が、私にはある。

出典　「絵本のたのしみ」（こどものとも 157 号「おてがみ」折り込みふろく）p.4 〜 7、福音館書店

『絵本と私』を紐解く

**1996年に福音館書店から刊行された『絵本と私』。
中川李枝子が北海道新聞の日曜版に2年間連載した101のエッセイを収めた一冊だ。
自身にとって大切な絵本とそれにまつわるエピソードが綴られている。
この「表紙絵と本作り」を引き受けたのが、夫である中川宗弥。
著者以上に、この本の制作に込めた熱量は大きい。
残された制作過程の資料から、中川宗弥の「本作り」を紐解く。**

写真・ただ（p.80～81）、ISSUE編集部（p.85）

お話をうかがった人
福音館書店 西裕子さん（『絵本と私』担当編集者）

「子どもたちの心にまっすぐ届く、とても魅力的な絵を描く方です。たっぷりと時間をかけて、全身全霊で本作りをされていました。お仕事をそばで拝見しながら、一冊の本を作り上げるということはこういうことなのだと感銘を受け、同時に身の引き締まる思いでした。ほんとうに多くのことを教えていただきました」。

◎表紙絵／色指定

印象的な青・赤・緑の三原色を使って切り絵で描かれたりんごの表紙絵。色指定はDICカラーガイド99番（青）、113番（赤）、133番（緑）。色の三原則、特に明度を合わせせることにこだわりがあった。また実際に採用されたものの他にもいくつかの配色パターンの試作が残されていた。タイトル文字は特徴的な丸みを帯びたかわいらしい描き文字。

中川宗弥にとって一冊の本は、いろいろな要素の詰まった言わば総合芸術であり、唯一無二のもの。「版を重ねても、初版時の色味と違わずに再現できるよう気をつけて印刷してほしい」という強い願いがあった。

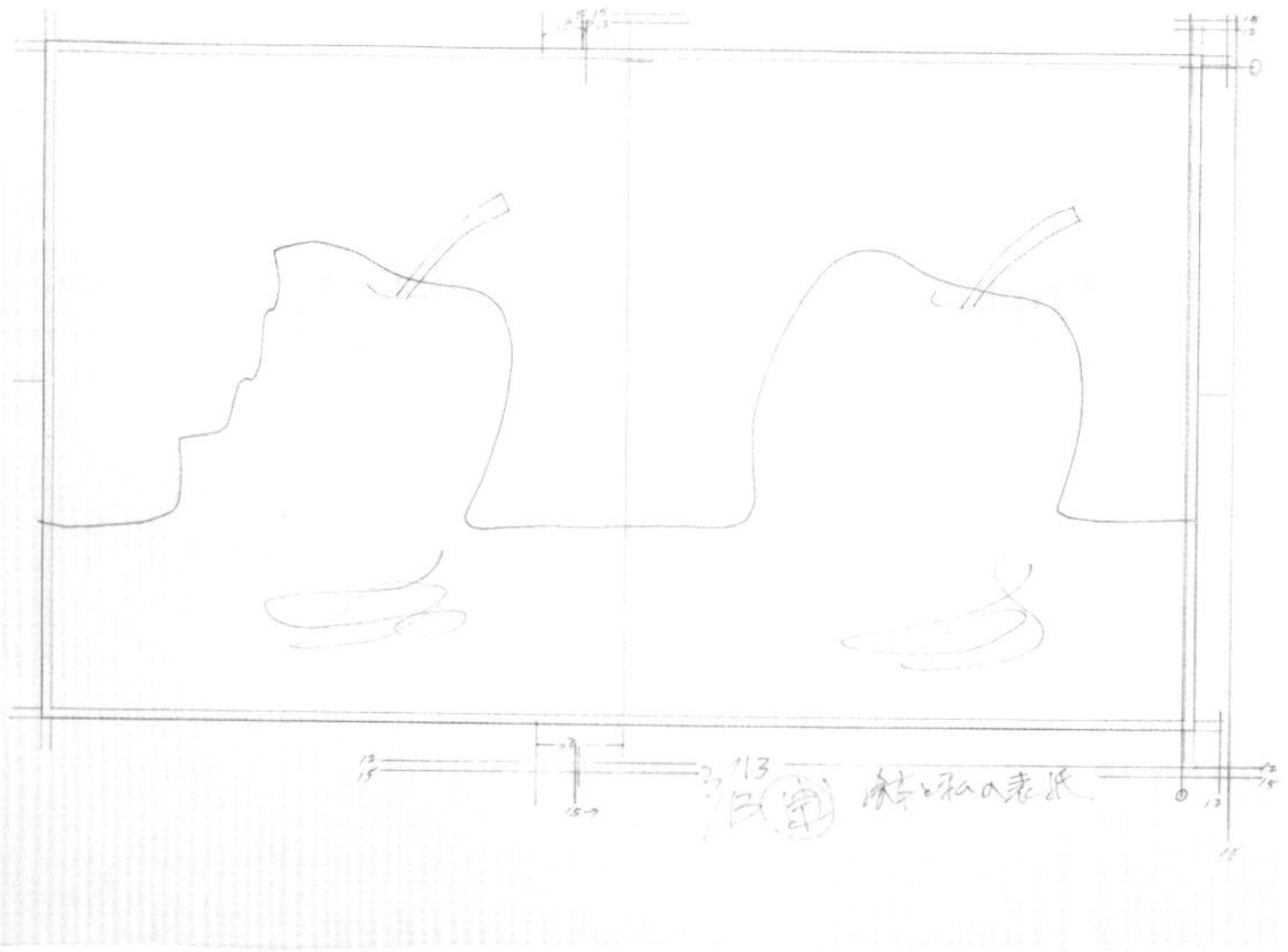

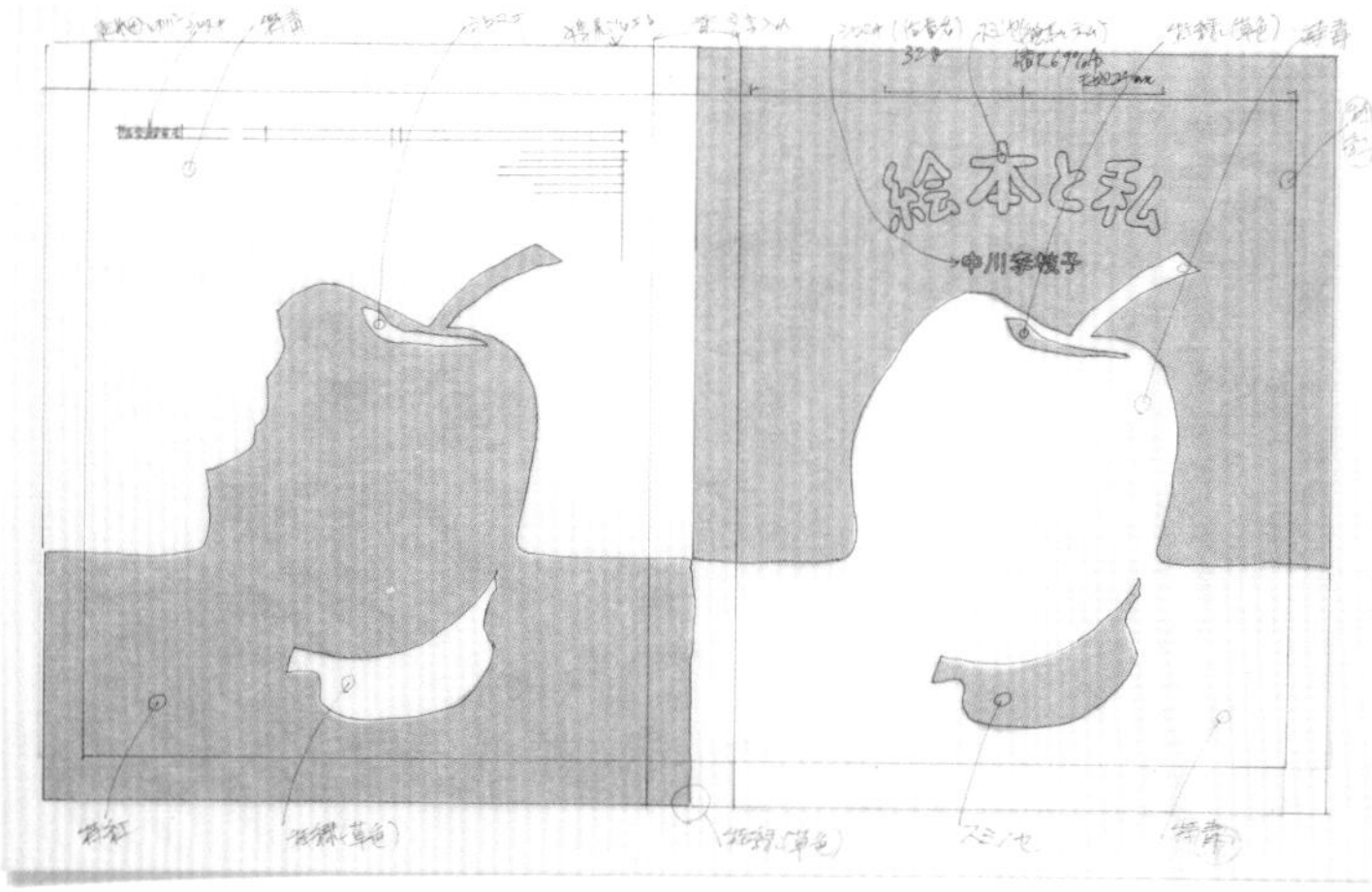

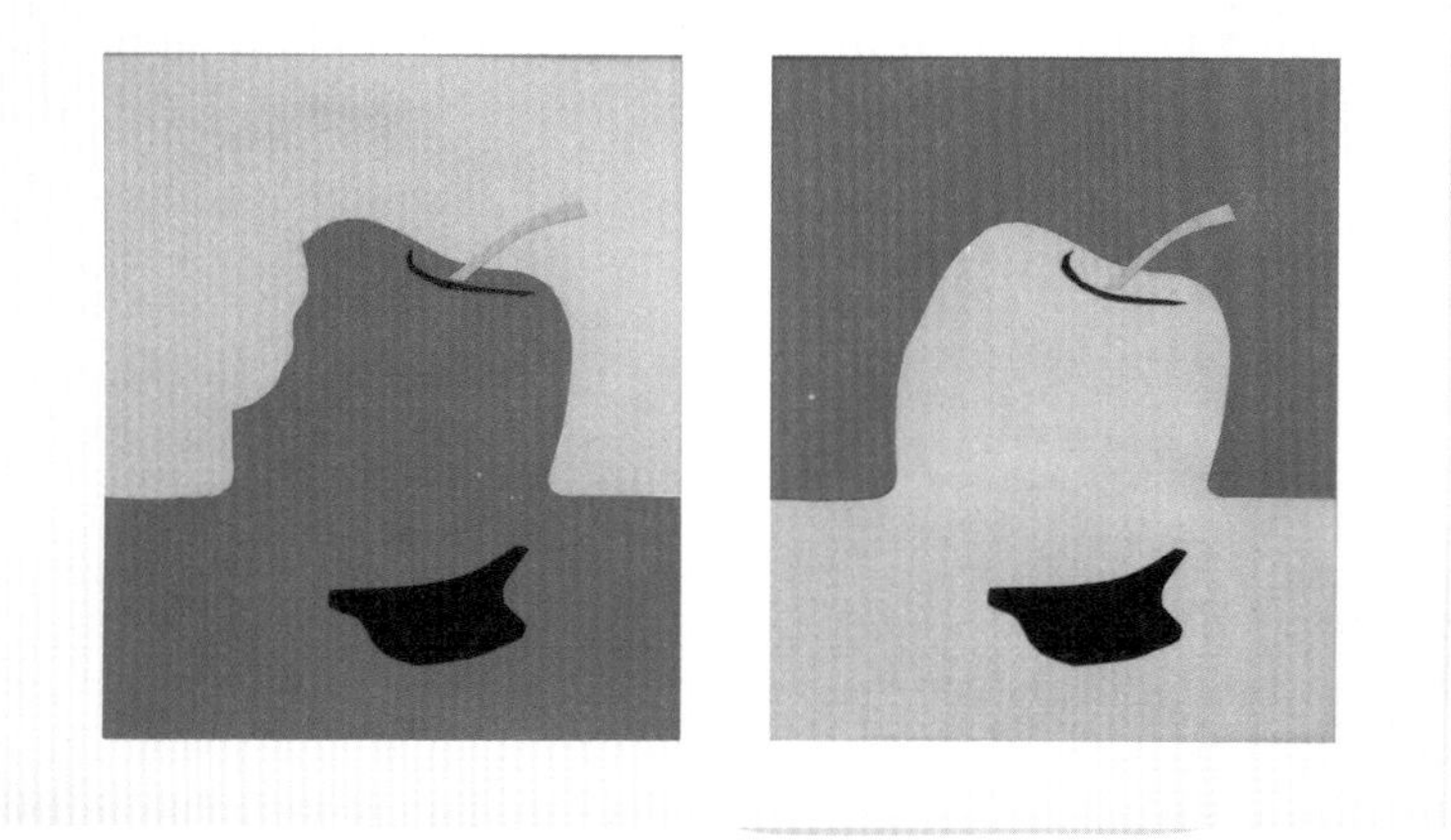

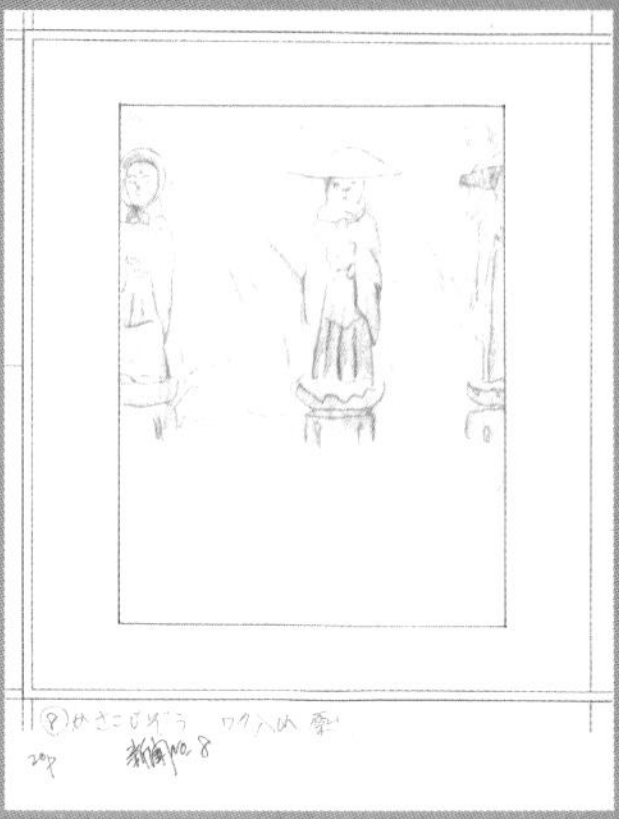

あるところに、
せきたんやの
くまさんが、
たったひとりで　すんでいました。
くまさんは、うまと、にばしゃと。
せきたんのはいった　ちいさいふくろを、
たくさん　もっていました。

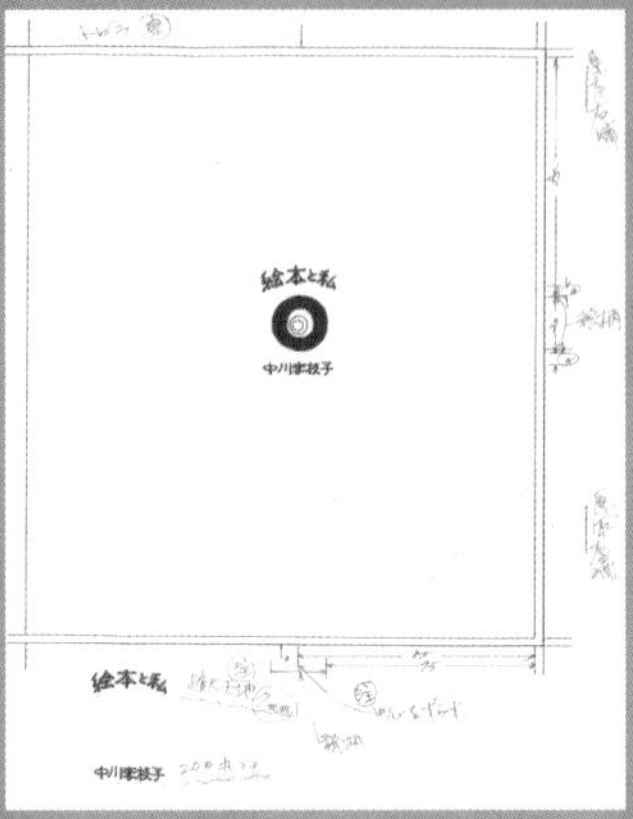
絵本と私
中川李枝子
絵本と私
中川李枝子

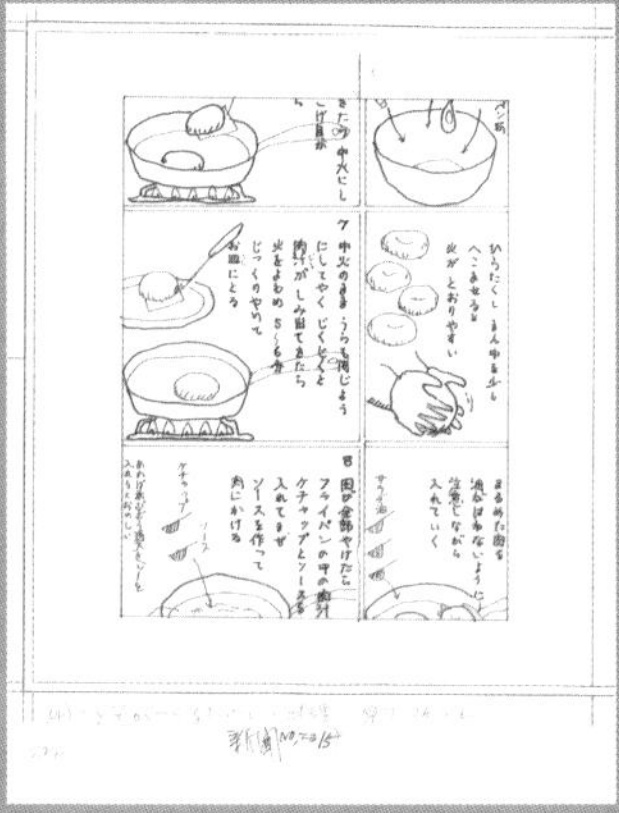

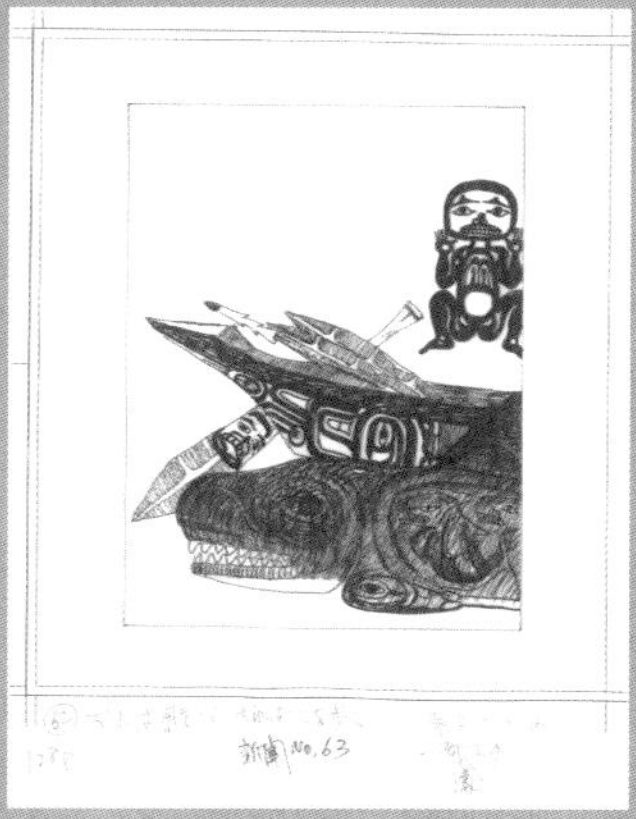

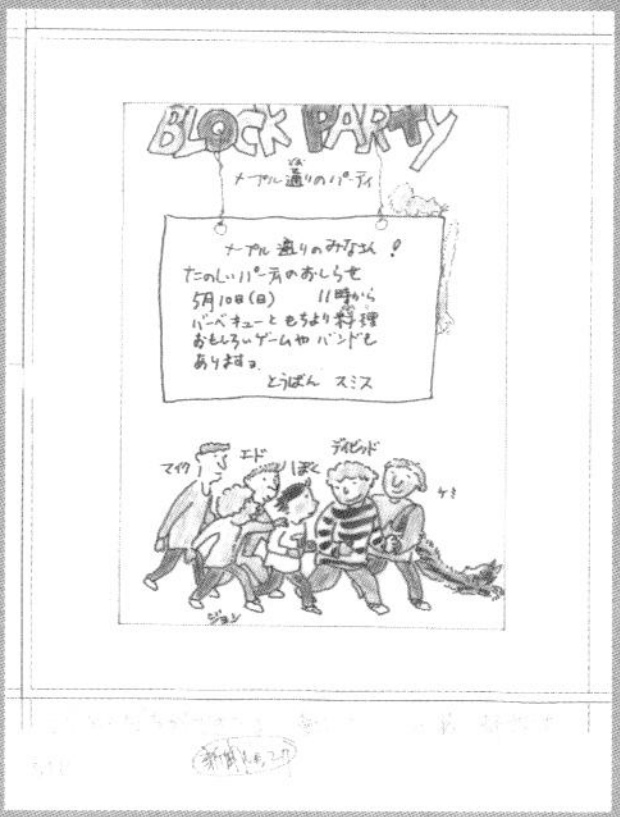

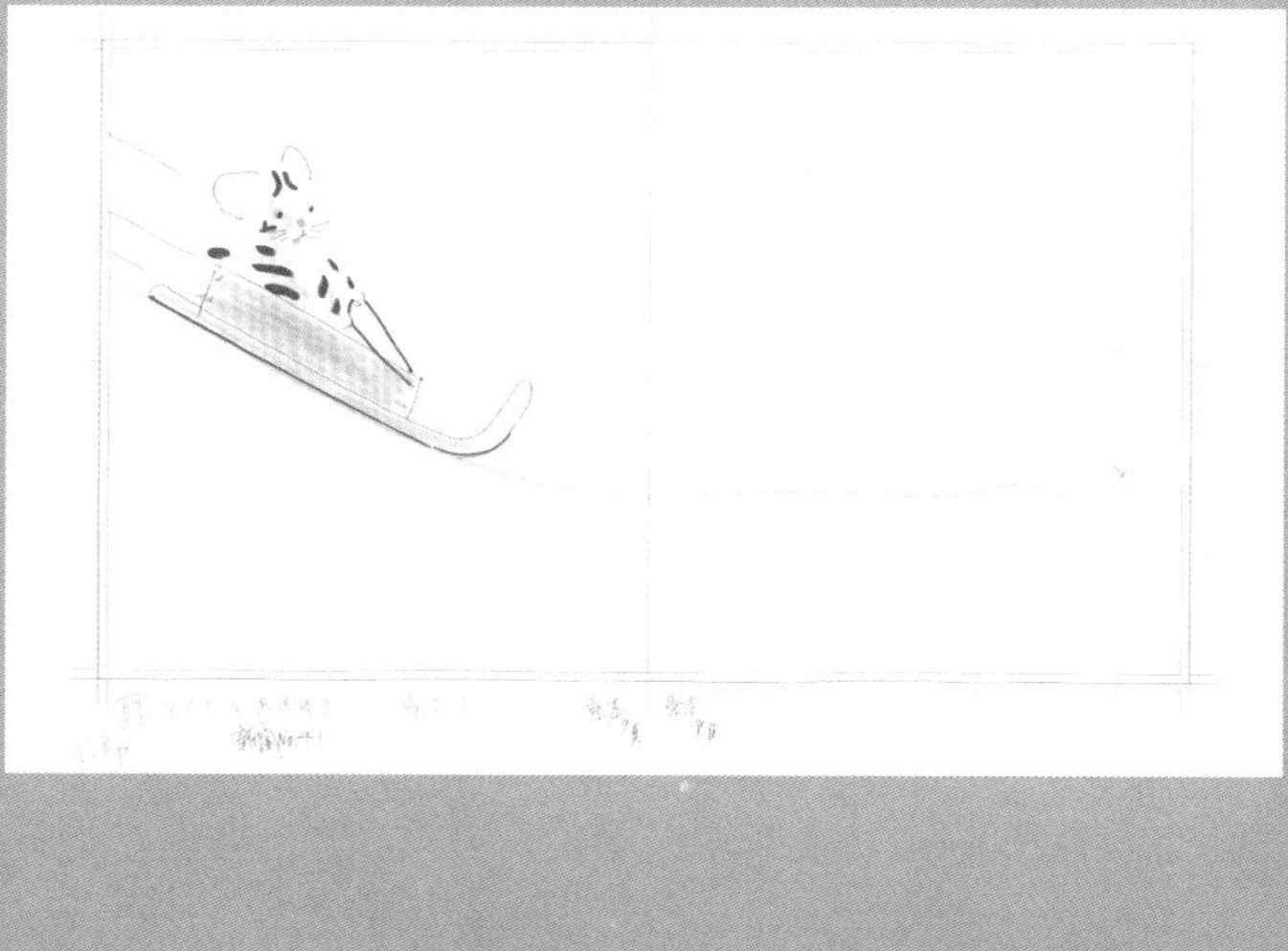

◎印刷指示書

印刷所に入稿物と一緒に渡す印刷指示書。罫線の引かれたトレーシングペーパーに、トリミングの範囲、縮尺、配置まですべての指定が記入されている。特筆すべきは、絵本101冊分すべてのカットが丁寧に写し描き（または模写）されていること。本来印刷指示書にここまで緻密に絵を描き込む必要はないため、どういった意図があったのかは今となっては不明。画面上、絵本の絵をどのように配置すれば、絵本と文とが響き合う最良のかたちとなるか。中川李枝子のエッセイに寄り添いながら、それを考える中で、自らも一人の画家として、実際に写し描いて確認したいという思いもあったのかもしれない。

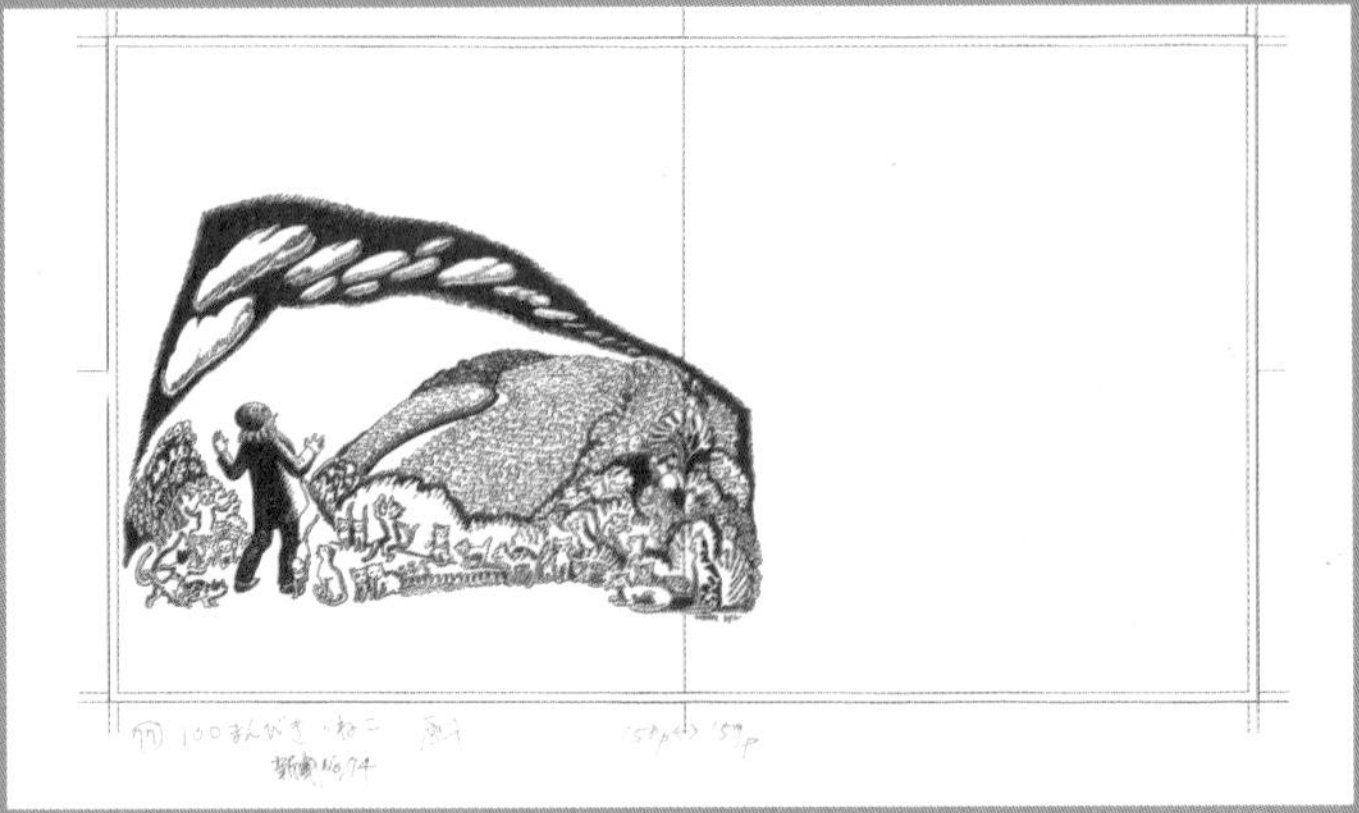

◎ページ構成・判型

正方形に近い横190mm×縦212mmのB５変形。左開きで文章は横組み。開いた本の左ページに絵が、右ページに文章がくるように配置され、絵本１冊の紹介が見開きで完結する構成になっている。元々新聞連載だったため、文章の量は先に決まっていた。それを活かしながら絵本の絵を最大限に魅力的に見せるために考え抜かれた構成と判型だ。中川宗弥はこの本において「文」と「絵」は同等に扱うべき要素だと考えていた。

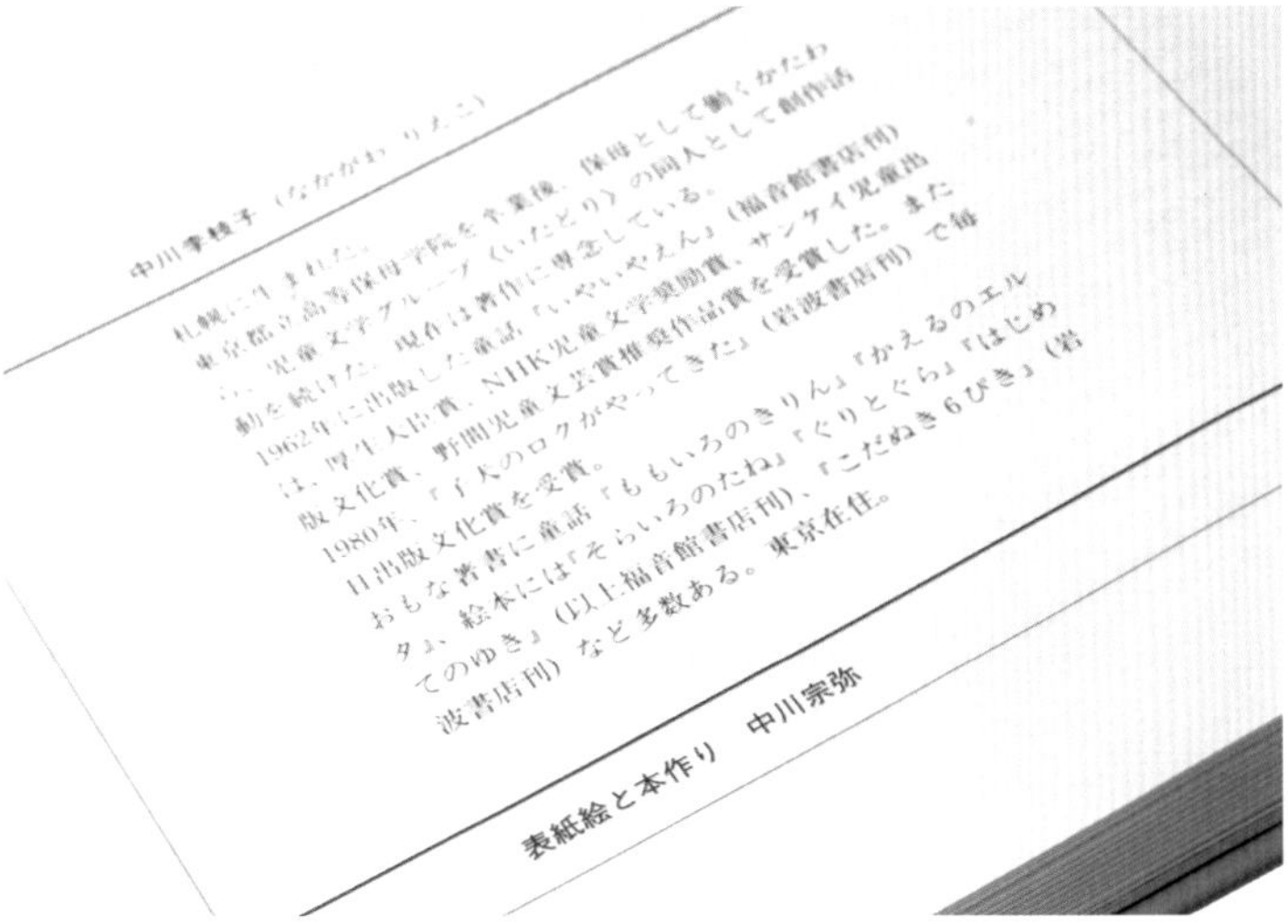

◎クレジット

本のクレジットで、デザイナーの名前に付される肩書は「装丁」とされることが多い。しかし中川宗弥は「表紙絵と本作り」という表記にこだわった。表紙絵を描いただけでなく、判型やページ構成、中面のレイアウトまで、本の全体すべてにわたって妥協をせずに作ったという思いが表れている。自らのことを「美術家」、アトリエを「画室」と呼ぶなど、言葉の表現にも強い信念を持っていた中川宗弥らしいこだわりだ。

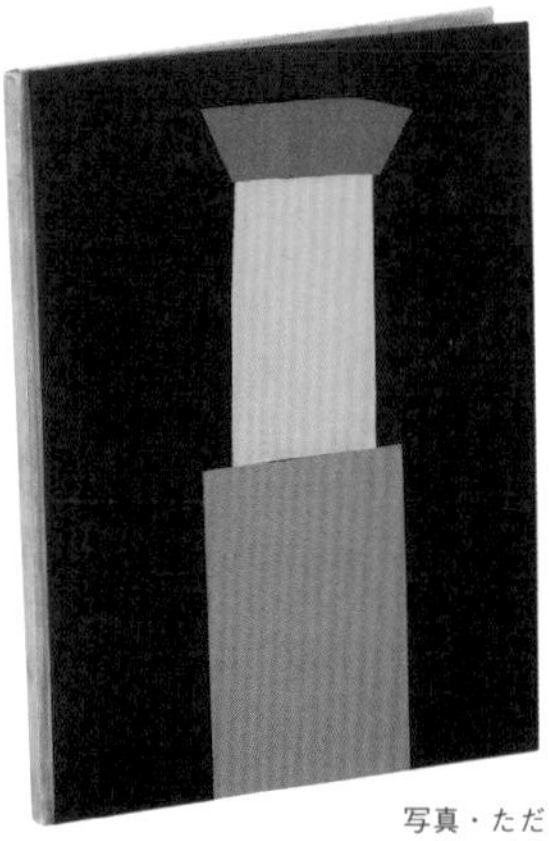

写真・ただ

全篇直筆の絵本『花の物語り』。表紙と裏表紙には貼り絵の花。「美術制作図書」と書かれたメモも一緒に見つかった。

立体と絵本『花の物語り』

中川宗弥の画室から見つかった
花をモチーフにした数十点の立体作品。
さらにその立体を描き、言葉をつけた一冊の絵本。
中川宗弥の人生哲学を教えてくれるような、
幾何学的にデフォルメされた個性豊かな花たちが咲く。

写真・朝岡英輔（p.86 ～ 88）、ただ（p.89 ～ 91）

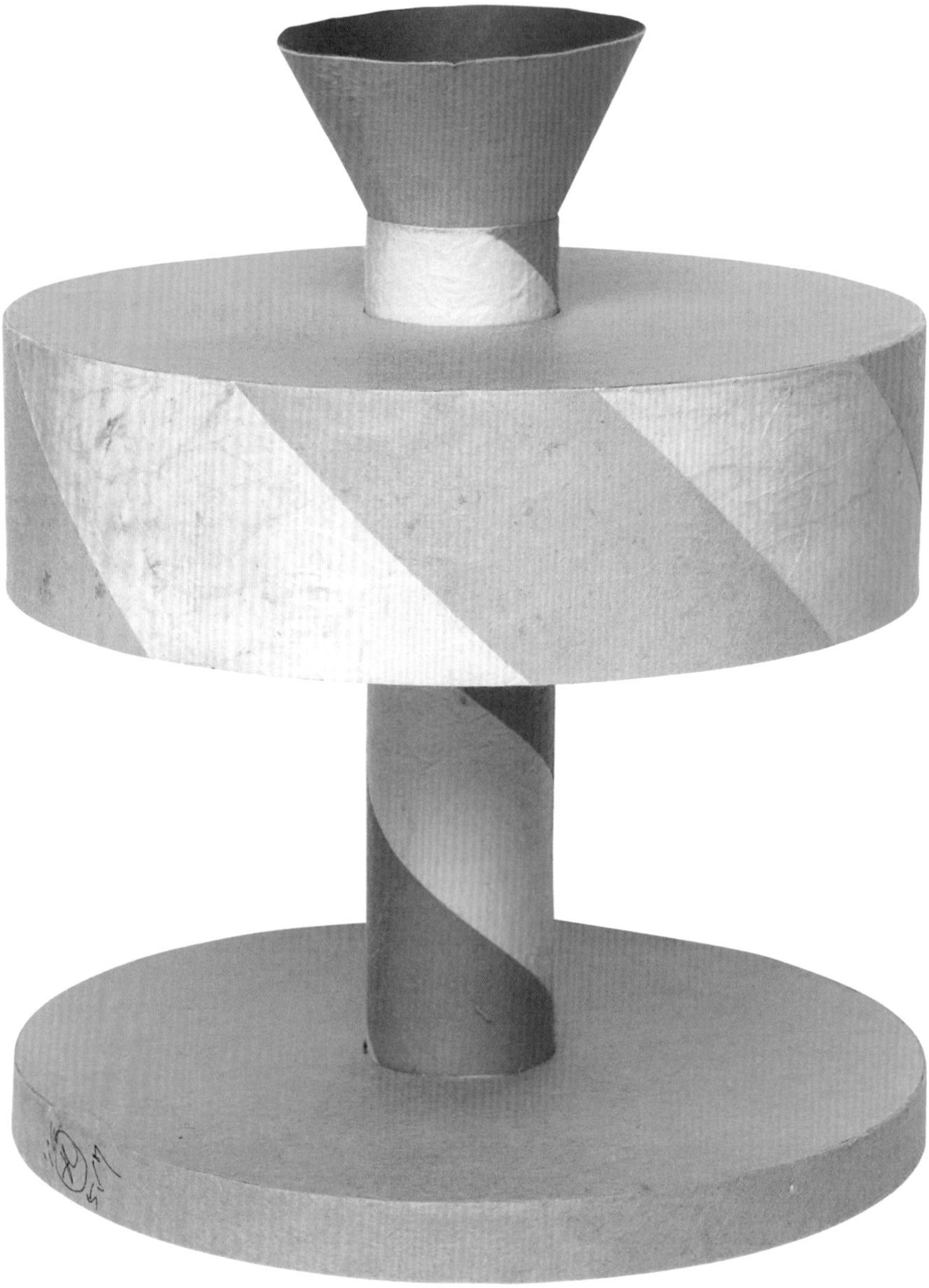

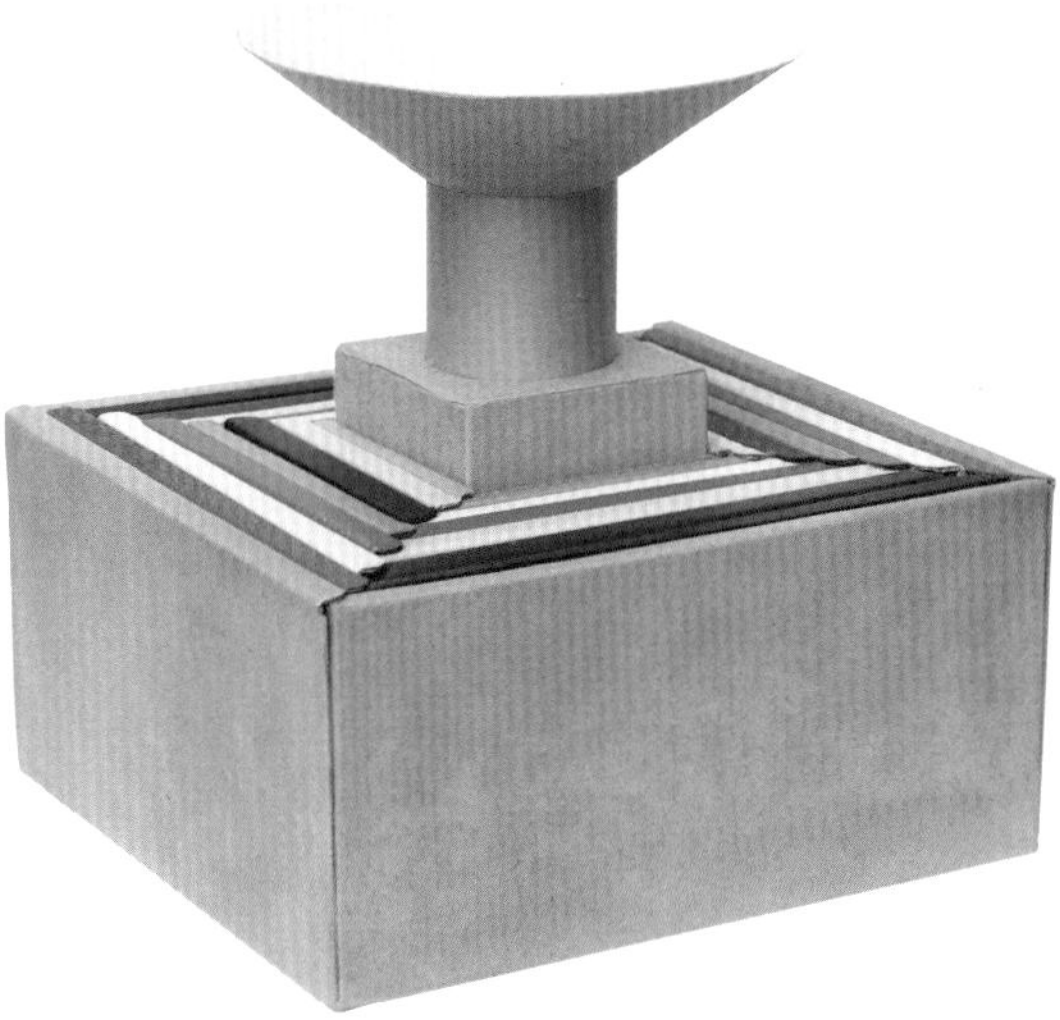

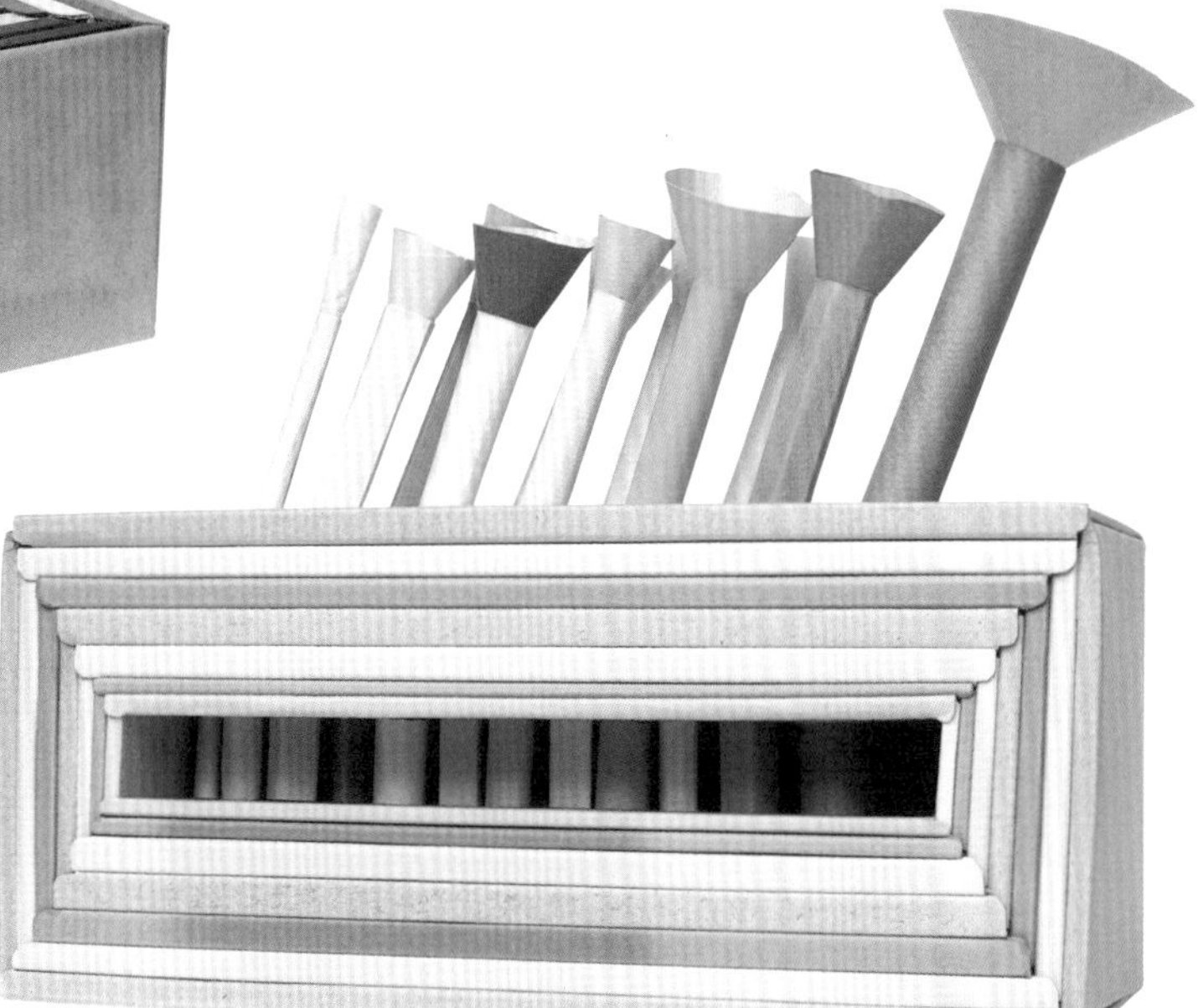

花弁、茎、大地の三要素で作られたユニークで色とりどりの立体作品群。素材は色画用紙や和紙、ボール紙など。2014～16年、中川宗弥が82～84歳の頃に制作された。

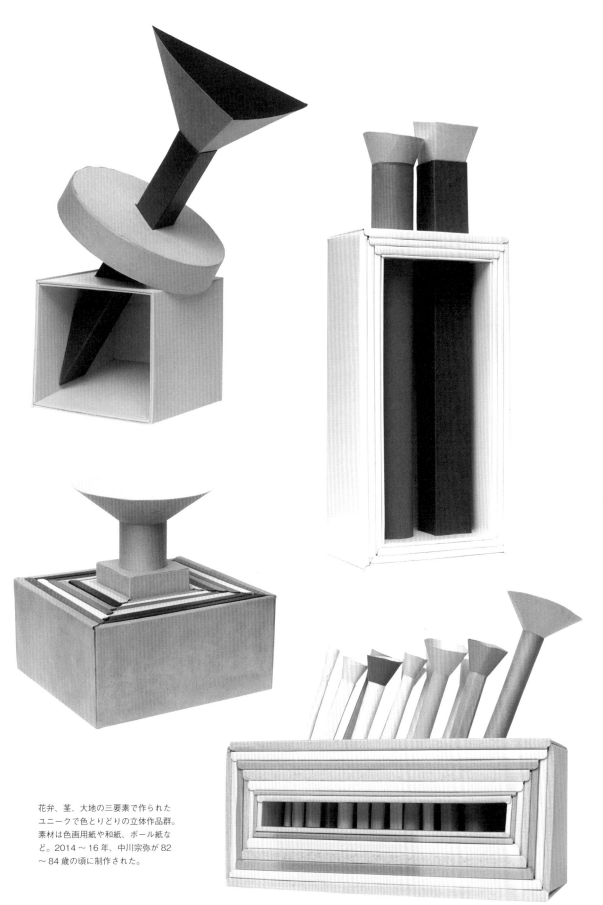

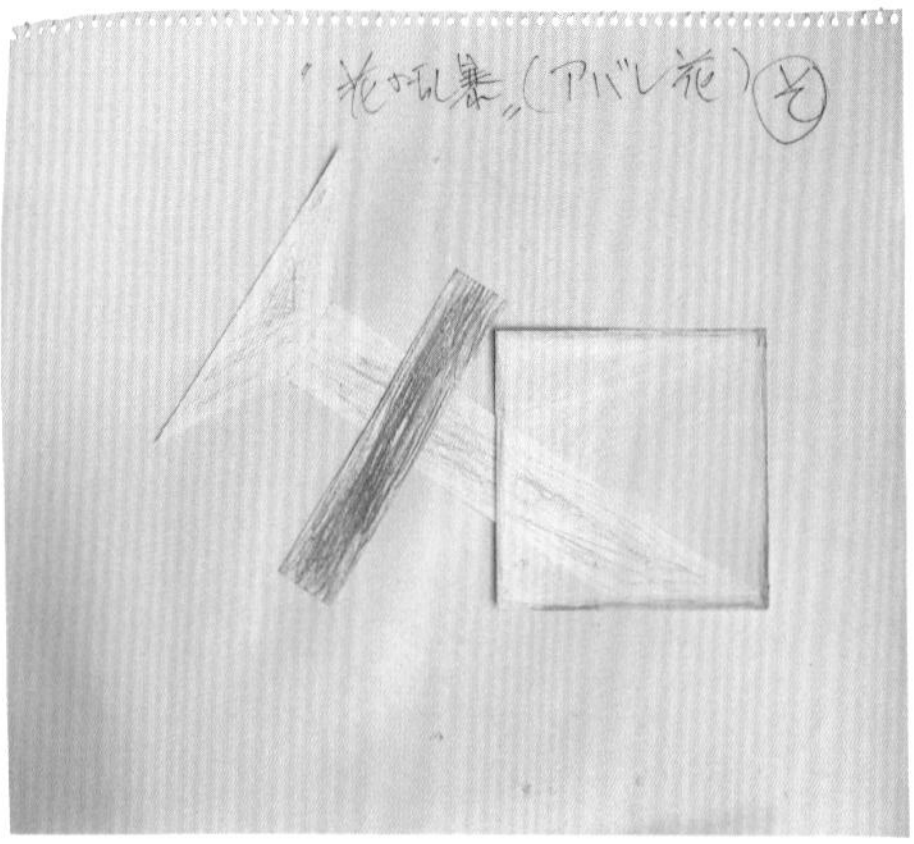

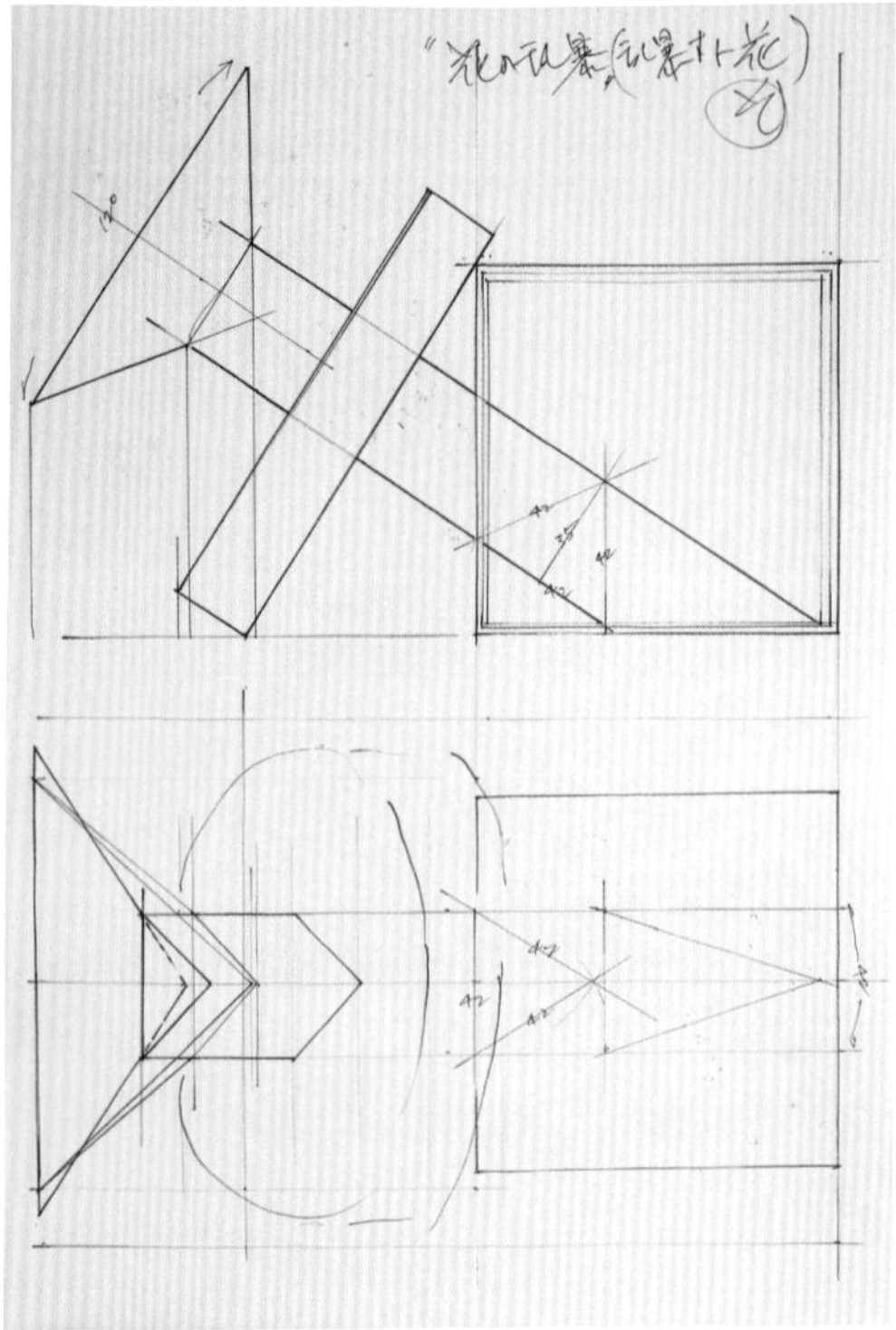

立体作品の設計図の一部が残されていた。角度や大きさなど綿密に計算して制作されたことがわかる。幼少期には模型飛行機に夢中になり、やがて自邸も設計した中川宗弥。絵の才能だけでなく理系の思考も併せ持つ「美術家」だった。

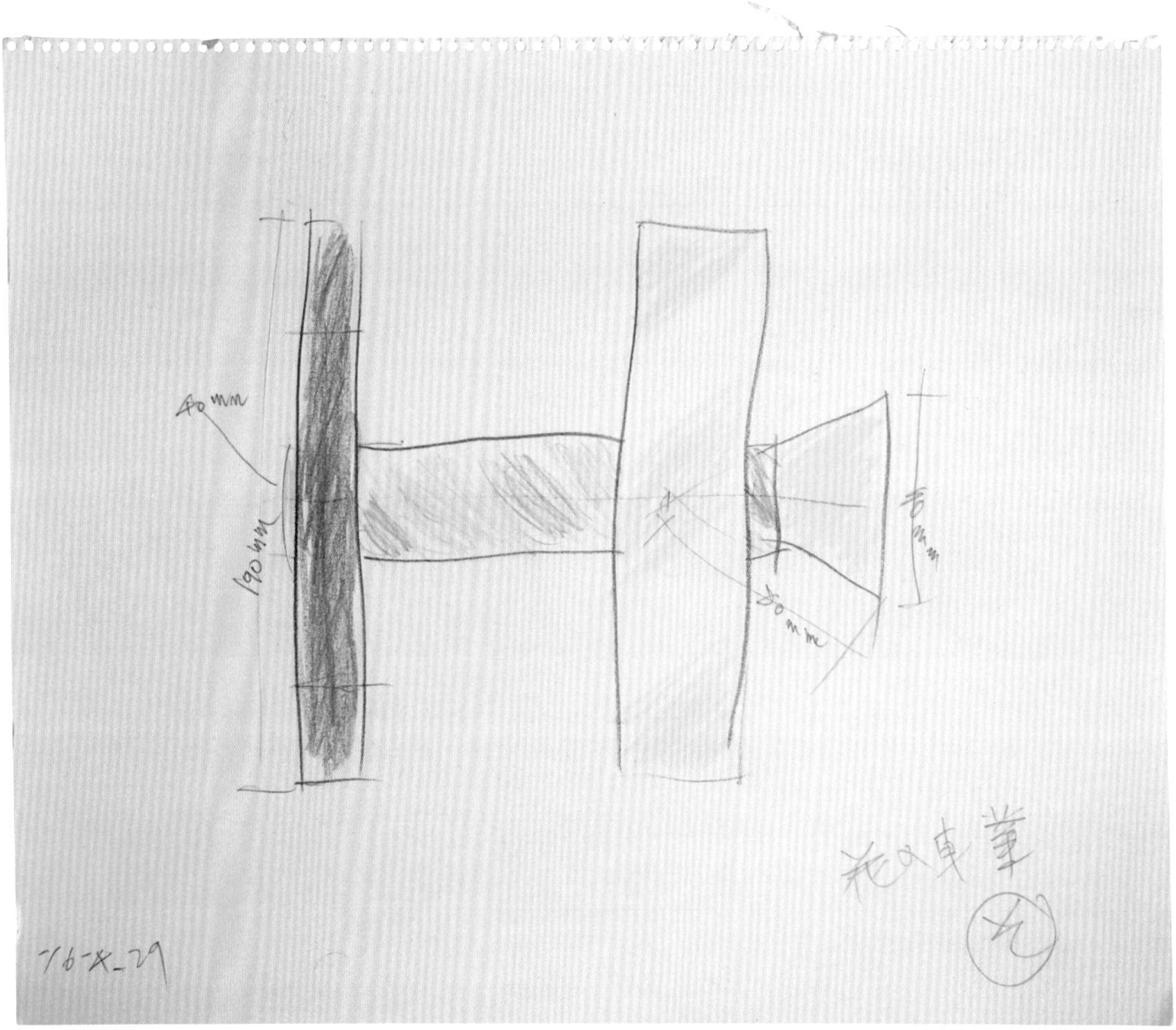

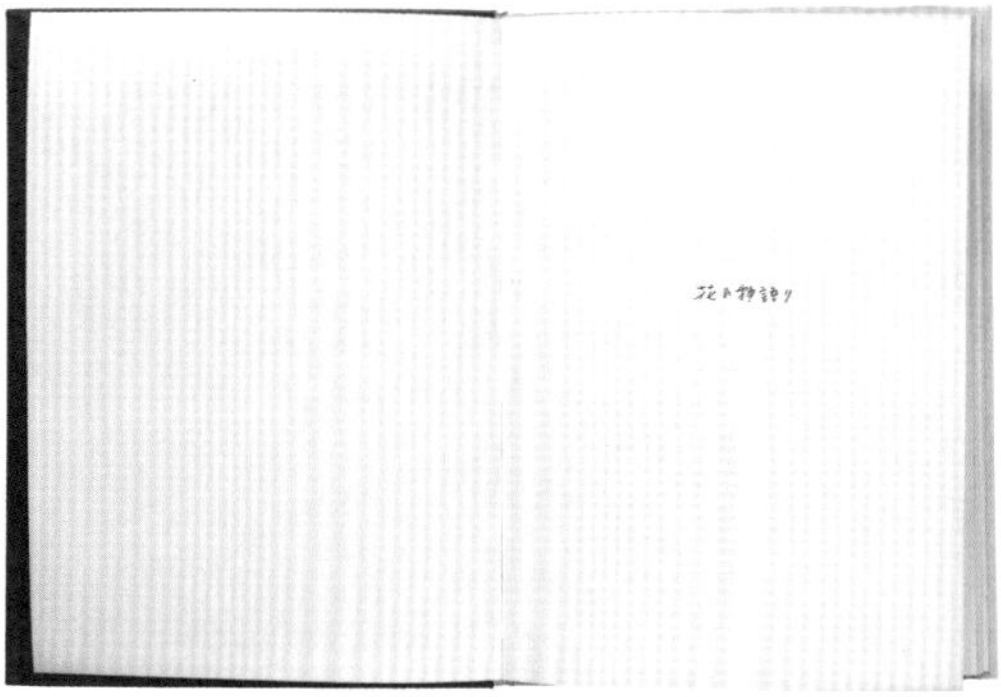

① 花の物語り

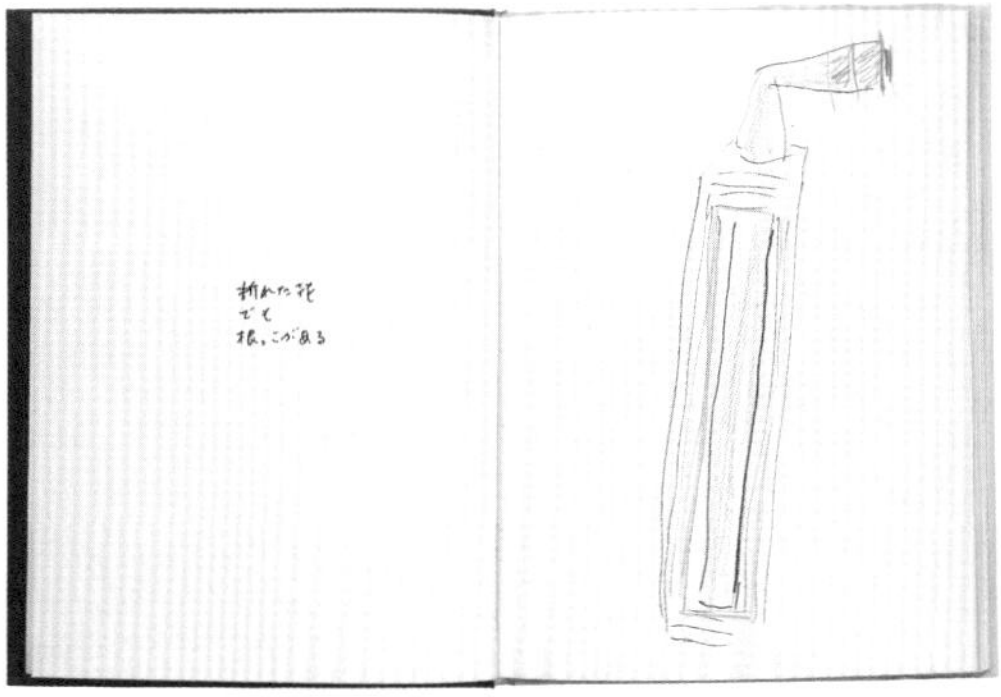

②　折れた花　でも　根っこがある

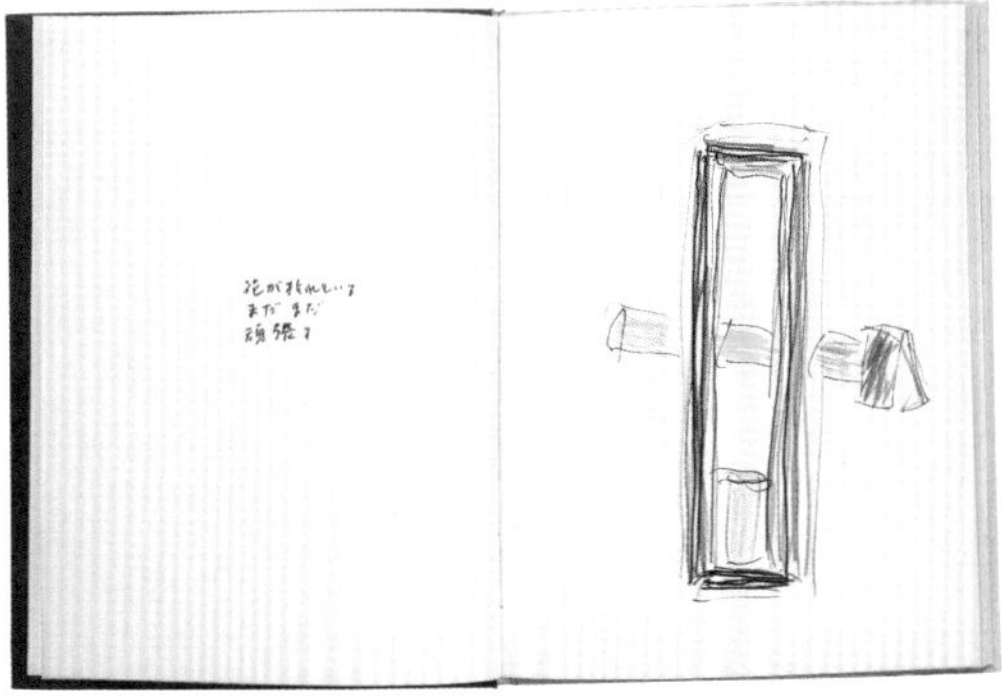

③　花が折れている　まだまだ　頑張る

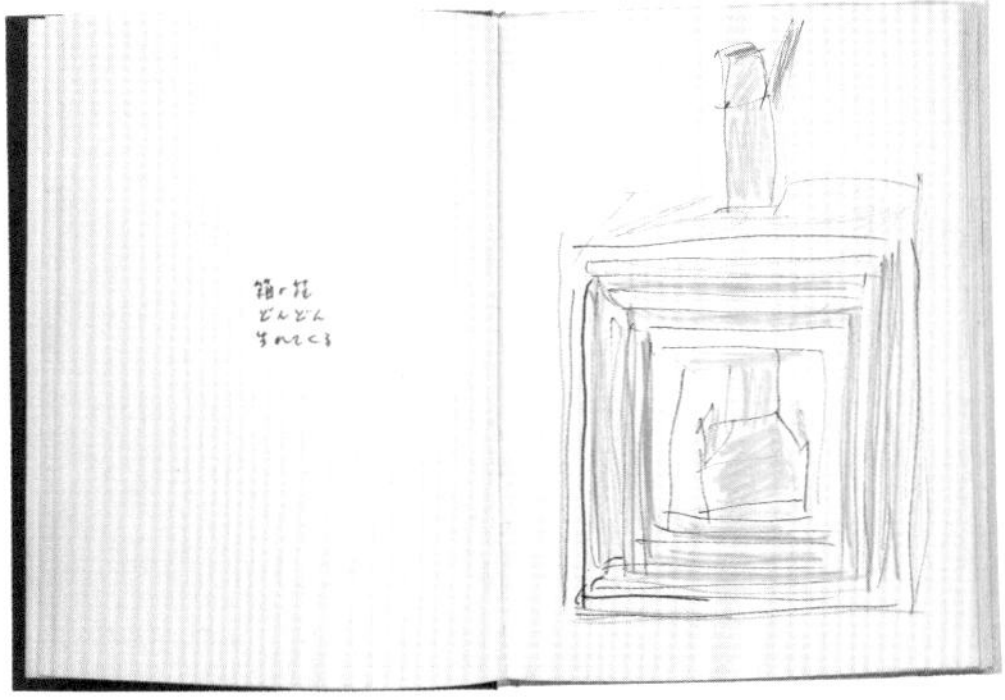

④　箱の花　どんどん　生れてくる

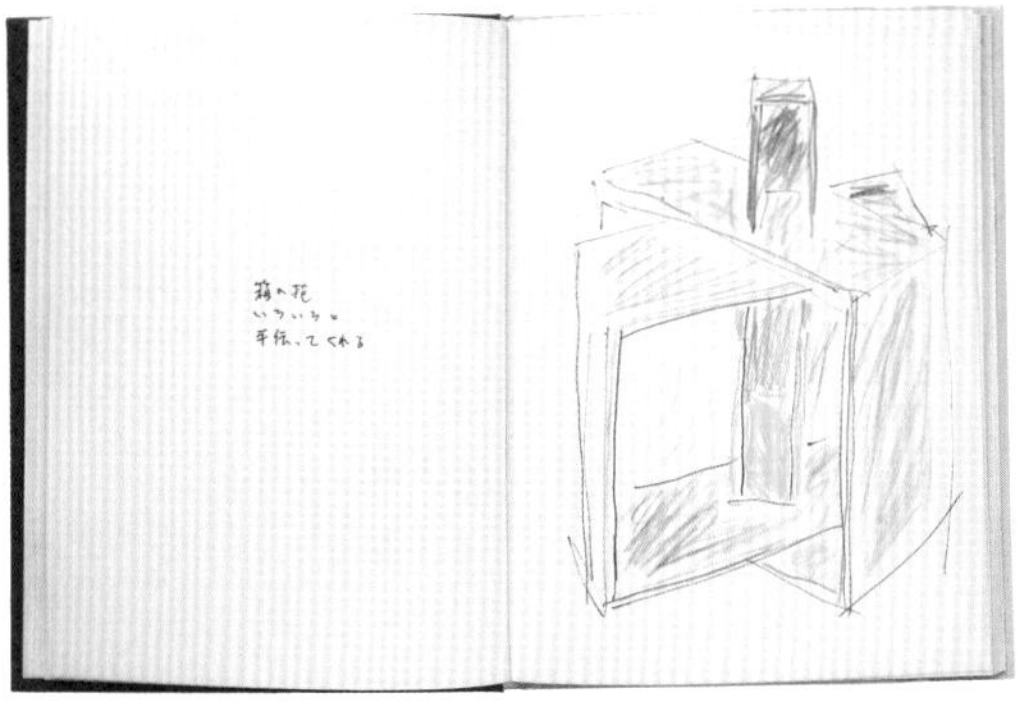

⑤　箱の花　いろいろと　手伝ってくれる

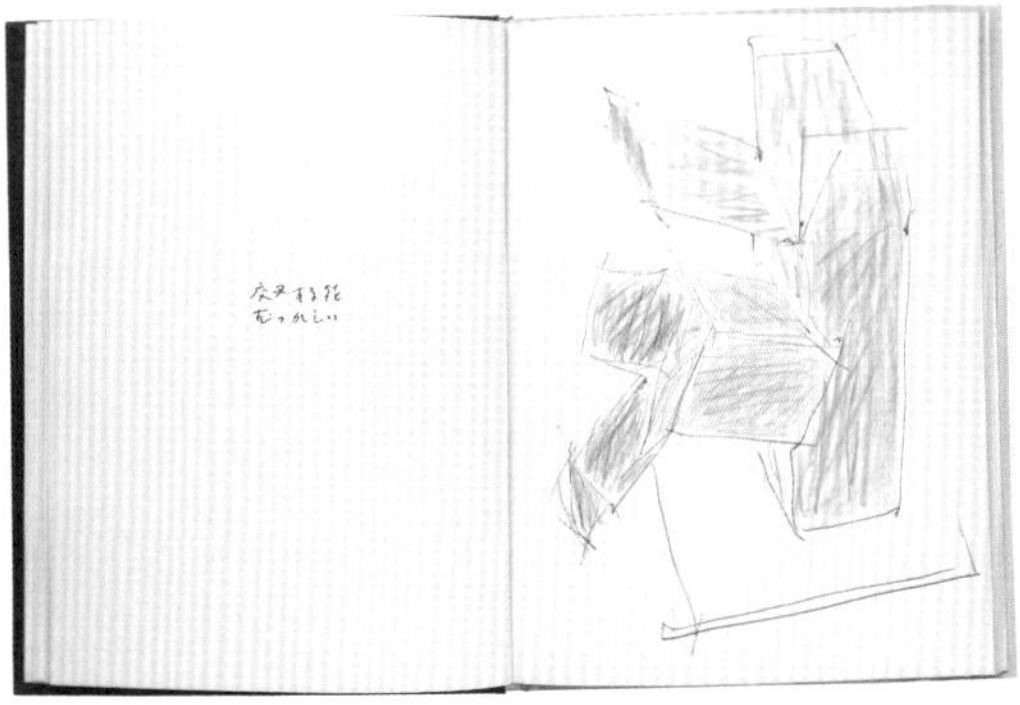

⑥　交叉する花　むつかしい

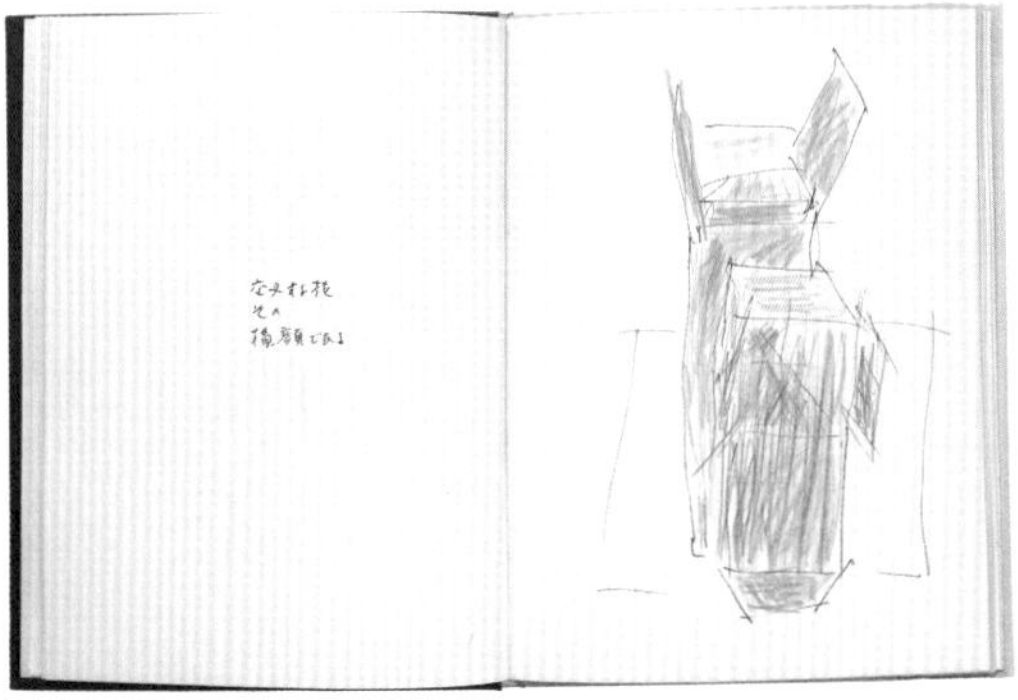

⑦　交叉する花　その　横顔である

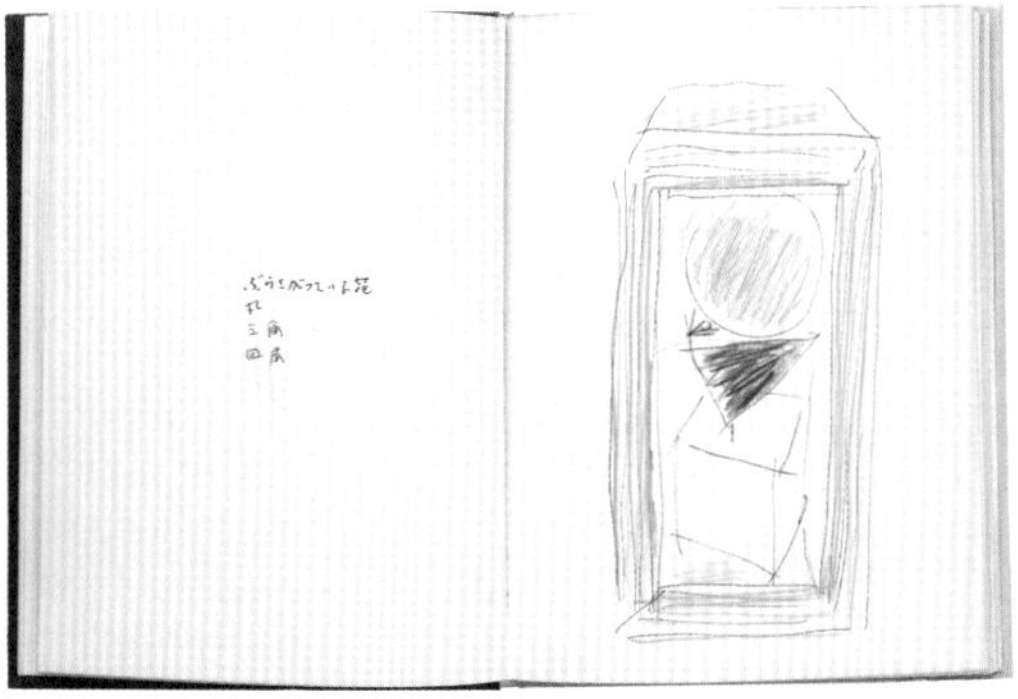

⑧　ぶらさがっている花　丸　三角　四角

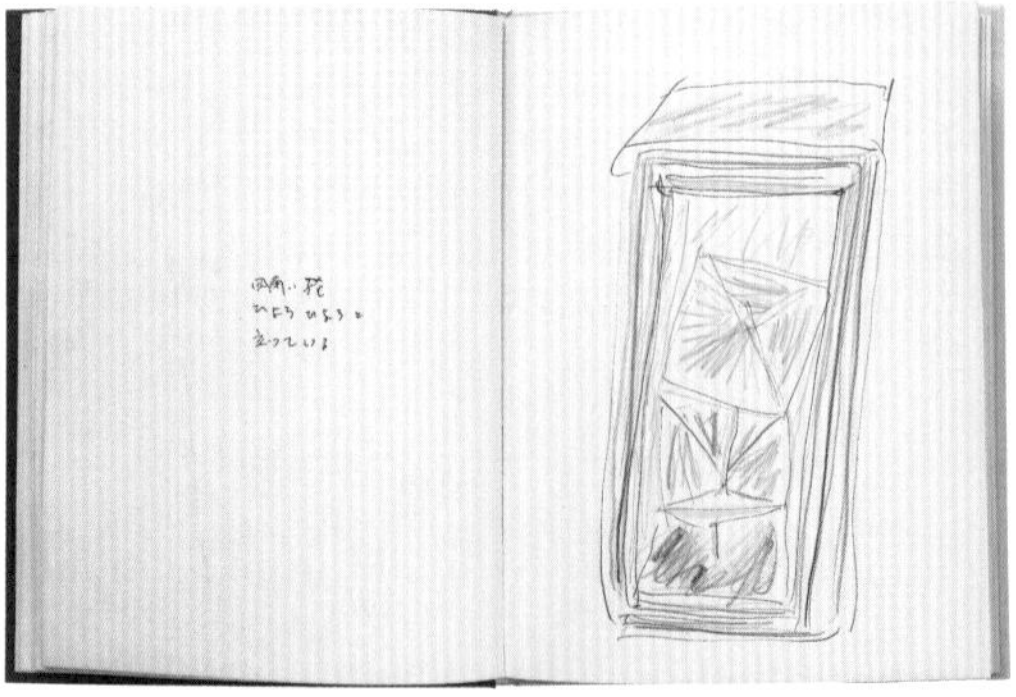

⑨　四角い花　ひようひようと　立っている

⑩　結びの花　しるしです

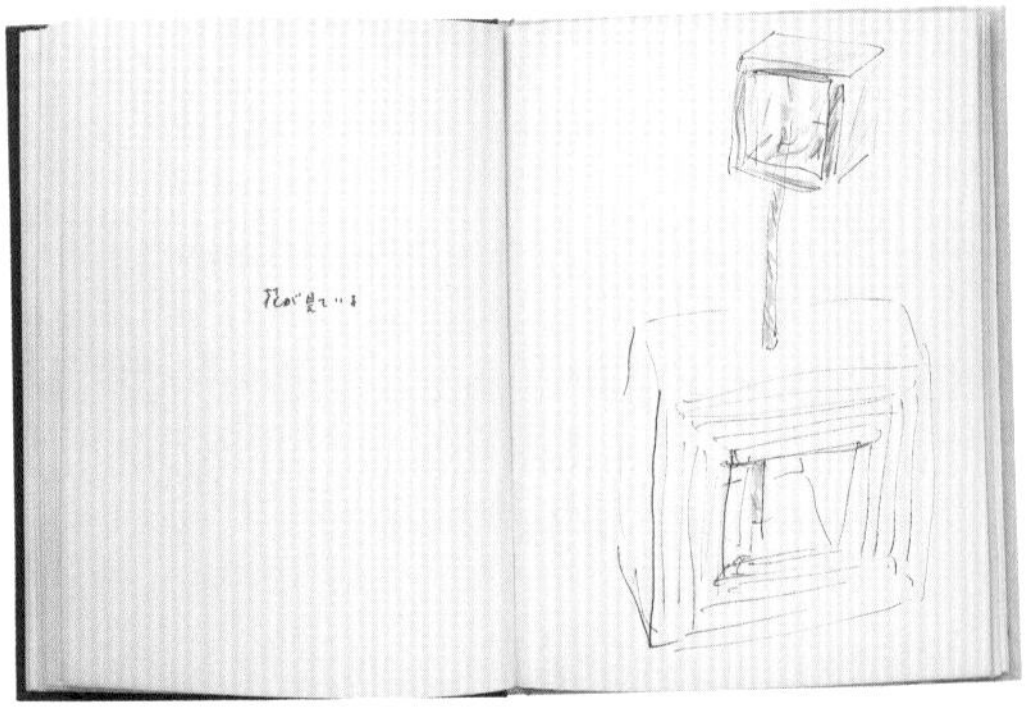

⑪　花が見ている

⑫　花と空が話をする

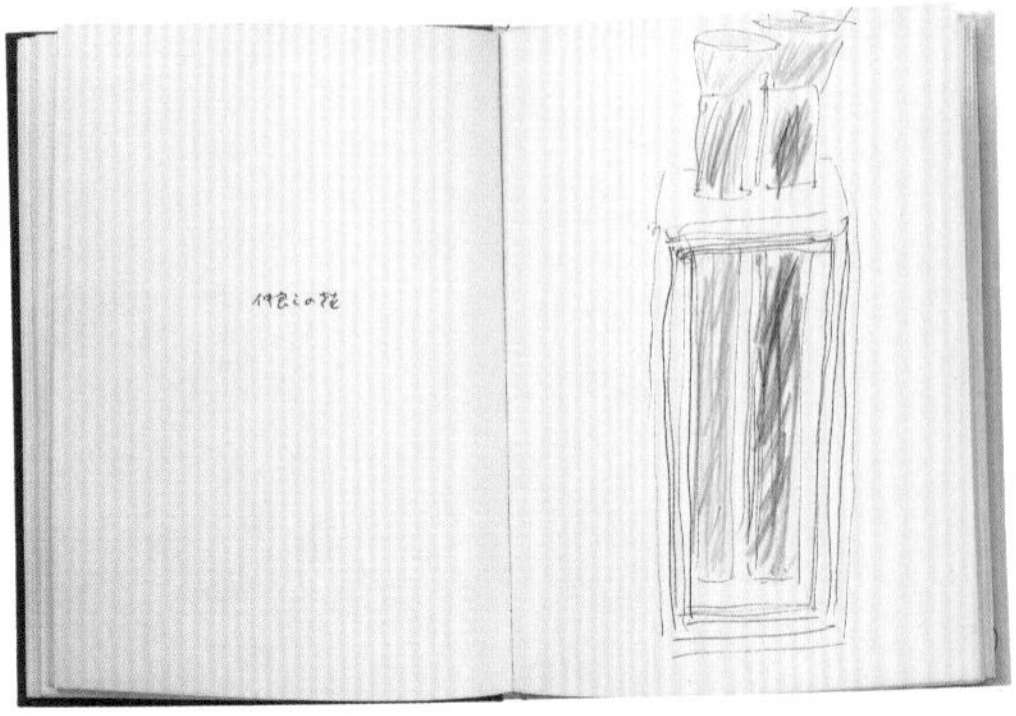

⑬　仲良しの花

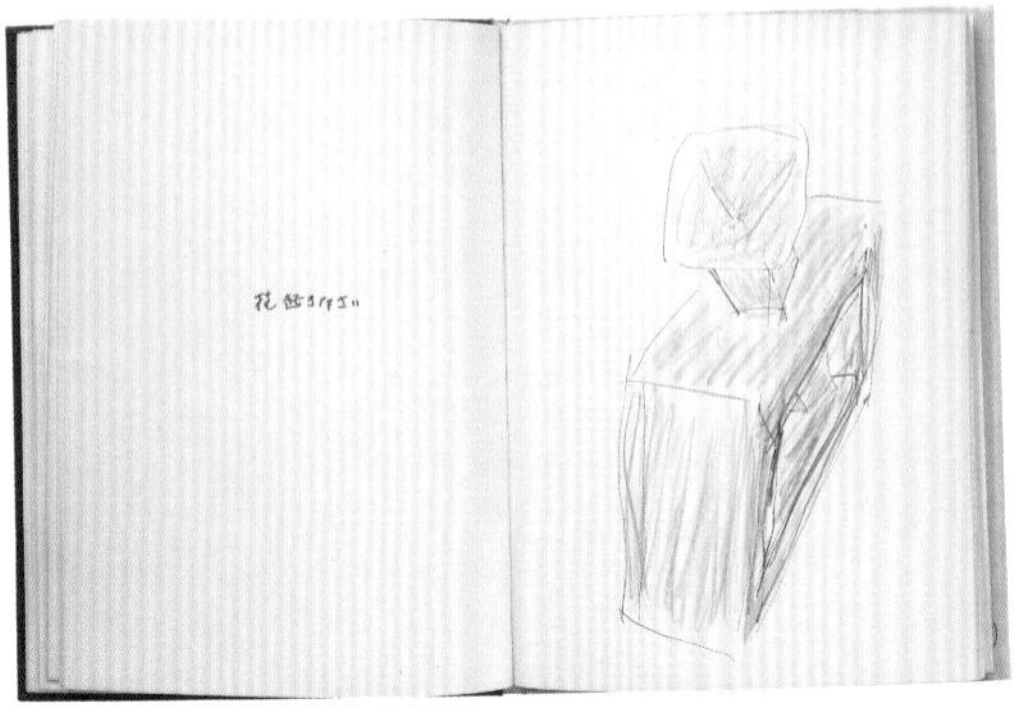

⑭　花 起きなさい

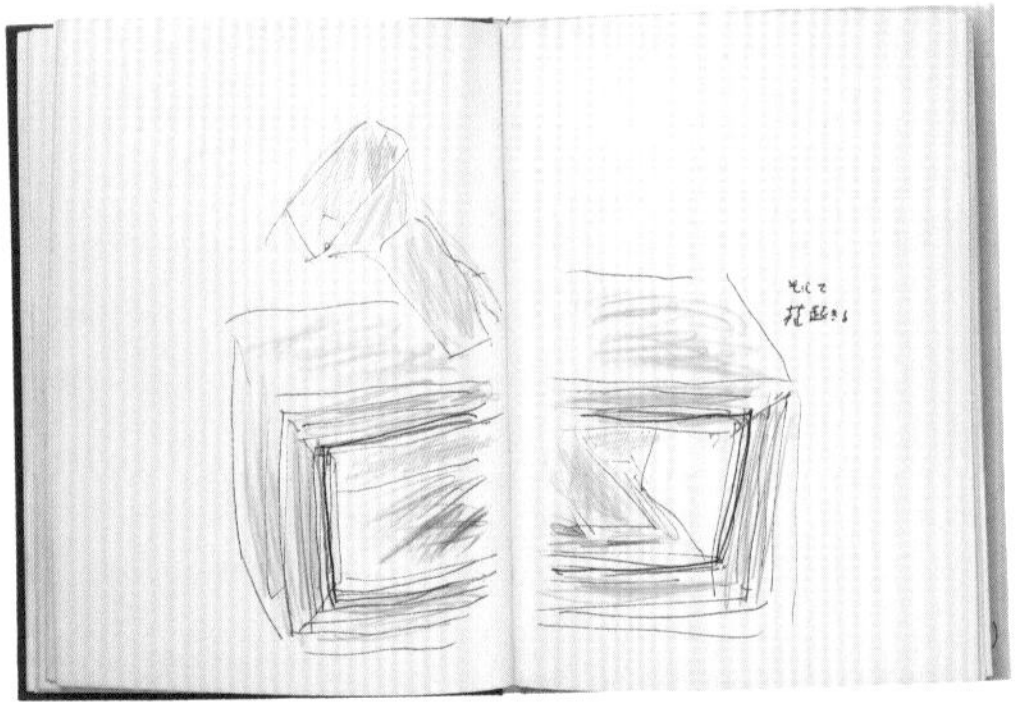

⑮　そして　花起きる

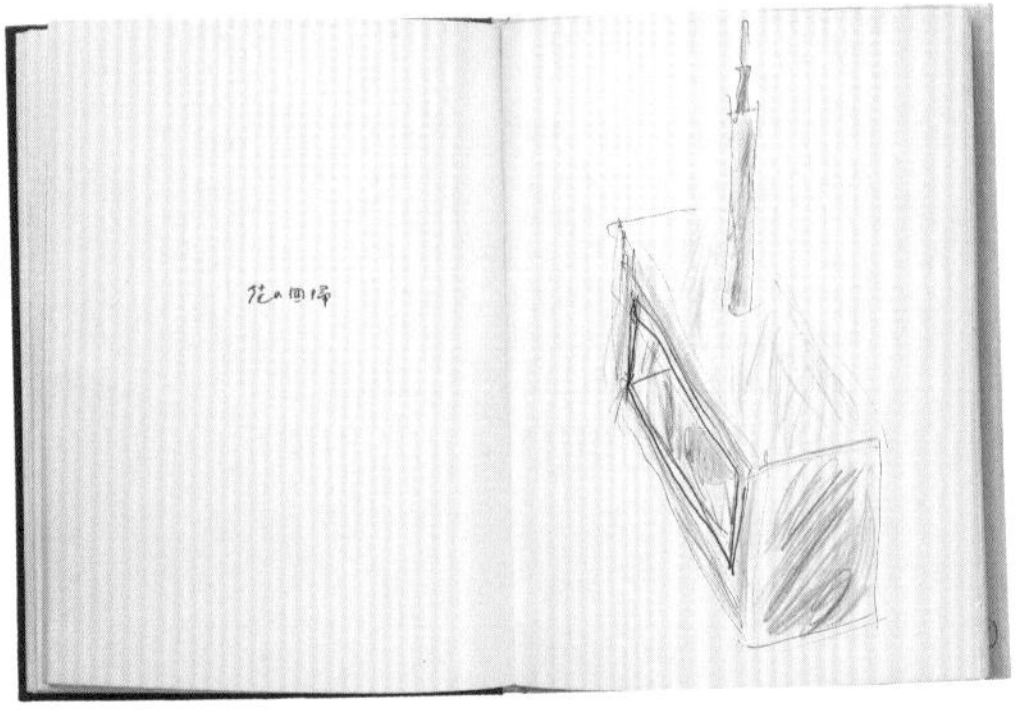

⑯　花の回帰

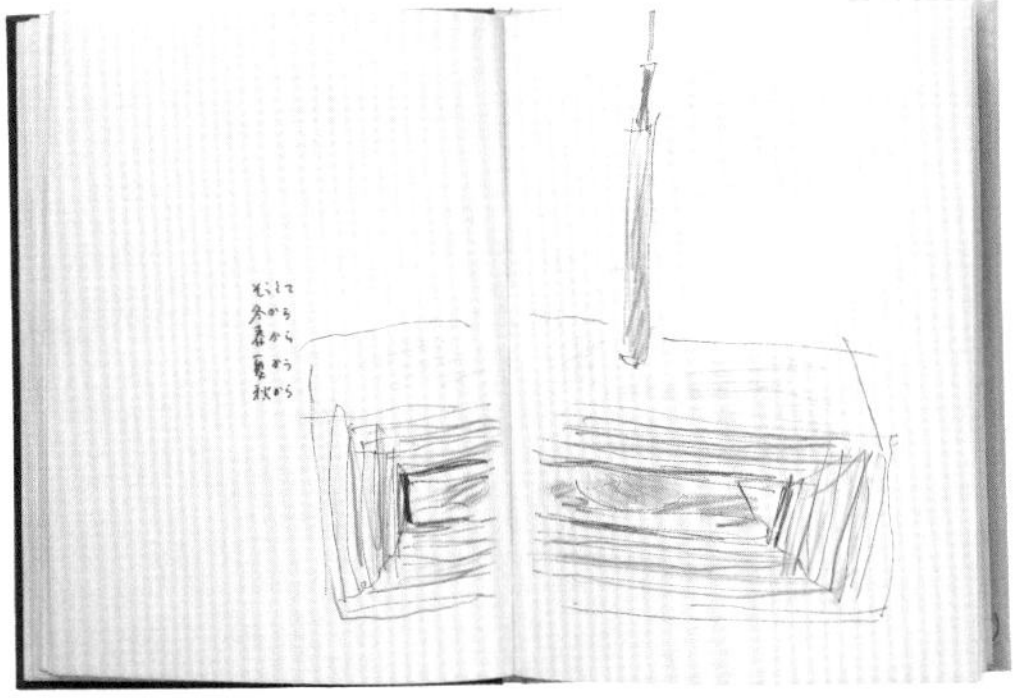

⑰　そうして　冬から　春から　夏から　秋から

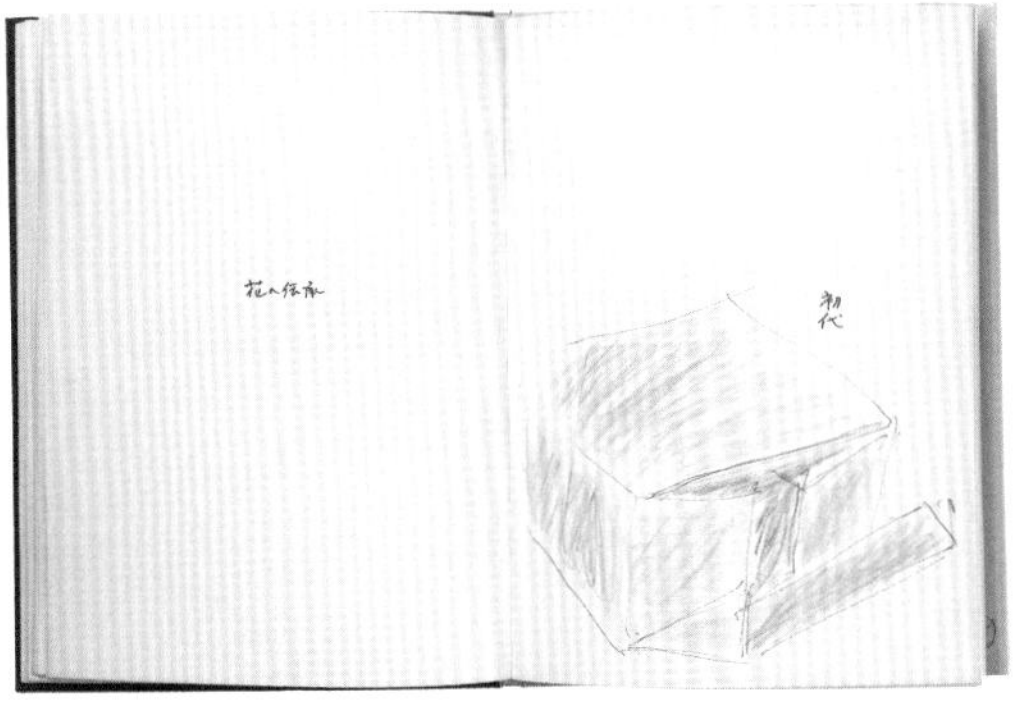

⑱　花の伝承　初代

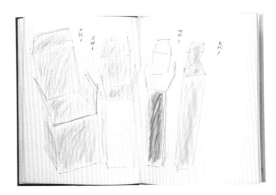

⑲　二代メ　三代メ　四代メ　五代メ

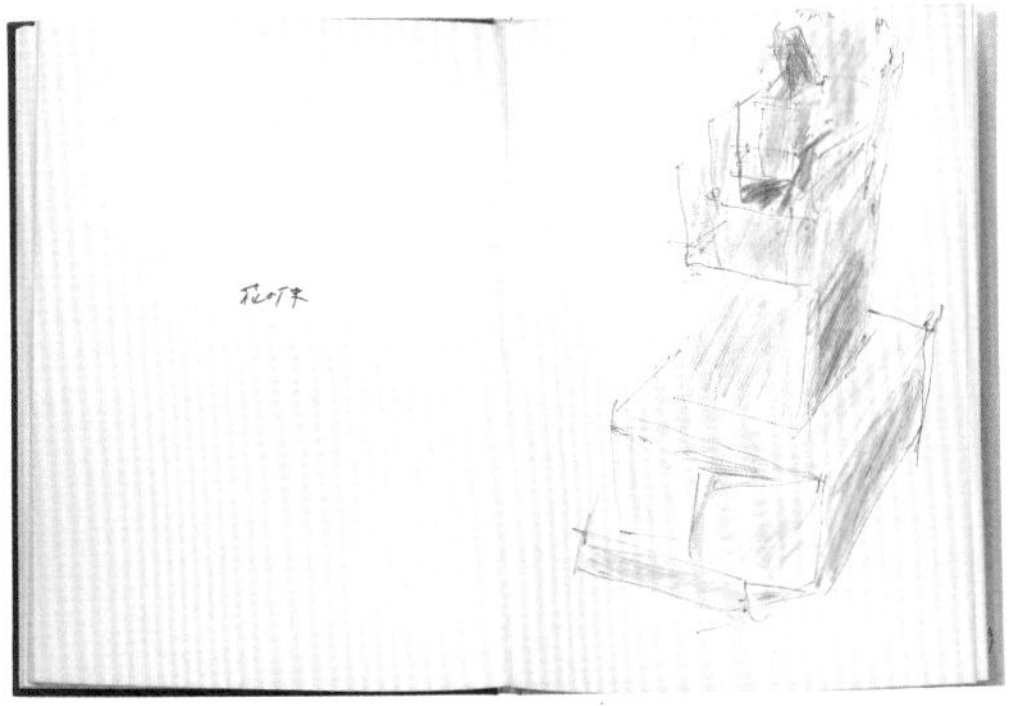

⑳　花の歴史

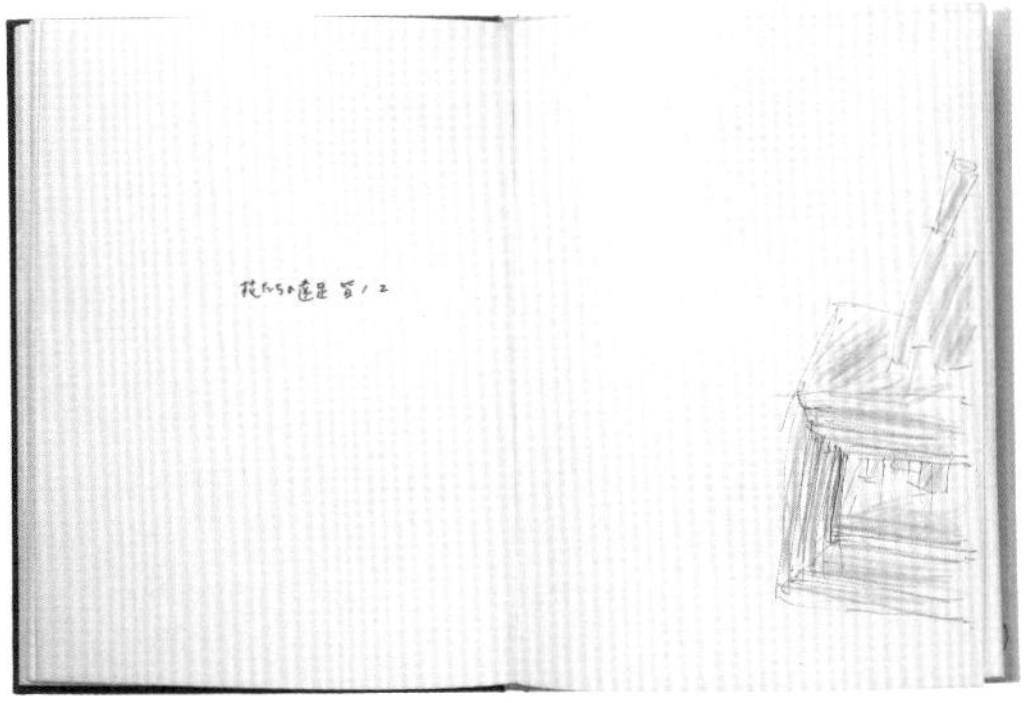

㉑　花たちの遠足 皆１２

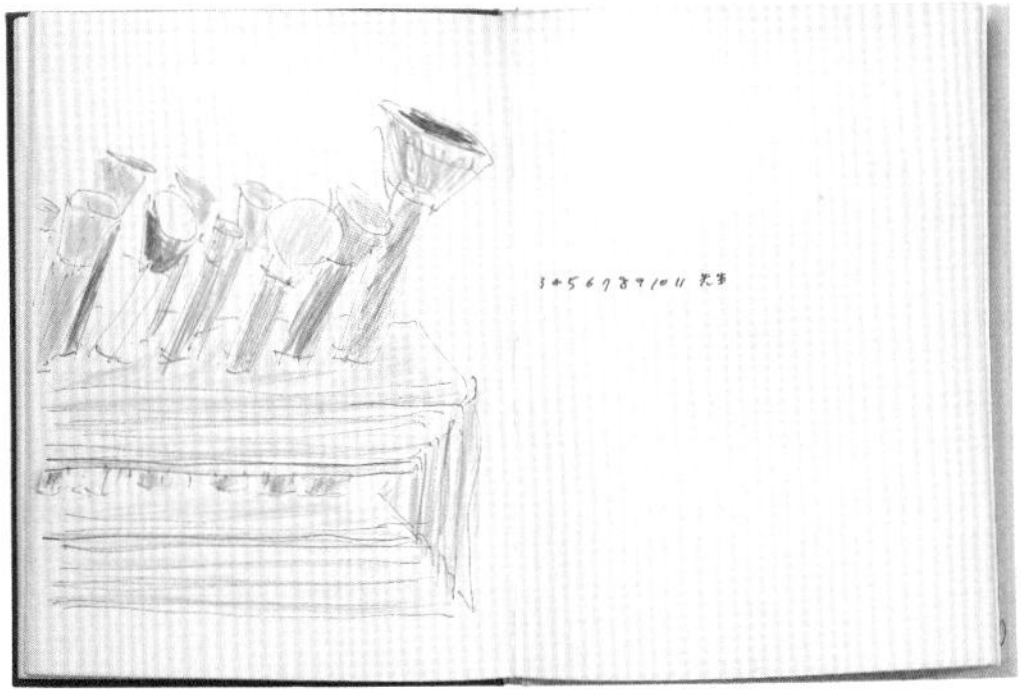

㉒　３４５６７８９10 11 先生

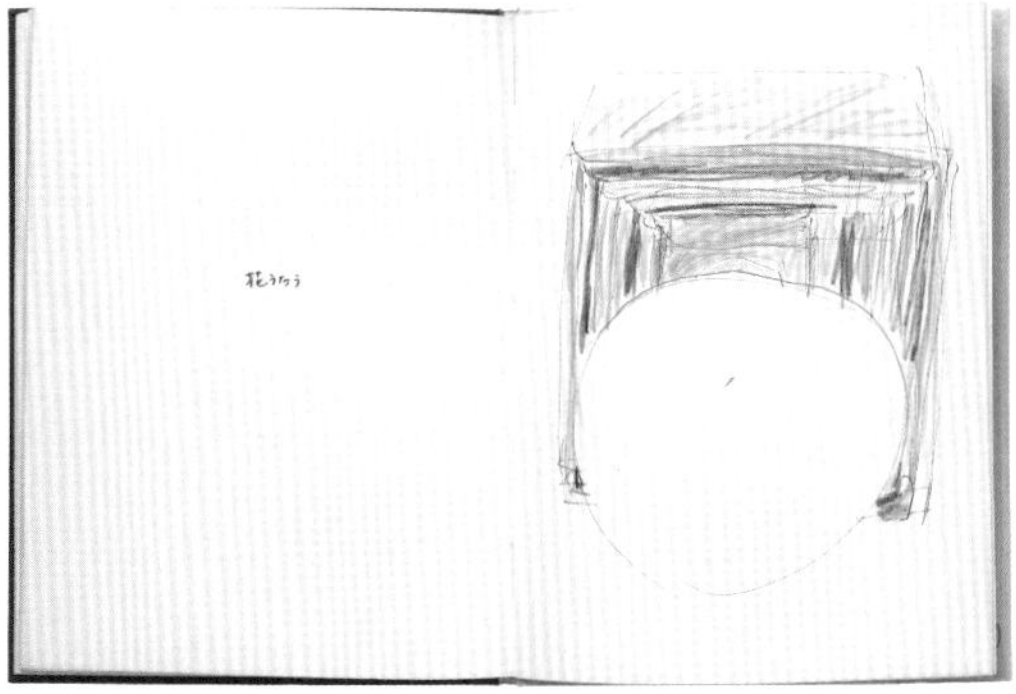

㉓　花うたう

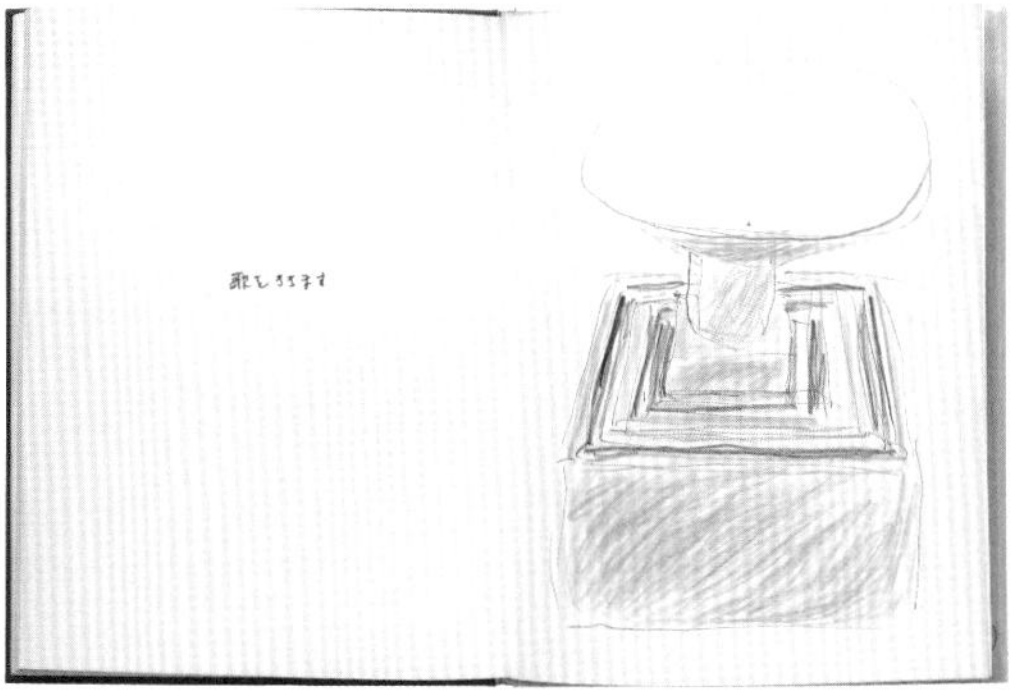

㉔　歌をききます

Interview

美術家 中川宗弥

中川宗弥は中川李枝子の最大の理解者であった。
装丁や挿絵、時に編集者として中川李枝子の作品作りの影には
たえず中川宗弥がいた。中川李枝子の取材を通して、
僕は中川宗弥への取材を強く願い、このような手紙を書いた。

文と写真・新井敏記

謹啓　深秋の候、ますますご健勝のことと存じます。

はじめてお便りさせていただきます。スイッチ・パブリッシング代表の新井敏記と申します。

現在、弊社では中川李枝子様の特集号を制作しております。工藤直子様と知己を得て、中川李枝子様と工藤直子様の対談を軸に、『いやいやえん』をはじめとする創作の淵源を辿る試みをまとめたいと考えています。「作家中川李枝子」の世界を紐解くまたとない一冊を目指しています。

インタビューを進め作品に触れるうちに、中川宗弥様の絵の世界、編集の世界に深い感銘を受けました。

特に一九九六年九月に刊行された『絵本と私』での紙面のデザイン、絵のトリミングは秀逸です。新聞連載時では、タイトルも挿画の選択も本自体の紹介にとどまっていましたが、中川宗弥様が再構成しデザインした紙面では、エッセイの内容、その想いを理解したビジュアルとなっており、とても深く強い内容となったことに感服した次第です。

一冊の本を作り上げる編集者としての才はもとより、秀れたデザイナーとしての装丁への思い、画家として中川宗弥様が描く世界に大変感銘を受けています。

また一九七二年に刊行された『こだぬき6ぴき』、一九八〇年に刊行された『ぞうの学校』の絵、装丁に強く魅かれています。動物を描くこと、そして絵本の流れを作っていく難しさと楽しさを、中川宗弥様の仕事にとても強く感じています。

ぜひ今回の特集で宗弥様のインタビューを掲載できればと願っています。突然のお願いで甚だ不躾ではございますが、どうかお許しください。

このお手紙がお手元に届きました後、改めてご連絡させていただきます。よろしくお願いいたします。

謹白

二〇二一年十一月吉日

新井敏記

中川宗弥様

玉机下

数日後、中川宗弥から電話があり、取材日時は、十一月二十一日の十七時を指定された。

中川宗弥の原風景

宗弥　僕が生まれる前、父は朝鮮に渡って仕事を成功させました。しかし第一次大戦が始まって恐慌があった。だから僕が生まれた頃は小さな商売になってしまい、家族で転々としていました。それで住んでいたのが京城[1]。この街は昔、城壁に囲まれていて南側には南山というとても綺麗な山がありました。南大門[2]という門があって、その後ろに南山がある。風水かなにかでは、南の山には神様が宿っていると言われているんです。そのふもとに暮らしていたから、いつもすぐそばに山があった。それが僕には幸いしたと思うんです。山水、自然に囲まれていた子ども時代だったと思います。空にはトンボが舞って、カラスや、山に行けばリスやノネズミ。灌木もあって。「おじいさんは山に柴刈りに」と桃太郎の話にありますが、おそらく今の子どもたちは柴というものがどういうものか知らないと思う。灌木ですよね。そういうものが原風景ですね。赤松が多かった。

　最初に絵を絵らしくやり始めたのは、雪舟[3]がきっかけです。家に『雪舟』という一冊の絵本がありました。その中に例の有名な絵[4]があった。雪舟は遣明船[5]に乗って二年間中国に渡った経験があるので、南宗画[6]をはじめ、身につけたものを後世に知らせようと思ったことがあの長い絵巻物になった。その一部に船の絵があって、子ども心におもしろかったのか、僕は模写をしたんです。昔は筆でものを書きましたから、商人だった父の机には筆や半紙が全部揃っていた。その父の道具を引っ張り出してきて絵を描いたのが五、六歳の時ですね。だから僕の先生は雪舟なんです。

——宗弥さんの絵の簡略したものの力強さ、そこから形や動きを感じるのは、その素養があるからなんですね。

宗弥　素養というよりも、絵描きは知りたがりや、欲張りなんですね。いろんなことを知りたい、知らないと自分が表現できない。だからその時も、物事を知りたいという面があったんじゃないでしょうか。

　小学一年生の時に全国の写生大会があって、高原に行って写生した絵が大賞を取りました。『宮廷女官チャングムの誓い』という韓国ドラマの舞台になったところ。[7]その王宮の別邸を写生したらしい。絵をやると常にトップでした。学年から二人選ばれる全国の大会に、毎年出ていましたから。ところが学年が上がってくると、画材が変わるんですね。一年生の時はクレヨンでした。家を描いたことは覚えているけど、詳しくは覚えていない。二年生になるとクレパスになった。あれは油絵具に似たところがある。これは得意だった。重ねて塗ることができる。ところが四年生になった時、画材が水彩に変わるんですね。それで僕は描けなくなってしまったんです。絵が好きな人間はみんな通っている道だと思いますけど、水彩をどうやって描けばいいのか、表現の技術そのものがわからない。

——水墨画をやっていたから。

宗弥　水墨画は筆の付け方によって薄い色と濃い色を出しますから、変化は墨一色で出せる。これが東洋画、特に中国の水墨画。でも水彩は西洋絵画の技術だと思うんですね。水彩は自分の思った色をいきなり塗ってしまってはダメですね。下地に全く違う色を塗って上に色を重ねていくことで表現していく。それで僕は描けなくなっちゃったんです。でもその時、幸運なことにクラスにヤマキという友人がいて、彼が水彩ですごくいい絵を描いた。彼を手本にしてクレパス的に水彩を使ってみたんです。それがきっかけで水彩が描けるようになった。

——ヤマキさんが描いたのは人物画ですか。それとも風景？

宗弥　風景です。雪景色。だからあまり色はないけれど雪景色なんです。本当に大人の絵と同じくらい上手でした。僕はびっくり仰天。それで中学に上がっていきました。

　韓国から引き揚げて、旧制中学二年で転校した松山中学校で、

1　現在の韓国ソウル市。

2　李氏朝鮮時代に建てられたソウル市にある門。正式名は崇礼門。

3　室町時代の水墨画家、禅僧。一四二〇〜一五〇六年。

4　四季山水図巻（山水長巻）。雪舟晩年の代表作。国宝に指定されている雪舟の六作品のうちの一つ。

5　十五〜十六世紀にかけて室町幕府が中国（明）との通商を行った貿易船。

6　中国・江南地方の平坦な地形と温暖な気候風土のもとに生まれた山水画。

7　華城《ファソン》。韓国水原市にある李氏朝鮮時代の王の別邸を中心とした建物群。

絵が描きたいから美術部を作りました。絵は描けるけど勉強は好きじゃない。本当に勉強はしなかった。劣等生だったんです。おふくろが何回も呼ばれちゃってね。学校の英語の先生とたまたま銭湯が一緒だったりすると「中川くんいくら絵が描けても英語くらい少し勉強した方がいいよ」なんて言われたりして。だけど絵を描くのに時間を潰しちゃったから、学校の勉強はほとんどしませんでした。それで、その美術部にサカモトという友人が入ってくれた。このサカモトがまたものすごく絵が上手だった。世の中には絵の上手な人がいっぱいいるもんだと思っていたら、彼が油絵を始めました。僕はどっちつかずの絵を描いていたけれど、その時に初めて油絵をやったんですね。サカモトがやっているから、僕もやってみようと。油絵の箱を親に無理言って買ってもらって、パレットは折りたためる小さいやつ。使い方を聞く人がいないから反対向きに使っていたりしてね（笑）。それで油絵を始めたのが旧制中学の四年くらい。

——油絵で何を描こうとしたのですか。

宗弥　絵描きは題材を描き分ける人が結構います。僕はなんでも描きたかったですね。ものを作ることが好きだった。模型飛行機も作っていました。将来航空力学でもやろうかな、なんて考えたこともあるくらい飛行機が好きで。ものを知りたいから、描くことはなんでも好きでした。手元にあるもの、果物やなんか。でもやっぱり一番好きだったのは風景ですね。それは子どもの時に雪舟の絵を模写したのが始まりだからかもしれません。

——どういう形になっているか知りたいから、自分で作ってみる。そういう意識があったのでしょうか。

宗弥　うん、それが雪舟の影響でしょうかね。雪舟と同じ方法で船を模写する。だから形に対する興味が強かったのかもしれません。

——雪舟が描く動物も見事です。それも宗弥さんの絵本のイメージと重なります。

宗弥　絵を描く人間は欲張りで、なんでも知りたい。本当はなんでも描きたいというのが、絵描きなのではないでしょうか。

大村李枝子との出会い

——李枝子さんとの出会いを教えてください。

宗弥　まだ出会う前のことですが、僕は駒沢のあたりに住んでいて、みどり保育園が始まった頃の彼女を見かけていたかもしれません。というのも、僕は寝坊だから結構遅くまで寝ている。すると川の方がうるさいんですよ。「ぎゃーぎゃー言っているな、なんだろう？」と思っていた。以前は駒澤大学の近くに沢があって、その近くでみどり保育園の子どもたちが遊んでいました。だから僕は土手の上の方から「うるせえやつらがいるな」と眺めていた。そこに保育士として大村李枝子がいたことは確かですけど、向こうは子どものことに一生懸命で、僕は上から見ているだけだったから、全然知らなかった。

——ではどういったご縁で。

宗弥　僕の義理の兄が工務店で経理として働いていました。その工務店が引き受けたのが、当時李枝子たちが住んでいた官舎の仕事です。大村のおやじさん[8]は囲碁が好きなんですね。それで工務店の社長とおやじさんは囲碁仲間だった。そこでおやじさんは社長に「娘が結婚しなければいけない年齢になってきて、絵描きみたいな人がいいと言っている」と相談したらしいんです。後に李枝子に聞いたら、結婚する気なんてなかったから、絵描きなんていないだろうと思ってそう言ったらしいですけど。それで、そこにたまたま僕の義兄がいて、「弟が芸大を出て絵を描いている」と。それが始まりです。社長のところでおやじさんと会うことになり、「じゃあいっぺんうちに来てみないか」となって、大村家に遊びに行ったのが最初でした。

——初めて李枝子さんにお目にかかった時の印象はどうでしたか。

宗弥　おもしろかったのはむしろ李枝子より妹の百合子[9]の方でした。彼女は西高の美術部にいたんですね。西高の美術部にはおもしろい先生がいて、芸大に進む人も多い。だから彼女も一生懸命勉強して、やっぱり絵のことを知っている。李枝子より妹の方が知りたがり。だから最初に大村家に行って、じっと僕を見ているのは百合子でした。あとから李枝子が出てきて。

当時、僕は友人に誘われて市田株式会社という商社の宣伝部にいました。その友人は芸大の図案科に行っていたから、一緒にアルバイトをして、グラフィックデザインのことは彼から随分勉強させてもらいました。それで、僕は宣伝部に入ったけれど、お前は絵描きだから装飾をやれということになった。市田は京都が本店で、呉服では日本でも古い会社です。美智子上皇后の呉服はほとんど市田がやっていた、というくらい格式があるところ。三越とか他の古い呉服関係の会社はデパートになっているけど、市田はあくまでも呉服、衣類のお店。ただ呉服だけでは今の世の中やっていけないので、服地だとかそういうものも扱っていた。商社といってもおもしろいところで、会場を借りて呉服や服地の展覧会もやっていたんですよ。それで僕は生地や宣伝のことも勉強していました。そんな頃に李枝子の描いた『いやいやえん』という作品に出会ったんです。

——まだ同人誌「いたどり」に掲載された時の。

宗弥　はい、僕が会った時はまだ「いたどり」の段階でした。李枝子は、整理整頓はあまりしないし、何かやったらころっとそこへ置きっ放しだし……。そんなはちゃめちゃな性格な人は無理かもしれないと思っていたんです。だけど『いやいやえん』は、絵

8　大村清之助。中川李枝子の父、農学博士。一九〇七～一九九〇年。中川李枝子との共著に『ぞうの学校』（福音館書店、一九八〇年刊）があり、絵と構成は中川宗弥が手掛けた。

9　山脇百合子（旧姓大村）。絵本作家。中川李枝子の妹。一九四一～二〇二二年。

を描いたりデザインをやったりしている僕からすると、まるで絵描きがやった仕事のような感じがしちゃってね。形容詞の使い方なんか、誰もやらないような文章の組み方なんです。ぱっと見た時に、これはずいぶん変わった文章、人間だと思ってね。これはおもしろいんじゃないかと。ちょっと変わったものを感じたもので、じゃあ一緒になるかと言って、一緒になっちゃったんです。

そうしたら後に石井桃子さんが福音館で本にしようじゃないかと言ってくださった。絵は李枝子の妹の百合子が描きました。今でもそうですけど、自分の妹に頼めば文句を言わずに絵を描いてくれるって（笑）。僕と仕事をする時はそうはいかないですね。本にするために、自分がわかろうとするために、徹底的に聞くわけです。李枝子は奇想天外な発想を持っているから、それに対して僕が「どうしてこうしたの？」なんて聞くと嫌がるわけです。自分の発想のことなんて聞かれたらうるさくて仕方ないって。彼女は結婚した時に宣言していますから。「絵画や美術は分野が違うから、私は知らない」と。今でもその態度は徹底しているんですよ。あくまでも文章が書きたくて書いた一つが『いやいやえん』です。

——宗弥さんが『いやいやえん』を読んだ時、ご自分で絵をつけようとは思いませんでしたか。

宗弥　それはありません。本当は一緒に仕事をしていく以上、もう少し美術のことを知ってほしいという思いが僕にはあるのですが。

——宗弥さんがいるからその分野はお任せしますということではないでしょうか。

宗弥　でも僕は視覚的なイメージをもらわないといけない。でも話しかけると、李枝子にとってはそれが非常に邪魔なわけです。百合子の方は李枝子と同じような素質があるから、姉の書いたことをそのまま描いちゃう。だから李枝子の方も「妹に描かせれば描いてくれるわよ」という感じですよ。

土曜日の絵画教室

——李枝子さんと出会ったことで宗弥さんの道も変わった。みどり保育園の中で李枝子さんを支え、保育園の子どもたちにも絵を教えることになった。

宗弥　李枝子と一緒になったけど、僕は自分で絵を描きたいこともあったもので、会社にそのままいると正社員になってしまうから辞めたんです。僕が仕事を辞めて稼ぎがなくなって、園長の天谷先生に世話になった。

——みどり保育園の子どもたちには、どのように絵を教えていたんですか。

宗弥　努力をすることですよね。僕がやったように、クレヨンからクレパス、水彩になる時に、材料に対してどう使っていいかと工夫する努力。もうすぐ小学校へ上がる年の子どもたちは、ある程度描ける。だけどクレヨンをどう使ったらいいかということは子どもにはわからない。力のない子、特に女の子は塗る時にかすれたような絵にしかならない。描くものも小さくて、ちょこちょこと描いて終わり。何か自分の描きたいものを描きますよね。画用紙の一部にちょこっと描いたら、まだ時間があるから「もう一人くらいここにいてもいいんじゃないの?」なんておせっかいを言うわけです。「ここに女の子がいたら友達がいるでしょう」とか。

——物語を教えてあげる。

宗弥　うん、そうすると描いてくれるんですよ。「じゃあもう一人、これは誰々さん、これは誰々さん……」と言っているうちに、画面全体を描くようになる。子どもたちにしたら結構過酷だったかもしれない。一時間くらい描いていましたしね。子どもなんて五、六分描いたらみんな遊びたくなってやめちゃうけれど、三十分以上になると、描いてくれるんです。ある時、保育園の棚の上に二十人分くらいの絵を張ったんです。そうするとまさに展覧会になる。それが本当に効果的でした。子どもたちが眺めて楽しむというのは考えなかったから、計算外でしたね。みんな鑑賞者になるんです。それで小さい子どもたちは年上の子、お兄さんの描き方をまねするようになるんです。僕が教えるのではなくて、自分たちでまねするようになる。下の子が一生懸命にまねすると、上の子はそれ以上に描かなければいけなくなる。だから自然に描けるようになる。僕が手を取って描いてあげたことなんて一度もない。ちょっと色が塗れないなと思う子がいて、クレヨンを持った手を取って一緒に塗ってあげようとしたんです。そうしたら小さいから手が華奢で、僕が力を入れると痛いんですね。嫌がるんです。だから塗るという労働をさせる。海を描こうと言ったら画面全体を塗らなければいけない。普通だったら空を描いたり太陽やお星さまを描いたりするんですけど、今日は海の水の中、という注文を僕がつけるわけです。そうすると一生懸命塗るんです。大変な仕事です。でもそうすると、展覧会全部が海になる。それも効果的だったと思います。

——毎回テーマを与えていた?

宗弥　好きな絵を描かせる時もあるし、テーマを与えて描かせる時もある。覚えているのは、お店を描こうという題を出した時のこと。お菓子屋とか、飲み屋とかラーメン屋とか。素晴らしいことに、子どもたちは教えなくても日頃からよく見ているから描けるんですよ。散髪屋さんだったら赤青白の回るポールがあるでしょう。僕が「散髪屋さん」、なんて言うと結構描けるんです。

子どもの絵は素晴らしいと言いますでしょう。なぜ素晴らしいと言うかというと、自分が良い絵を描こうという欲がまったくないんですよ。大人は一本すっと描くと、描いた時にどうしてもそこに自分が映っちゃうんですね。それは絵が上手下手関係なく。子どもの絵は描こうと思う情感が強い。子どもの絵が力を発散しているのはそのせいです。どんなに絵が下手くそでも、子どもの絵は発散している。

——それを考えると、宗弥さんが描く線はすごいです。

宗弥　絵描きはそれくらいの感覚がないとだめなんです。描いて子どもの線と同じようにならなければいけない。子どもが描くような気持ちになったら、子どもの絵が描けるんです。子どもの絵が描けるというのは、たいしたもんですからね。

中川宗弥の本作り

――『絵本と私』[10]についておうかがいします。新聞連載と、本になった時に掲載された絵では、変えているものもあります。そこにはどんな意図がありますか。

宗弥　新聞社も出版社も、絵に対しての感覚がなんとなく弱いと思うんです。新聞連載の時の絵も、選び方が弱い気がする。記者が本を見て、絵本の山場を使えるかどうかというと難しい。絵本には山場があります。僕は本を作っているから、それを見るのが本職みたいなものです。それをどうやってみなさんに教えるか。

――同じ作家の違う絵本に変えたものもありますね。『絵本と私』にはカラーページとモノクロページがあって、カラーページに載せた絵本の選び方も絶妙でした。

宗弥　李枝子が嫌がるかもしれませんけど、実際は新聞連載が一〇二回あったんですよ。その中で選んだのが一〇一冊。だから本にするにあたって、僕が勝手に自分の都合で外しちゃったものがある。

――それはどうして外したのですか。

宗弥　李枝子の図書に対する感覚では、物書き、文章書きだからわからない部分があるということですね。なかには僕は外したいなと思ったけど入っているものもあります。

たとえば李枝子は連載でインディアンの本[11]を選んでいたんですね。インディアンの人たちは天に向かってお祈りをしたりとか、おそらくインディアン語で歌っていたと思うんです。でも彼らには文字がないんです。日本で言えばアイヌもそうですよね。文字を作らなかったし、彼らには歌っている音しかないわけです。ところがこの本はインディアンの歌を文字に訳して本になった。それは仕方ないことかもしれないけれど、本来は音というのは本には載せられません。だから、この本は読むのではなくて、絵を見ることに役割があるのかもしれないと思って載せました。本は生活を表すものだから、あくまでもインディアンが使っている道具みたいなもの、インディアンの歌と繋がっているような絵だけを載せた。

――李枝子さんの文章も連載と少し変わっていますが、これは宗弥さんが指示されたのですか。

宗弥　それは全く。

――新聞に掲載された絵より、本で選んだものの方が強いですよね。佐藤忠良さん[12]の『ゆきむすめ』[13]で、水に足を浸けているシーンの絵なんか、強いなと思ったんです。

宗弥　平面画家よりも彫刻の人が描く方が絵は強いです。忠良さんは彫刻家ですから絵が非常に強い。忠良さんの図書を見ていると、絵と自分の空気がつながっているように感じます。ただ彫刻は違いますね。たとえば僕が大好きなアルプ[14]は、ぐーっとものを握っているうちに、人物の形になってしまったような彫刻を作る。だけどあれはアルプの空気ですよね。アルプだけのものって感じがする。でも絵は描かれた人物と見ている人物が、床でつながるんです。いい絵はみんなそうです。たとえばフェルメールの人物画。描かれた人物が座っているのと、我々鑑賞者は同じ平面上にいるんですね。もっと昔のミケランジェロの聖堂の壁画のように、建物の上の方に描かれたような絵は空間が別になりますけど、普通の人物画の場合は絵を見ている人と同じ平面、同じ空気の中にいる。彫刻は完結して、その世界だけ。見ている人と作品の空気をつなげようと努力している彫刻家もいますけれど。

――宗弥さん自身も立体作品を作られますが、それと同じようなことですか。

宗弥　僕の立体は、あくまでも自分の情念ですね。二次元の世界に、自分の情念をどう表現すればいいか。絵で言えば構図のようなもの、単純なことを言えばね。

――その構図の大胆さに僕は一番惹かれていくんです。構図がものすごく斬新というか、発想が素晴らしい。

宗弥　それは僕が欲張りだからです。欲張って本を作りますよね。「図書」というのは孔子が言った言葉の一節を略しているわけです。[15] それが「河図洛書」という熟語になって、短くしたのが「図書」。河というのは黄河を指している。洛は洛水のこと。黄河にはすごくたくさん支流があるみたいです。孔子は広い大陸をずいぶん歩いた人なんでしょうね。他の国の人にも尊敬されていた。黄河に行けば、氾濫して荒れた河を見て、そこから竜馬が暴れている様子を感じた。[16] 孔子には視覚的な感覚があったのではないかと思うのです。同じ人間なんですから、僕も風景を見た場合に、そういった感覚を持っているのが人間として当たり前かなと。

――宗弥さんの解釈が興味深いです。

宗弥　つまり今日僕が不満なのは、秋になると読書週間というのをしますよね。僕は図書は読むだけでない。見るものだと思うんです。

――その語源を含めて。

宗弥　はい。孔子が自分で歩いて感じた大陸や、暴れた黄河なんかの風景を、頭の中に描くのはおもしろいじゃないですか。

10 中川李枝子著、福音館書店、一九九六年刊。（参照七六頁〜）

11 金関寿夫訳、秋野亥左牟絵『おれは歌だ おれはここを歩く――アメリカ・インディアンの詩』福音館書店、一九九二年刊。

12 彫刻家。一九一二〜二〇一一年。本の装丁や挿絵も手掛けた。

13 内田莉莎子再話、佐藤忠良画、福音館書店、一九六六年刊。

14 ジャン・アルプ。現在のフランス・アルザス地方の彫刻家、画家、詩人。一八八六〜一九六六年。

15 孔子の著と伝えられる『易経（繫辞上伝）』に記された「河出圖　洛出書　聖人則之」という文は、「黄河から図（絵）が、洛水から書（文字）が出て、聖人はこれに則って中華文明が起きた」という意味を表す。

16 「河図」とは黄河に現れた竜馬の旋毛の形を写したといわれる図のことである。その伝えを念頭に置いた発言と考えられる。

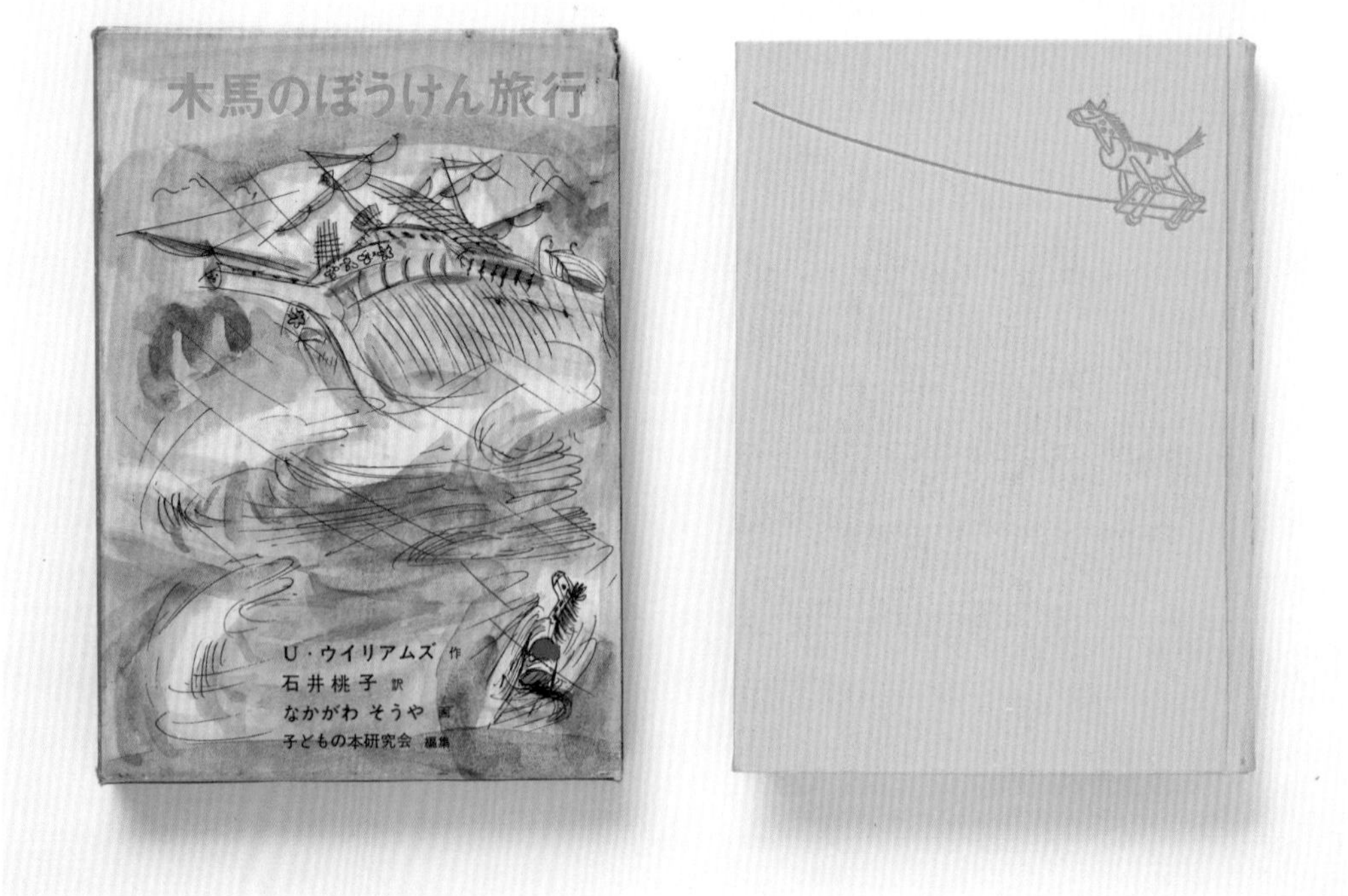

写真・ただ

初版から第八刷まで、本体は黄色のクロス張りの表紙に箔押しで木馬が描かれていた。
印刷所が火事で焼けてしまい、それ以降は函と同じ絵の紙の表紙に。

——それが図書の謂れと言われたらわかりますね。

宗弥　だから僕は孔子のそういう感覚を持って、図書を扱う人が考えてほしいと思うんですよ。

石井桃子との仕事

——一九六四年『木馬のぼうけん旅行』[17]で初めて石井桃子さんとお仕事をされています。石井さんとのやりとりはどういうものでしたか。

宗弥　石井桃子さんが『木馬のぼうけん旅行』でご一緒に仕事をさせてくださったのはありがたいことでした。ある時、僕が主体で勉強会をやろうと言って、みんなにスケッチブックに絵を描いてもらったことがありました。そうしたら石井さん、「私は絵は描けない」と言って泣きべそをかきそうになってしまった。実際に描きませんでしたね。紙には表と裏があります。本来は表に描くものですが、石井さんは慎ましいから、表に描いて、裏にも描く。それで「石井先生、それは裏ですよ」って。それくらい石井さんは絵のことについてはまったくだめだと徹底していた。けれども石井さんは翻訳のための膨大な資料を集めているんです。たとえばアメリカには生活のためのパンフレットがあるでしょう。ペンキの塗り方なんかが載ったカタログ[18]。そういうものもちゃんと石井さんは見ている。『木馬のぼうけん旅行』にはそれが必要でした。木馬にもいろいろあるんです。石井さんは自分が絵を描けないから、資料をたくさん持っていらっしゃる。だから僕が話に行くと、こういう本もある、こういうのもある……と出してくださる。

——その資料があったとはいえ、宗弥さんが木馬に生き生きと人格を与えた。木馬がゾウと一緒に寝る場面の絵もたまらないです。

宗弥　それには理由があります。三歳くらいの時に僕は実際に木馬を持っていたんです。父の仕事が成功している時に買ったのか、もらったものなのかわかりません。引越しをした時に壊れてしまったのか、新しい家に木馬を運んでくれなかった。それでも子どもの記憶に木馬があるんです。その記憶、自分の宝物、仲間みたいなものです。だから石井さんから『木馬のぼうけん旅行』の話が来た時に、「木馬か」という思いがありました。この本に出てくる木馬には車が付いていて、僕の持っていたものには付いていなかったと思います。形は違いますが、あれはある意味では中川宗弥の木馬なんです。

『木馬のぼうけん旅行』は、文字の外側にも絵があります。あのころは活版印刷だから、木枠の中に文字をはめ込んでいく。さらにその木枠の外側に大枠があって、そこに絵柄を入れる。だから文字の外側に絵が入るんですね。それは石井桃子さんの持っていた英語の本を参考にしたんです。英語の本は文字の外側に絵のカットがたくさん入る。外国の本は文字の外側にも絵が入るから、広がりが出てくるでしょう。それを資料として提示してくれたのが石井さん。

——宗弥さんが石井さんと最初に仕事をされた本。

宗弥　僕が中川李枝子のために雑誌のカットを描いたんです。そうしたらそのカットを見た松居さん[19]が、『木馬』の絵を中川宗弥に頼もうと言ってくださったそうです。さらに、僕の同級生だった人のお姉さんが石井さんの助手をしていた。それで「弟と同じ中学の出身で芸術大学に行っている人がいる」というのが耳に入ったそうで。

——宗弥さんの中で、絵本はおもしろい世界だという思いが芽生えましたか。

宗弥　本としては考えませんでした。物語の世界です。物語の世界が僕の中にある絵の表現と繋がった。だから『木馬のぼうけん旅行』を始めた時に、それを読み物ではなくて見るものとして作ろうとした。もうひとつ、石井さんは文章が本当に美しいんです。あれは文字の組み合わせ方の個性みたいなものではないでしょうか。読んでいてすごく気持ちいいのが美しいということだと思い

17　U・ウイリアムズ作、石井桃子訳、なかがわそうや画、福音館書店、一九六四年刊。

18　アメリカの通販カタログ。モンゴメリ・ウォードやシアーズ・ローバックなどの企業が発行していた通信販売のカタログで、ファッションから日用品、工具、家電、自動車まで生活に必要なあらゆるジャンルの商品を網羅していた。

19　松居直。編集者、児童文学者。一九二六〜二〇二二年。福音館書店の礎を築いた。

ます。なので、石井桃子さんの話だったら発想もどんどん出るだろうと話を引き受けたんです。

　しかし『木馬のぼうけん旅行』の中には一カ所だけミスがあるんですよ。木馬が旅行しているうちに海賊船に乗るんですね。その海賊船が遭難してしまう。それで木馬が海に放り出される。海賊たちは船からボートに乗って脱出するのですが、ボートを漕いでいる時、本当は海賊船から離れていかなければいけないんです。それが離れていないんです。つまりボートを漕ぐ方向が、船から離れていく作業じゃないんです。

――そういうふうには見えませんでした。逆に荒波を感じましたけど。

宗弥　踊っちゃってるんですよね。自分で間違いを発見したんです。今日初めてですよ、失敗談を話すのは。

　あの本は頼まれてから完成するまで一年くらいかかっています。本来であれば当時は一冊の本に一年間もかけられませんよ。それをやらせてくれる福音館の松居さんは偉いと思った。あの時、石井桃子さんのところで働いていた女性がいました。本作りを専門に勉強した人ではなくて、あくまで本が好きだからと、かつら文庫[20]を手伝っていた人。『木馬』を彼女が担当してくれたけれど、彼女は編集のことは全く知らない。ところが彼女はものすごい勉強家で、僕が何か言うと、紙からいろいろなものを一生懸命探してきてくれた。当時は東京と大阪では版下が違っていたんです。写植も東京の文字と大阪の文字では違う。どの文字を使うか。たまたまあの頃石井さんは白内障を悪くしていた。だから文字も読みやすい文字がいい。そういった資料をたくさん集める仕事も彼女がやってくれたんです。資料を見ながら、石井桃子さんと僕がどの文字にしようかと話したり、文字の大きさや行間も考えました。『木馬』の原本は三〇〇ページくらいありました。だけど石井桃子さんは（翻訳で）二〇〇ページくらいに縮めた。それでもかなりの量ですけどね。僕は長い話だからなるべくページを少なくするためにも一行の文字数は多い方がいいと考えていた。でもそれでは目が悪い人には疲れますからね。通常より一行の文字数を減らした原稿用紙を作ってもらったんです。あの頃はワープロなんてありませんでしたから、作るしかない。それで僕はそれにカットをきちんと割り振りしながら描いていった。でも一年くらいしたら福音館が「いい加減、本にしてくれ」っていうわけです（笑）。だから前半の方はきちっと割り振りしているけれども、後半はいい加減になっている。半分は時間切れ。そういう感じでできた本なんです。

挿画を描くために手作りした木馬の模型。当時円筒形の木が手に入らず、野球のバットを切って馬の胴体に使った。

完璧な仕事

宗弥　今の日本、特にこれから育つ人たちには、広がった世界を経験する場がなくなっているんじゃないかと思います。小さい頃におばあさんの住んでいる森に行くとか。「森に出かけました」と絵本に書いてあっても、森を子どもが知らなかったら、読んだって生活感がまったくない。だからちゃんと森を知って本を読むことが大切だと。子どもが成長していったら、できるだけ広い範囲に出かけていって、海に行って、山に行って、森に入って……とやっているうちに、本の世界がもっとおもしろくなるわけですよ。自分がいる世界と繋がってくる。林というのは字で書くと木が二本ですよね。森は三本でしょう。僕が東京にいた頃は、焼けてはいたけど武蔵野の林がいっぱいあったんですよ。その中で生活するのは楽しいじゃないですか。明治神宮も林から森になった。貴重な日本人の森。北海道のような自然にもあるけれど。物語を読む時に、それを知っているか知らないかではおもしろさが全然違う。

——見ること、好奇心というのが本当に大切ですね。

宗弥　五感を働かせてね。海に行って水が口に入ったら塩っ辛いでしょう。あれは海に行かないとわかりませんから。海行ってばたばたしないと。そういう経験はなんとなく少なくなってきているんじゃないかと思います。僕は親が商人で仕事をしていたから、本を読んでもらったことは一度もないんです。だけど、海を知っている、森を知っている、親がそういう感覚を持って本を読んでやると、「今日は海に行きました」という言葉の子どもへの伝わり方が違うんです。ただ言葉として「海」と言っても、海がどんなものかわからない。だから本にはその感覚が必要ではないかということです。

——すごく感じます。宗弥さんのお仕事の美しさはそういうことを僕達に伝えてくれているんだなと。

宗弥　だから僕は本を仕事にする以上は徹底してやるべきだなと。人間は完璧ではないから完璧な仕事なんてできない、なんていうけれど、でも自然には完璧なものがある。そうしたら人間だって完璧なものを作らなければいけないと思う。責任。そのためにどうしたらいいかというと、今の自分の能力があるとしたら、その先があるかもしれないと考える。自分の能力を十分に出す努力をすることはできる。中川宗弥は今は十の能力しかないけれど、十二まで伸びることがあると考える。そうすれば十一くらいのものができるかもしれない。作る以上は、今よりも良いものでないとだめだと思う。それではじめて本になるんだと思いますよ。僕は十二分の仕事ができたという自信があります。みんな十二分の仕事です。

20 石井桃子が、地域の子どもたちが自由にくつろいで本が読めるようにと願い、自宅の一部を開放してはじめた家庭文庫。

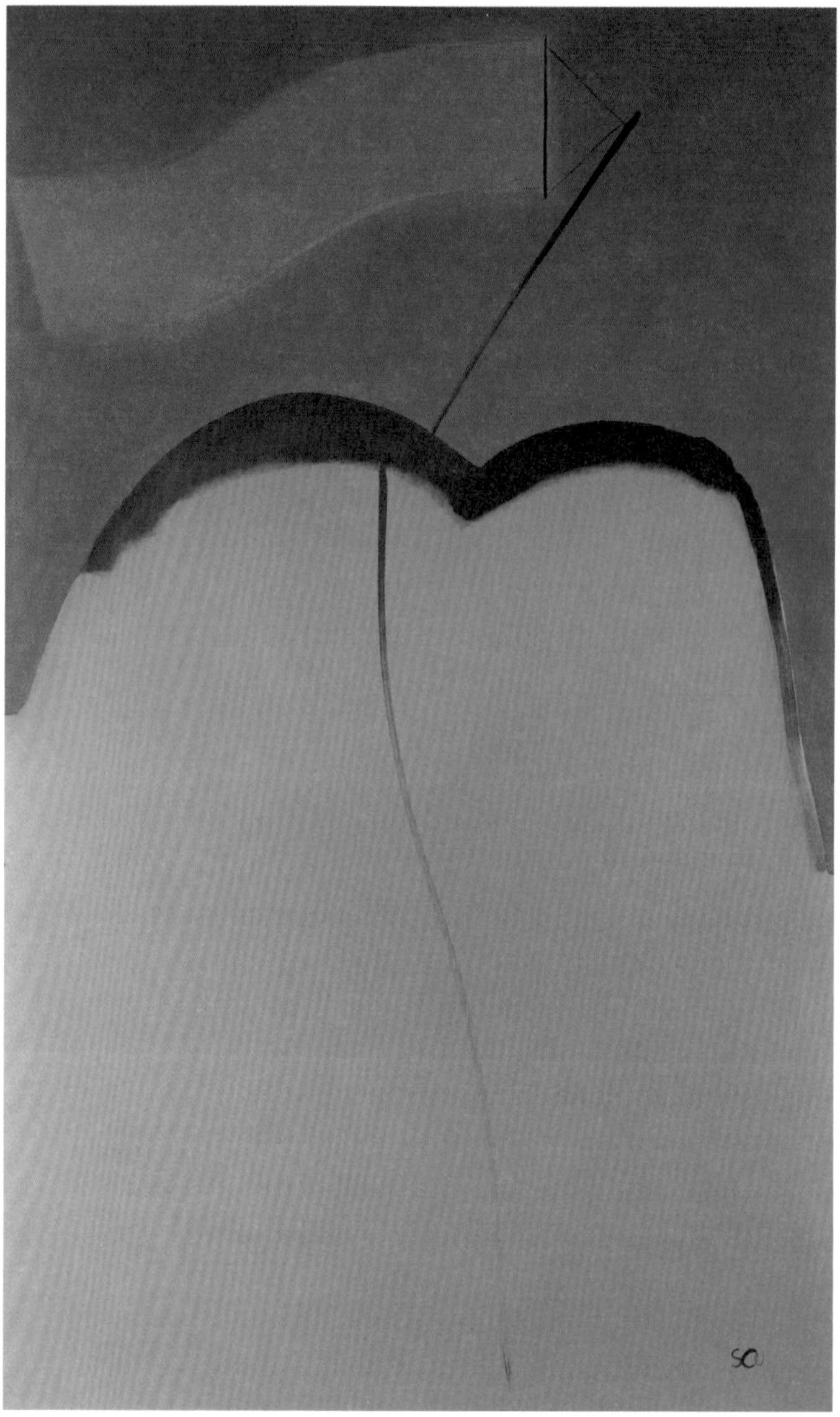

絵・中川宗弥

Interview

宗弥についての記憶

中川李枝子という作家にとって大事な人物が二人。一人は石井桃子。
彼女は『いやいやえん』の編集を通して絵本の世界を中川李枝子に教えていった。
そしてもう一人は中川宗弥。彼は画家として、編集者として、そして装丁家として、
中川李枝子の作品に多大なる影響を与えていった。
中川画太にとって中川宗弥は父であり、絵の師でもあり、ライバルでもあった。
二人にとって中川宗弥とはいったいどんな存在か。その仕事、人柄をここに振り返る。

構成・新井敏記　写真・朝岡英輔

——「母の友」[1]に宗弥さんのインタビューが掲載されています。『いやいやえん』がまだ本になる前の話です。「改行だらけの論外の文章、ただ、僕には詩的に伝わってきた。それが彼女の他者にはない特質なんです。これが人生の運なのですね」。宗弥さんが素直に話をしている。

李枝子　そんなことを話したの。ぜんぜん知らなかったわ。宗弥は『いやいやえん』を読んだ時、「これは食わせてもらえる」って思ったんだって。私にはそう言ったの。

——それは照れですね。

李枝子　あとあと「そんなこと言った覚えはない」って言うのよ。自分は絵描きで会社にお勤めしていないけれど、路頭に迷わすことはしない。春画を描けばいいんだって。

——春画はすごい（笑）！

李枝子　春画を描けば売れるから。自分は絵が描けるから、いざとなったら春画を描くと。

——覚悟ですね。

李枝子　それはいいと思ってね。具体的だから。一度も描かなかったけど。

——李枝子さんが描かせなかった。

李枝子　描いておけば国宝になったかもしれない。

画太　描いて捕まっておけば、もっと有名になったかな。

李枝子　描けば売れるっていうから、残念でした。

——宗弥さんは、本には文章と同じくらい絵が大事だと思っていた。

画太　世の中には二種類の人間がいます。文脈に興味がある人と、ビジュアルに興味がある人。たとえば石井桃子さんは文で物語を作る。絵がないところから文が生まれてきている。だから宗弥が石井さんと仕事をして絵を描こうと思うと「これは絵にならない」というところが出てくる。一方でぼくは、まず絵があってそれが文章になる。

——哲学的ですね。

画太　たとえば映画『第三の男』[2]。ぼくはオーソン・ウェルズがマンホールをクッと開けて出てくるワンシーンが記憶にある。友人は「シナリオがいい」と言うけれど、ぼくはシナリオは全く覚えていない。

李枝子　人はそれぞれ。

画太　それぞれじゃなくて、二種類。

李枝子　そうなんでしょうね。私はそんな難しいこと考えたことない。

画太　だからぼくはめくった時に絵がいっぱいある本が欲しくてしょうがなかった。

李枝子　画太は『いたずらきかんしゃちゅうちゅう』[3]が好きだっ

1　「母の友」二〇〇八年六月号、福音館書店。
2　キャロル・リード監督、一九四九年公開。第二次世界大戦後のウィーンが舞台のサスペンス映画。
3　バージニア・リー・バートン作、村岡花子訳、福音館書店、一九六一年刊。

た。

画太　だけど『怪人二十面相』[4]は三枚くらいしか絵がない。

李枝子　ないほうがいいわ、あんな本。

画太　すぐにそういうことを言う（笑）。

――岩波少年文庫にもそれほど絵はついていませんでした。何十ページにワンカットくらい。たとえば『宝島』[5]がそうで、そこから想像力を膨らませるというのが読書の魅力だった。

画太　そういうことです。ビジュアル的な人にとっては、人物像が頭の中で物語に沿って動いていく。

――画太さんには、もっと絵をつけて、絵本のような世界にしたいと思う物語がありましたか？

画太　それはないですね。

――じゃあやっぱり、文章が最初にあって、それをどうやって生かすか。そのために絵がある？

画太　たとえば山が舞台の話だったら、文に書いていなくても、ここに鳥がいてもいいんじゃないか……、というようなことは考えます。

――そういうところから広がっていく。それは宗弥さんと同じ発想ですね。

画太　『木馬のぼうけん旅行』[6]は、変なところにカットがたくさん入っています。それは宗弥の差し金です。編集者が嫌がっているのに入れさせたと言って威張っていましたから（笑）。もう少し絵を上手く入れてほしいですけどね。

――画太さんから見て、『ぐりとぐら』[7]とか『いやいやえん』[8]の絵はどのように思われましたか？

画太　百合子おばさん[9]は、『ぐりとぐら』をいっぱい描いていくうちに徐々に上手くなった。『ぐりとぐらとすみれちゃん』のカボチャなんか、えらいリアルに描いていた。あんまり上手く描いちゃいけないんじゃないかって、そういう思いはありますか。

李枝子　百合子がもっと絵を習いたいって言ったら、宗弥に言われてたわよ。「いいんだ、このままで。今の絵の方がいい、上手くならない方がいい」って。

画太　そうそう、そういうこと。ぼくには絶対真似できない。

――人はやっていくうちに、技術を覚えてしまう。そうやって上手くなっていくことについて、李枝子さんはどう思われますか？

李枝子　上手くなったら上手くなったらで、よし。いいと思いますよ。そのままで。

――李枝子さんのその潔さがすごい。全部を受け入れていくけれど、全部を肯定も否定もしない。ものすごく哲学的なものに裏付けられた覚悟。

写真・新井敏記

李枝子　作品はできるまで全力投球でやる。出来上がれば、もう後は別の道を歩くわけ。私は私。作品は作品。もうまったく別物。

——自分が生みの親とは？

李枝子　考えない。それはもうできたら終わり。

§美術家のこだわり

——宗弥さんとのお仕事について聞かせてください。まずは『こだぬき6ぴき』[10]、傑作です。宗弥さんの絵がすごくいい。

李枝子　宗弥と仕事する時は、大変なんです。百点満点を求める完璧主義者です。

——この絵本のために実際に宗弥さんはたぬきを見に行った。

李枝子　そう、ちょうど道後動物園[11]でたぬきが異常繁殖したっていうんで見に行きました。たぬきはみんな檻の中に入れられて一カ所に固まっていた。それがちょうどその絵の感じだったんですよ。

——観察から忠実にスケッチし、それを、デフォルメする。タッチから想像できない丁寧さが宗弥さんの素晴らしさだと思います。

4　江戸川乱歩「少年探偵シリーズ」の一つ。一九三六年に児童向け雑誌「少年倶楽部」に掲載された。

5　スティーヴンスン作、阿部知二訳、岩波書店、一九三五年刊。

6　U・ウイリアムズ作、石井桃子訳、中川宗弥絵、福音館書店、一九六四年刊。

7　中川李枝子作、大村百合子絵、福音館書店、一九六七年刊。

8　中川李枝子作、大村百合子絵、福音館書店、一九六二年刊。

李枝子　親たぬきはどこに行ったら見られるのだろうかって考えていたら、父の知り合いで北大の先生だった犬飼哲夫[12]さんが北海道弟子屈《てしかが》町のたぬきを紹介してくださったんです。

——それも実際に見に行かれたんですか？

李枝子　いえ、写真を送っていただきました。犬飼先生は有名な先生なんですよ。北海道の動物の随筆もよく書いていらした。

——『くまさん　おでかけ』[13]は宗弥さんの絵の真髄ですね。力が抜けている。動物の絵としての新解釈があります。くまのバランスがすごいです。

画太　ぜんぜんくまっぽくない。新種登場。

李枝子　ふふふ（笑）。だけど愛おしい。

——そうです。この愛おしさがすごい。これは絵より文章が先にあった？

9　山脇百合子（旧姓大村）。絵本作家。中川李枝子の妹であり画太の伯母。一九四一〜二〇二二年。

10　中川李枝子作、中川宗弥絵、岩波書店、一九七二年刊。

11　愛媛県立道後動物園。一九五三〜一九八七年。現在の愛知県立とべ動物園の前身。

12　動物学者。一八九七〜一九八九年。

13　中川李枝子文、中川宗弥絵、福音館書店、二〇一〇年刊。

李枝子　そうですよ。もうずいぶん前に文はできていた。

――李枝子さんとの絵本にも、石井桃子さんの本の挿絵にも、物語へのこだわりが宗弥さんの中にあるような気がするのですが。

李枝子　こだわりはあるわね。

――宗弥さんの絵の世界については、どういう風にご覧になっていますか？

画太　「これでもか！」という気持ちで描くから少し押し付けがましい感じがあったけれど、この本は七十五歳になってようやく初めて力が抜けた。

――すばらしい絵本です。

李枝子　宗弥が感激します、その言葉に。

画太　行き着いた。

李枝子　私は絵について本当に何にもわかっていないと言われる。でもわからないからいいんですよね。

――わかった前提で一緒に仕事をするのはつらい。パートナーとしてもつらくなってしまう。

李枝子　うちは家族三人、三権分立。

画太　でも、芸術家の妻だから、ああしろ、こうしろって宗弥にずっと言われていたじゃない。

李枝子　言われてた？

画太　気になっていなかったってこと？　すごい（笑）

李枝子　たとえばどんなこと？

画太　ドアの閉め方とか、ものの置き方とか。洗い物も重いものを上に乗せてガタガタになると、「なんでそういうことになるんだ！」って。でも生活者は重いものの上に軽いものを……とかいちいちやらない。やれるわけないです。

李枝子　だから「あなたはボケない」って宗弥によく言ったの。私のために年中こうやって直さなけりゃならないから。ありがたく思いなさいって。

画太　母は若干がさつなんですよ。子どもの頃松山へ行った時、駅にアームを回転させて一人ずつ通る改札がありました。母はぼくの手を引いたまま改札を通って先に歩いて行ってしまったから、後ろを歩くぼくはアームにバーンとぶつかった。宗弥に言わせると、芸術家の妻はそういうことはやってはいけないんですよ。芸術家の妻だとか、芸術家の息子だとかはね。

――芸術家の息子もつらい。

画太　宗弥は自分のことをイラストレーターと言われたくないん

です。

李枝子　自分で美術家と言っている。

――「母の友」のインタビューでも、言葉にこだわりがありました。「アトリエ」とは言いたくないから「画室」と言う。宗弥さんの中でその差が微妙にある。

画太　自分を「絵本作家」とも思っていない。絵本に限らず絵を描いたり本を作ったりしているから。

――『絵本と私』[14]を拝見してもわかるように、最高の編集者でもあります。客観的な視点を持っている。この本は各作品の絵のセレクト、トリミング、そして本文のレイアウトが素晴らしい。

李枝子　それをわかってくれる方がいらしてよかった。宗弥がとても苦労したんです。この本のおかげで宗弥は、奥歯が全部抜けちゃったって。それくらい心血注いだって。

――「母の友」のインタビューでは、宗弥さんが生まれ育った韓国のソウルにある南山が自分の原風景だと語っているのが印象的でした。「僕は子どもの本を描くとき、いつも、ふと、このふもとに移行している。子どもの時代の次元に移れるので、描けるのかもしれません」と話されています。宗弥さんが描いた南山の絵（一〇六頁）は、『絵本と私』の表紙画と重なります。僕の解釈ですけれど、この青と赤の色彩はまさにそんな感じがするんです。『絵本と私』のモチーフはりんごですけれど。

李枝子　そうだわ。

――李枝子さんにとって原点の絵本について大事なことを書いていると同時に、宗弥さんにとっても大事な本なんだなと思いました。北海道新聞で連載されたのは李枝子さんが選んだ一〇二冊の絵本だった。しかし本には一〇一冊だけが掲載されました。一作品だけ宗弥さんは気に入らないものがあったのでしょうか？

李枝子　私がとりあげた絵本が、宗弥は気に入らなかった。宗弥の眼鏡に適わなかった。

――そこに編集者中川宗弥の視点があるのですね。

李枝子　どの画家と仕事をしても、文を書く時は一所懸命にやります。それを生かすも殺すも編集者の腕次第だと私は思っている。全部編集者に任せてしまうわけですから。

§宗弥との思い出

――宗弥さんとの思い出を教えてください。

画太　一緒に映画に行きましたよ。戦争もの。『バルジ大作戦』[15]や『パットン大戦車軍団』[16]、『サンダーバード6号』[17]とか。

14　中川李枝子著、福音館書店、一九九三年刊。（参照八十頁～）

15　ケン・アナキン監督、一九六五年公開。第二次世界大戦末期のバルジの戦いを描いたアメリカ映画。

16　フランクリン・J・シャフナー監督、一九七〇年公開。第二次世界大戦中のアメリカ軍ジョージ・パットン将軍を描いたアメリカ映画。

17　デイヴィッド・レイン監督、一九六八年公開。イギリスのＳＦ人形劇特撮映画。

――不思議な選択ですね。

画太　ごく普通の男の選択。イタリア映画なんかは観に行った記憶はない。

――画太さんが絵を目指そうと思ったのは、宗弥さんの影響だったんですか？

画太　もうちょっと英語ができたら、東大に行こうと思っていた。もうちょっとピアノが上手だったら、音楽に行ってもいいかなって。その辺、中途半端でした。

――絵は中途半端じゃないから極めようと思った？

画太　でも、彫刻家は食っていけないからやめろって言われました。

李枝子　そうだった？　でも彫刻は置くとこないし、物置もないから。

画太　彫刻は作れば作るほど、居場所がなくなりますから。それは確か。

――絵の世界を目指すと、宗弥さんとライバルになる。ぶつかることもあったと思いますが、印象的なことはありますか？

画太　印象的なことなんてありません。常に何か起きている。「日々是好日」の真逆。抗う日、「抗日」です（笑）。

李枝子　うちは一人息子で大変なの。ちょうどあの頃、赤ちゃんポストみたいなところに捨てられた赤ちゃんがいてね。画太は弟が欲しくて仕方なかったから、捨てられた赤ちゃんもらってきてくれって。最初は弟が欲しかったんだけど、そのうち妹でもいいからって。そう言われてもね。

――弟が欲しかった？

画太　三人の閉塞感が……。

李枝子　私と宗弥と画太の三人、かわいそうにね。

画太　小さい頃はきょうだいのいる友達を羨ましく思いましたよ。でも犬のロクちゃん[18]が来て救われた。

――住まいでもあった保育園には、友達がたくさんいるけれど。

画太　いや、結局遊んでいてもいなくなっちゃうわけですから。

李枝子　帰っちゃう。

画太　日曜日が一番寂しい。

李枝子　あらそうだったの。

画太　下駄箱でずっと友達が来るのを待ったこともある。

李枝子　ベソかきながら積み木を一人で片付けて。宗弥が手伝ってくれたの、覚えてる？

画太　そんな甘やかしていた？

李枝子　甘やかしていたわよ。そういう時は、宗弥は本当に優しいの。画太は友達と一緒に遊びたいから片付けたくない。「まだまだ」って言って。夕方になって宗弥がそっと片付けてくれる。優しいね。

18　中川李枝子作、中川宗弥絵『子犬のロクがやってきた』（岩波書店、一九七九年）のモデルとなった飼い犬のロク。

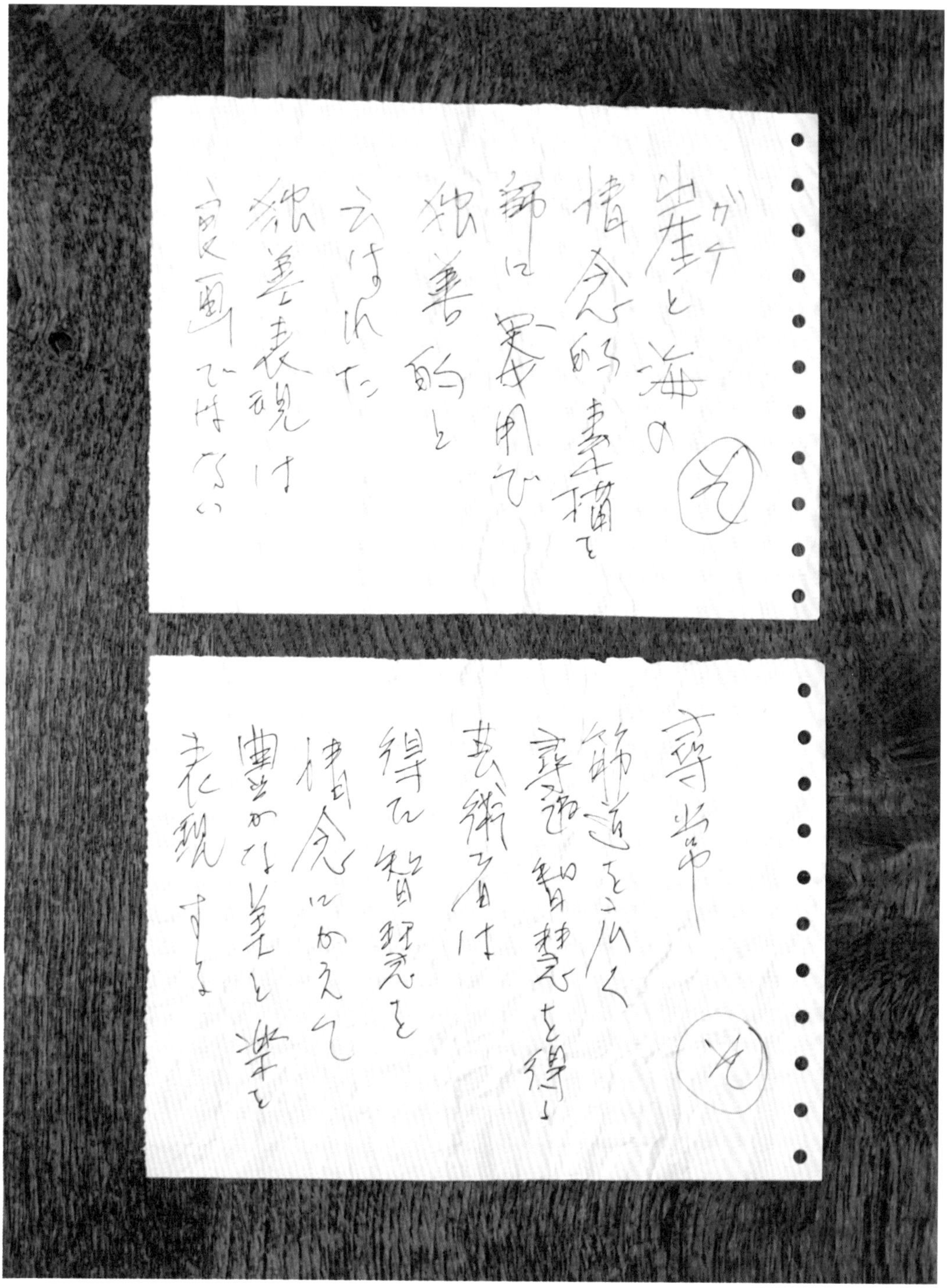

（上）
崖と海の
情念的素描を
師に器用で
独善的と
云はれた
独善表現は
良画ではない

（下）
尋常
筋道を広く
尋ねて智慧を得る
芸術者は
得た智慧を
情念にかえて
豊かな美と楽を
表現する

 中川宗弥の画室から見つかった書付。表現に関する自身の考えが記されている。

私の楽しい写真帖

「昔の写真を見せてください」。
その願いに応えて、戸棚から引っ張り出された数冊の写真帖は、
中川李枝子自らのコメントやイラストレーションで彩られた
創作の楽しみに溢れたものだった。

写真・ただ

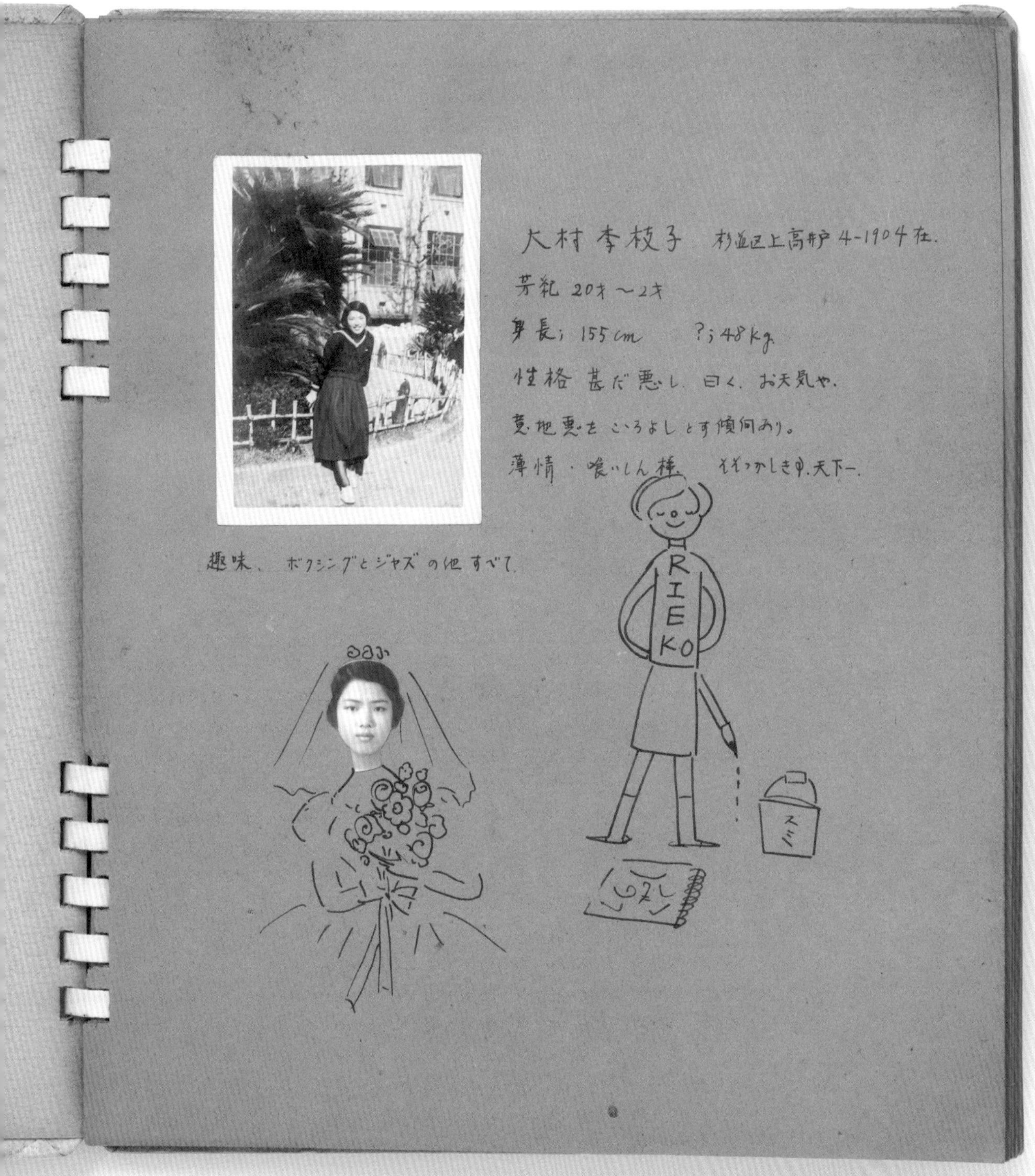

大村李枝子　杉並区上高井戸4-1904在.
芳紀 20才～2才
身長; 155cm　?; 48kg
性格 甚だ悪し. 曰く. お天気や.
意地悪を こころよしとす傾向あり。
薄情・喰いしん棒. そそっかしき事.天下一.
趣味、ボクシングとジャズの他すべて.
RIEKO
スミ

絵の才能

アルバム最初のページには、女子高校生らしい茶目っ気溢れる自己紹介。作家として、絵の才を広く知られることはなかったが、イラストレーションのたしかなセンスと腕前がここで明らかに。

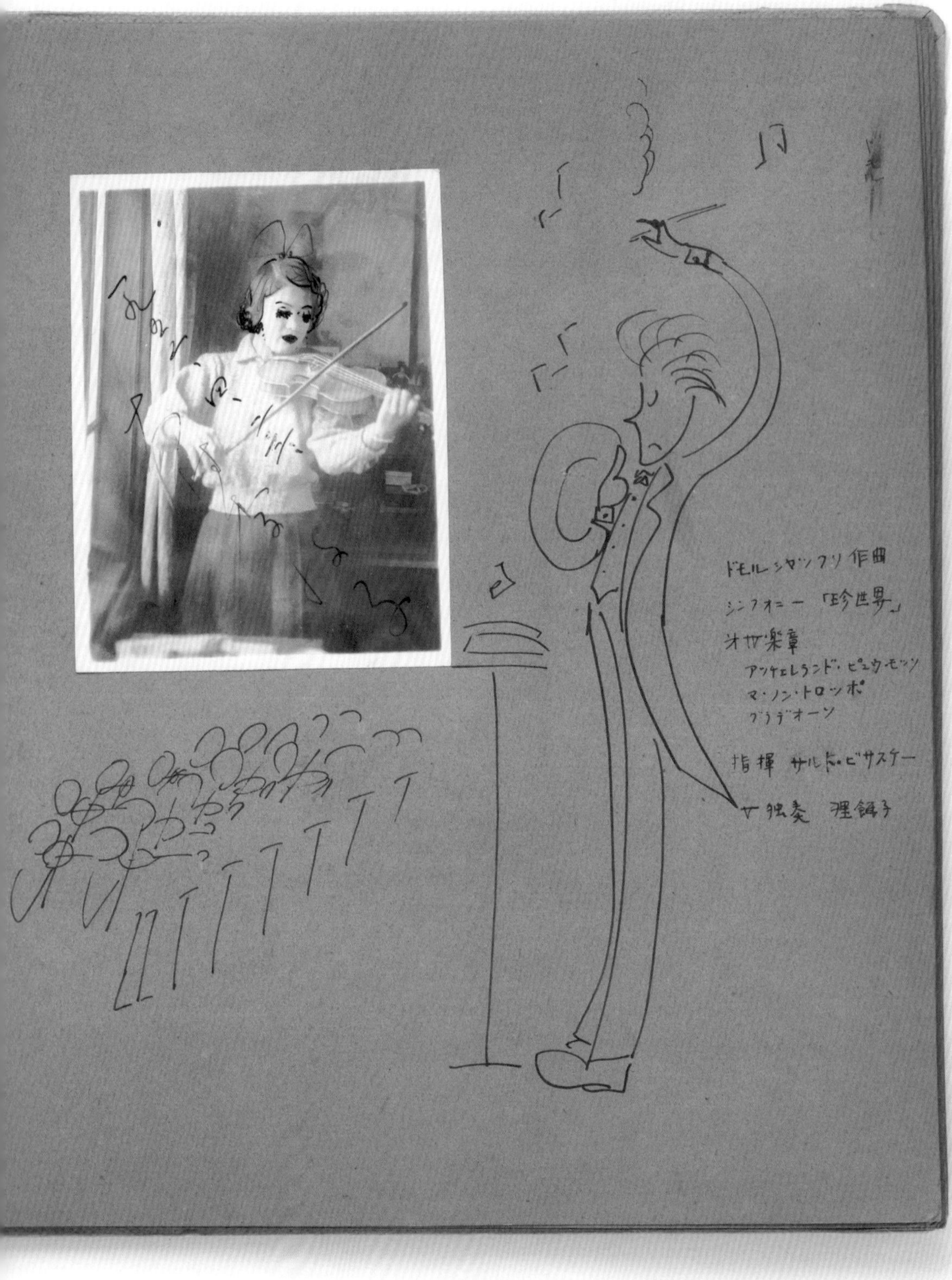

遊び心たっぷり

シンフォニー「珍世界」を演奏するオーケストラとともに、ソリストとしてバイオリンを演奏する「理餌子」。保育士としてピアノも弾いたが、バイオリンも嗜んでいた。

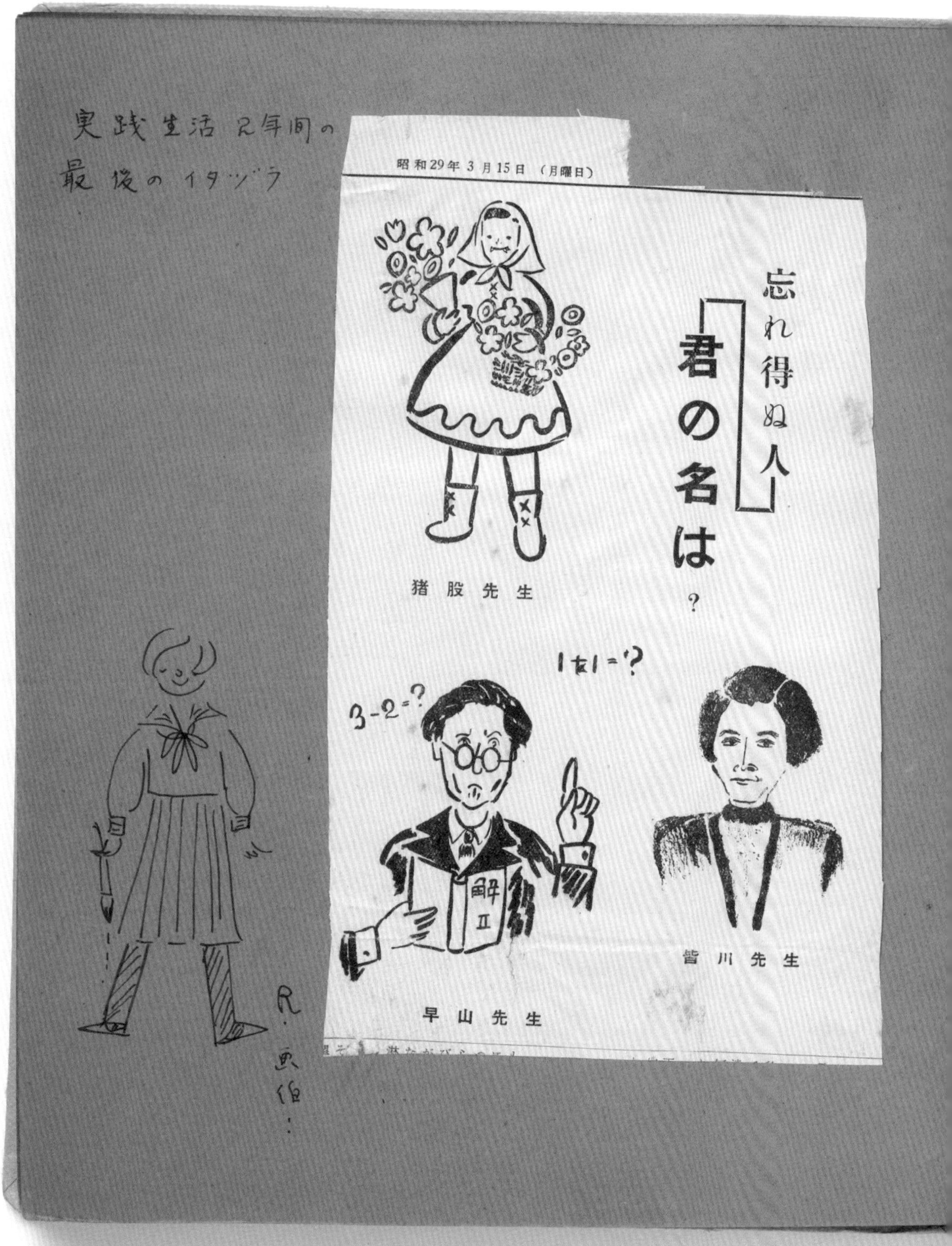

学生生活

父の転勤で福島から東京に引っ越し、約２年間を過ごした実践女子高等学校。本人曰く「良妻賢母の学校で、悪いことなんかできなかった」そうだが、自分らしく奔放に、友人と楽しい学生時代を過ごした。卒業記念だろうか、校内新聞に先生の似顔絵を寄せた。

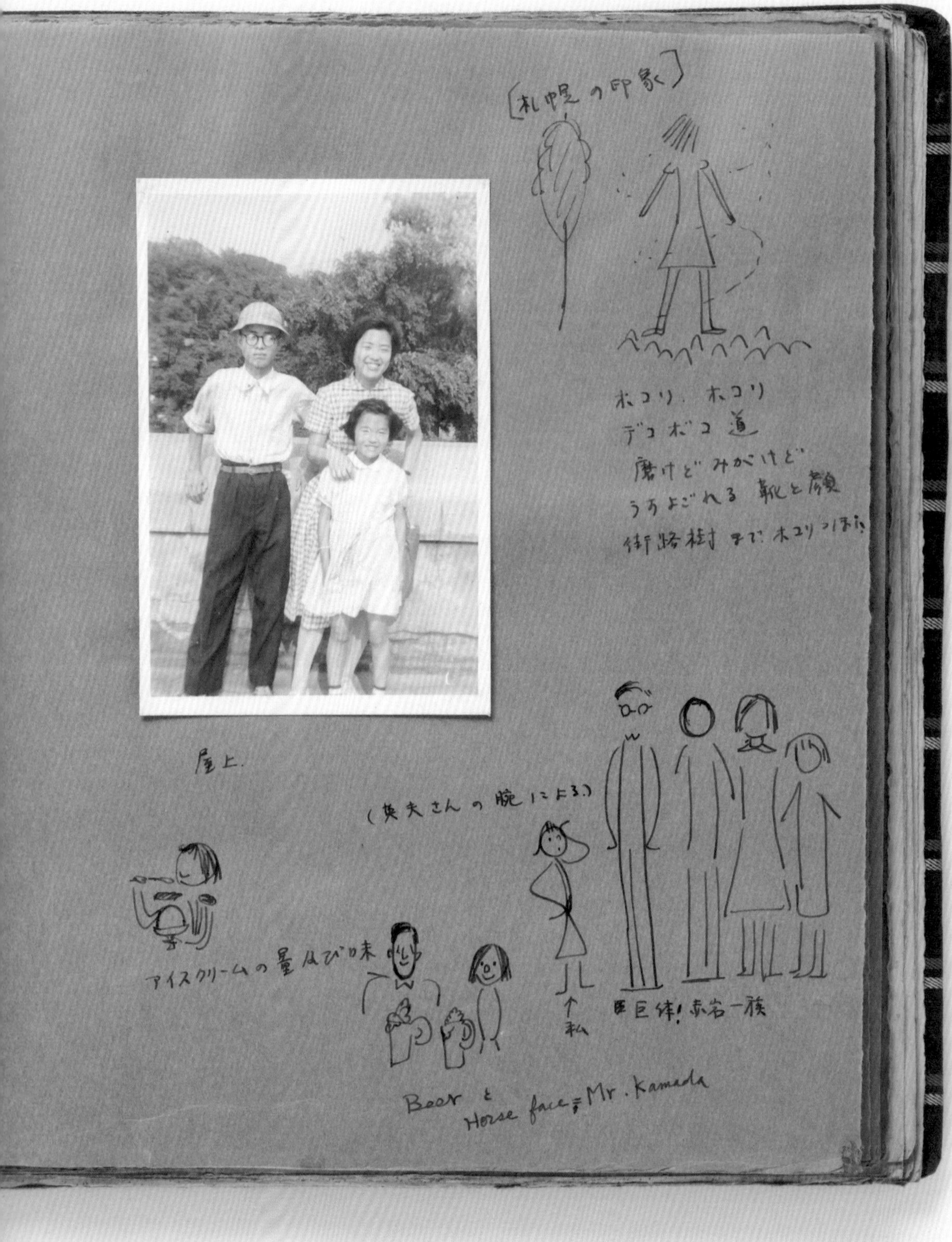
〔札幌の印象〕
ホコリ、ホコリ
デコボコ道
磨けどみがけど
うすよごれる 靴と顔
街路樹まで ホコリっぽい
屋上.
(英夫さんの腕による.)
アイスクリームの量及び味
Beer と Horse face = Mr. Kamada
↑私
巨体! 赤岩一族

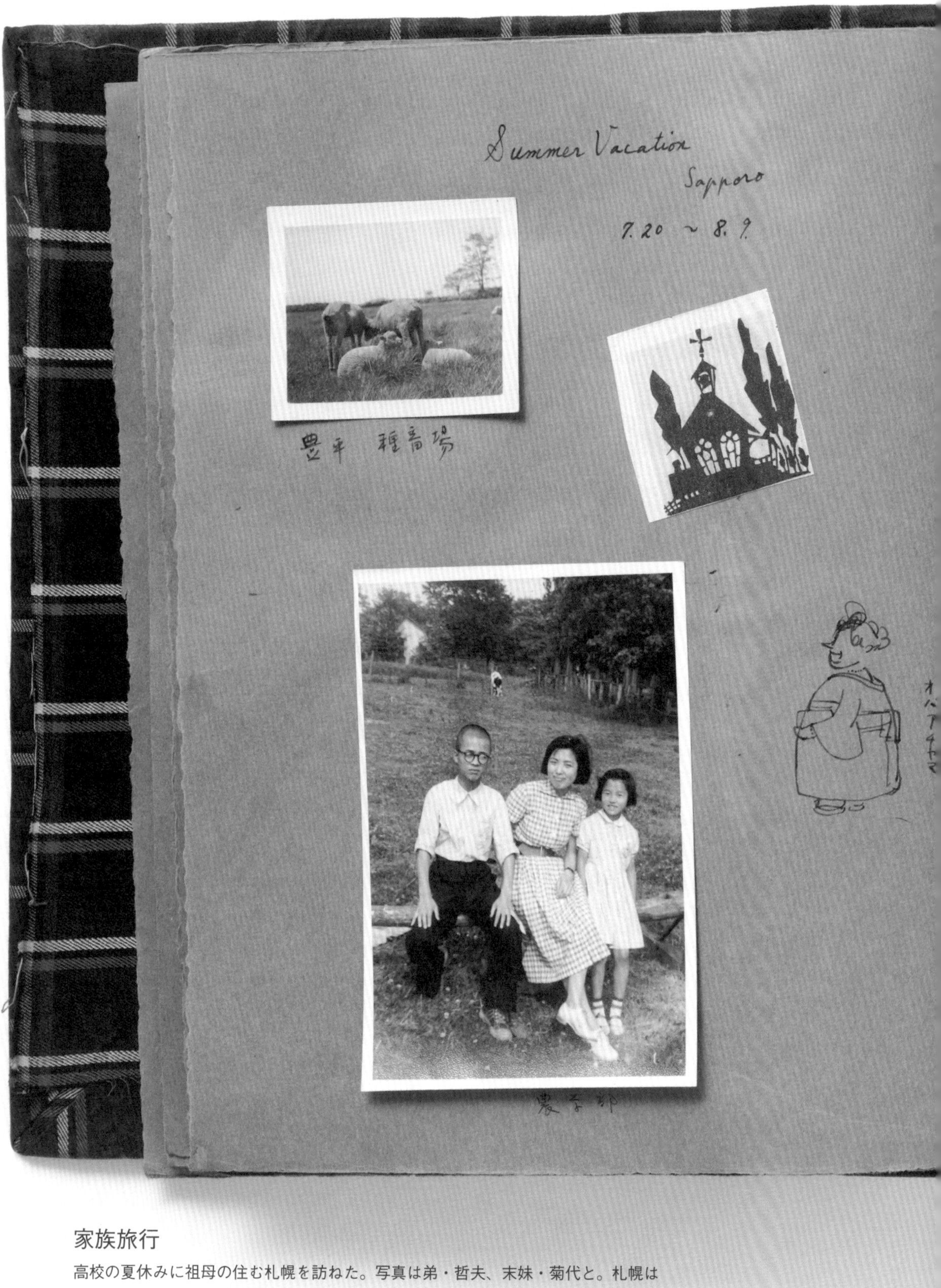

家族旅行

高校の夏休みに祖母の住む札幌を訪ねた。写真は弟・哲夫、末妹・菊代と。札幌は生まれ故郷でもあり、小学生の頃に疎開をしていた土地。「ホコリ　ホコリ　デコボコ道」と札幌の印象を綴っているが、思い入れのある場所だったに違いない。

『オズの魔法使い』の台詞で有名な“There is no place like home”＝「おうちが一番」と書かれた小袋が貼り付けてある。中には家族からの手紙（左）が。

忘れられない経験

家庭学校の実習で子どもたちと。同人誌に発表した小説「青空が見えるまで」（p.20 ～）に描かれている登場人物「ヘイタ」の名前やいくつかのエピソードは、この時の経験をそのままモチーフにしたことがわかる。

末妹・菊代からの手紙。
絵文字を使い、家族の
近況を一生懸命伝える
文面がかわいらしい。

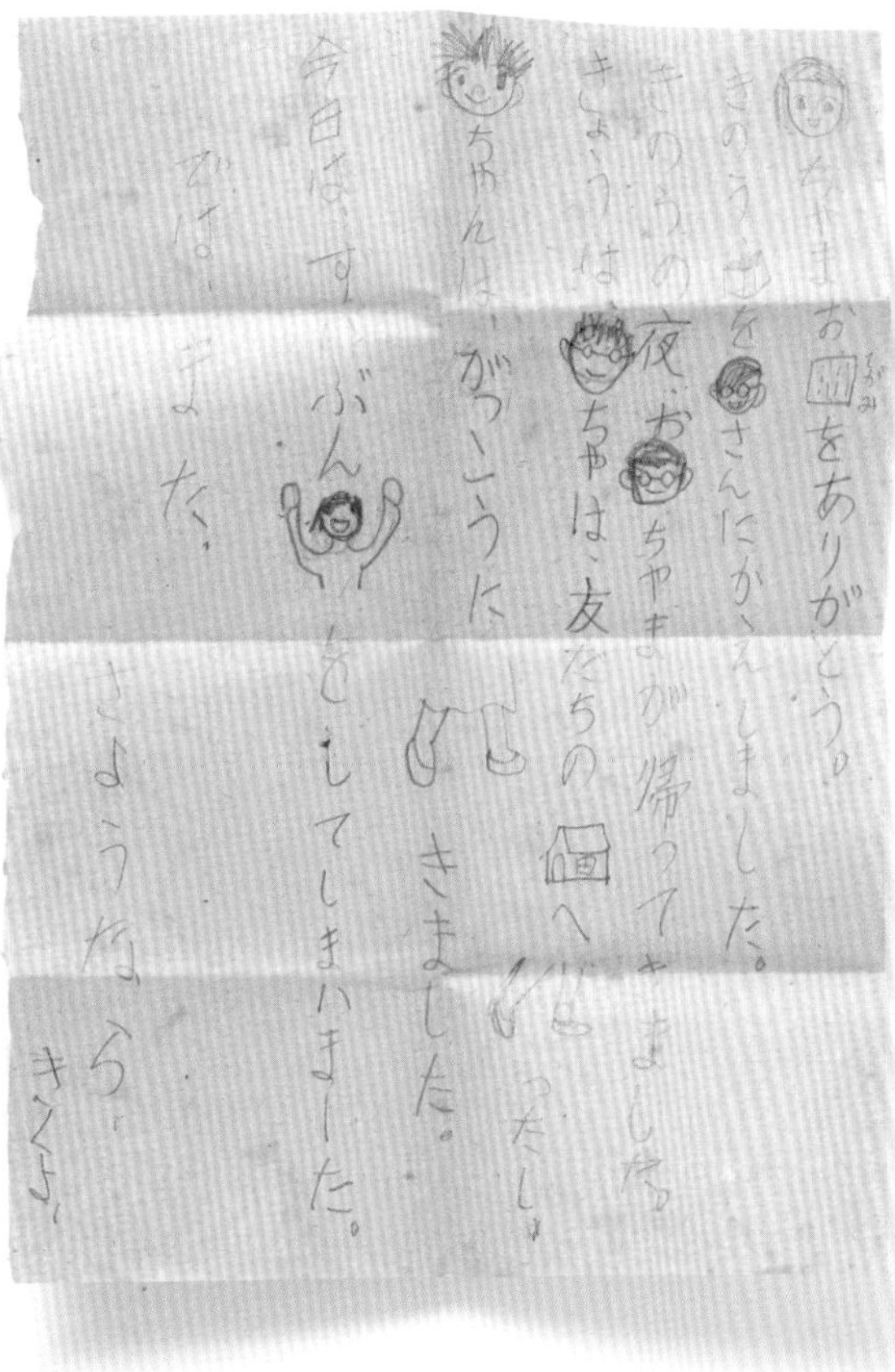
ちゃま お皿をありがとう。
きのう さんにかえしました。
きのうの夜、おちゃまが帰ってきましたら
きょうは ちゃは、友だちの へ ったし。
ちゃんは、がっこうに きました。
今日は、す ぶんをしてしまいました。
では、また。
さようなら。
きくよ。

李枝子ちゃん おたより有難う。
昨夜 お父ちゃま お帰り。第一声は、李枝子は何回
帰って来たかね?と
お土産は 仙台の玉虫塗の香皿、真綿、その他。
昨夕あたりから能代お姉ちゃんの歯の工合もよくなって
ほっとした所。
学校の終って午前中はほかで、これで李枝子ちゃん
が無事に実習を終えて帰ったら全く文句なしと
なるわけです。
どうぞしっかりと実習の日々を送って下さい。
七日の日を待っています
四日朝 ちゑ
李枝子様
百合子の机で

母・千恵から。家庭学校に１カ月間、泊まり込みで実習をしている娘の帰宅を待ちわびている。父が娘を気にかける様子も綴られ、家族の愛情が伝わってくる。

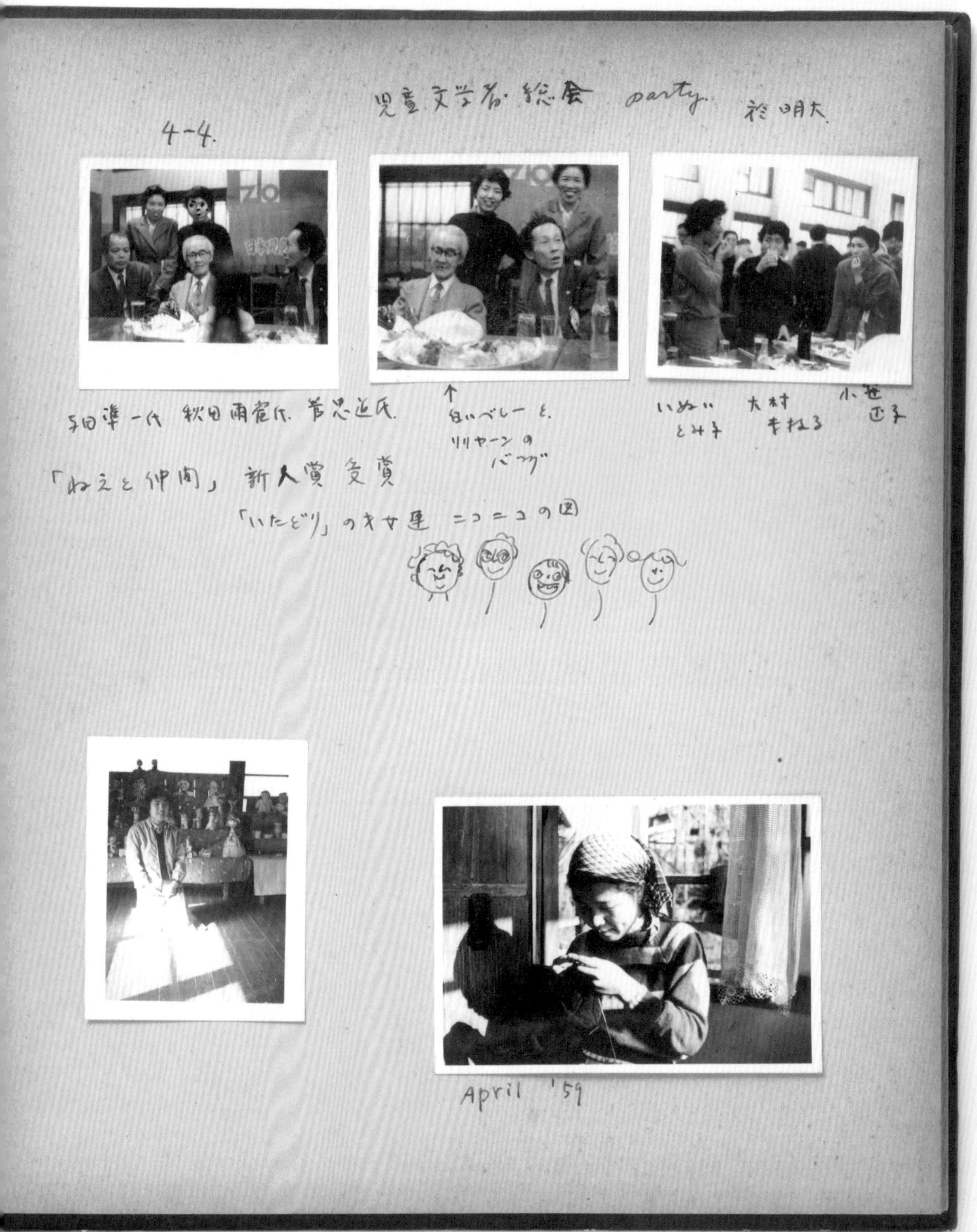

児童文学界へのあゆみ

保育士の仕事をしながら、同人誌の活動にも忙しくしていた頃。「児童文学者総会」には与田準一、秋田雨雀、菅忠道といった当時の児童文学界の重鎮の面々。小笹正子の「ネーとなかま」が新人賞を受賞し、喜ぶ「いたどり」メンバーの似顔絵もほほえましい。

les enfants terribles
野郎は ひっこめ。

ふたりの写真

本人は照れ隠しなのか少しふてくされてうつむき加減。うしろに立つのは夫の中川宗弥。撮られた詳細な日付は不明で、まだ結婚前かもしれない。ページ上には、ジャン・コクトーの小説『恐るべき子供たち』の原題 “Les enfants terribles”と書かれているが、真意はわからない。

中川李枝子　年譜／作品一覧

一九三五年　〇歳　大村清之助と千恵の次女として北海道札幌市で生まれる。姉に桃代がいる。
一九三八年　三歳　弟哲夫が生まれる。
一九三九年　四歳　東京都杉並区に転居。幼稚園に通い始める。
一九四一年　六歳　妹百合子が生まれる。
一九四二年　七歳　若杉国民学校に入学。
一九四四年　九歳　北海道札幌市の母の実家に疎開。
一九四五年　一〇歳　終戦後、父の転勤で福島に転居。妹菊代が生まれる。
一九四八年　一三歳　福島市立第二中学校に入学。
一九五一年　一六歳　福島県立福島第一女子高等学校に入学。
一九五二年　一七歳　父の転勤で東京に転居。実践女子学園高等学校に転入。
一九五四年　一九歳　都立高等保母学院（都立高等保育学院に改称の後、現在は廃校）に入学。
一九五六年　二一歳　都立高等保母学院卒業。みどり保育園で主任保母として働き始める。児童文学グループ「いたどり」に参加。
一九五九年　二四歳　同人誌「いたどり」で『いやいやえん』を発表。中川宗弥と結婚。
一九六〇年　二五歳　長男画太が生まれる。
一九六二年　二七歳　『いやいやえん』（大村百合子絵、福音館書店）刊行、翌年厚生大臣賞、NHK児童文学奨励賞、サンケイ児童出版文化賞、野間児童文芸賞推奨作品賞を受賞。
一九六三年　二八歳　月刊誌「母の友」に『ぐりとぐら』のもととなった物語「たまご」掲載。その後『ぐりとぐら』（大村百合子絵、福音館書店）刊行。
一九六四年　二九歳　『そらいろのたね』（大村百合子絵、福音館書店）、『かえるのエルタ』（大村百合子絵、子どもの本研究会編集、福音館書店）、『たからさがし』（大村百合子絵、福音館書店）刊行。
一九六五年　三〇歳　『ももいろのきりん』（中川宗弥絵、福音館書店）刊行。
一九六六年　三一歳　『ぐりとぐらのおきゃくさま』（山脇百合子絵、福音館書店）刊行。
一九六九年　三四歳　『らいおんみどりの日ようび』（山脇百合子絵、福音館書店）、『おてがみ』（中川宗弥絵、福音館書店）刊行。
一九七〇年　三五歳　『はじめてのゆき』（中川宗弥絵、福音館書店）、『おばあさんぐまと』（同）刊行。
一九七一年　三六歳　『ガブリちゃん』（中川宗弥絵、福音館書店）、『たんたのたんけん』（山脇百合子絵、学習研究社）、『子ぎつねコンチとおかあさん』（山脇百合子絵、講談社）刊行。小学校一年国語教科書（光村図書）に「くじらぐも」掲載（～令和六年版現行）。
一九七二年　三七歳　みどり保育園閉園。『ちいさい みちこちゃん』（山脇百合子絵、福音館書店）、『こだぬき6ぴき』（中川宗弥絵、岩波書店）刊行。
一九七五年　四〇歳　『たんたのたんてい』（山脇百合子絵、学習研究社）刊行。
一九七六年　四一歳　『ぐりとぐらのかいすいよく』（山脇百合子絵、福音館書店）刊行。
一九七七年　四二歳　『おひさまはらっぱ』（山脇百合子絵、福音館書店）刊行。
一九七八年　四三歳　『こぶたほいくえん』（山脇百合子絵、福音館書店）、『森おばけ』（同）刊行。
一九七九年　四四歳　『ぞうさん』（まどみちお詩、中川李枝子選、中川宗弥絵、福音館書店）、『ぐりとぐらのえんそく』（山脇百合子絵、福音館書店）刊行。『子犬のロクがやってきた』（中川宗弥絵、岩波書店）刊行、翌年毎日出版文化賞受賞。
一九八〇年　四五歳　『とらたとまるた』（中川宗弥絵、福音館書店）、『ぞうの学校』（大村清之助共著、中川宗弥絵と構成、福音館書店）刊行。
一九八一年　四六歳　『ねことらくん』（山脇百合子絵、福音館書店）刊行。
一九八二年　四七歳　『本・子ども・絵本』（大和書房）刊行。
一九八三年　四八歳　『くろ雲たいじ』（中川宗弥絵、福音館書店）、『とらたとおおゆき』（同）刊行。
一九八五年　五〇歳　『素晴らしき動物たち 思いやりのある子を育てるために』（中川志郎対談、フレーベル館）刊行。

一九八六年　五一歳　『わんわん村のおはなし』（山脇百合子絵、福音館書店）、『おはよう』（山脇百合子絵、グランまま社）、『おやすみ』（同）、『三つ子のこぶた』（山脇百合子絵、のら書店）、『けんた・うさぎ』（同）刊行。

一九八七年　五二歳　『ぐりとぐらとくるりくら』（山脇百合子絵、福音館書店）、『こぎつねコンチ』（山脇百合子絵、のら書店）刊行。
『アンネの童話』（アンネ・フランク著、文藝春秋）翻訳。

一九八八年　五三歳　『となりのトトロ』（宮崎駿絵、徳間書店）、『なぞなぞえほん1～3』（山脇百合子絵、福音館書店）刊行。

一九九一年　五六歳　『おひさまおねがいチンプイ』（山脇百合子絵、福音館書店）刊行。

一九九二年　五七歳　『たかたか山のたかちゃん』（中川画太絵、のら書店）刊行。

一九九三年　五八歳　『アプリイ・ダプリイのわらべうた』（ビアトリクス・ポター作・絵、福音館書店）、『セシリ・パセリのわらべうた』（同）翻訳。

一九九五年　六〇歳　『くまさん くまさん』（山脇百合子絵、福音館書店）、『とらたとヨット』（中川宗弥絵、福音館書店）、『はねはねはねちゃん』（山脇百合子絵、福音館書店）刊行。
『グレイ・ラビットのおはなし』（アリソン・アトリー作、岩波書店）、『絵本 グレイ・ラビットのおはなし』（アリソン・アトリー作、マーガレット・テンペスト絵、岩波書店）石井桃子と共訳。

一九九六年　六一歳　『絵本とわたし』（中川宗弥 表紙絵と本作り、福音館書店）刊行。
『西風のくれた鍵』（アリソン・アトリー著、岩波書店）、『氷の花たば』（同）石井桃子と共訳。

一九九七年　六二歳　『ぐりとぐらの1ねんかん』（山脇百合子絵、福音館書店）刊行。

一九九八年　六三歳　紙芝居『こぎつねコンチとおかあさん』（二俣英五郎絵、童心社）刊行。

二〇〇〇年　六五歳　『ぐりとぐらとすみれちゃん』（山脇百合子絵、福音館書店）刊行。

二〇〇一年　六六歳　紙芝居『こぎつねコンチといちご』（二俣英五郎絵、童心社）刊行。

二〇〇二年　六七歳　『ぐりとぐらのあいうえお』（山脇百合子絵、福音館書店）、『ぐりとぐらのおおそうじ』（同）、『くまのこくまきち』（柿本幸造絵、ひさかたチャイルド）、紙芝居『こぎつねコンチのにわそうじ』（二俣英五郎絵、童心社）刊行。

二〇〇三年　六八歳　『ぐりとぐらのうたうた12つき』（山脇百合子絵、福音館書店）刊行。

二〇〇四年　六九歳　『ぐりとぐらの1・2・3』（山脇百合子絵、福音館書店）刊行。

二〇〇七年　七二歳　『くまさん　おでかけ』（中川宗弥絵、福音館書店）、『ねこのおんがえし』（山脇百合子絵、のら書店）刊行。『おはようスーちゃん』（ジョーン・G・ロビンソン作・絵、アリス館）翻訳。

二〇〇八年　七三歳　『いたずらぎつね』（山脇百合子絵、のら書店）刊行。

二〇〇九年　七四歳　『ぐりとぐらのおまじない』（山脇百合子絵、福音館書店）、『ぐりとぐらのしりとりうた』（同）刊行。
『ぶんぶんむしとぞう』（マーガレット・ワイズ・ブラウン作、クレメント・ハード絵、福音館書店）翻訳。

二〇一〇年　七五歳　『おかし』（山脇百合子絵、福音館書店）刊行。

二〇一三年　七八歳　山脇百合子とともに、第六一回菊池寛賞受賞。「数々の名作絵本、童話によって、子供たちの豊かな想像力と感性を育んできた功績」が評価された。

二〇一五年　八〇歳　『子どもはみんな問題児。』（新潮社）刊行。

二〇一六年　八一歳　『ママ、もっと自信をもって』（日経BP社）刊行。

二〇一九年　八四歳　『中川李枝子　本と子どもが教えてくれたこと』（平凡社）刊行。

二〇二二年　八七歳　夫中川宗弥永眠。

＊制作順を明らかにするため、単行本以前に同一タイトルの月刊誌が刊行されている場合、その初回刊行年を記しています。

あとがき

何が幸せか

中川李枝子

『本と子どもが教えてくれたこと』という本を出した時に、工藤さんからこんな申し出があったのです。「李枝子さんの子ども時代のことを訊かせて」

絵本の世界で、私の物語の主人公と工藤さんの物語の主人公はどこか似ているとずっと思っていました。それをひとことで言うと「一生懸命、いのちがけ」という姿勢なんです。私は工藤さんの申し出に、インタビューではなく対談なら喜んでと答えました。工藤さんなら私のことをわかってくれるという安心感があったのです。

幼いころどんな絵本を読んでいたのか、最初は互いの読書体験を語り合いました。対談場所は私の家です。工藤さんは「いつか中川李枝子の図書館を作りたい」と言ってくれました。私はみどり保育園の図書室の記憶が蘇ってきました。本棚は宗弥の手作りです。絵の楽しさを子どもたちに教えていました。子どもはかわいい。成長していくとやんちゃだったりもします。子どもはお母さんに叱られるために生きているのです。だって子どもはお母さんが一番好きなんです。最近のお母さんは子どもに読み聞かせをしなくなっている。親と子との絆が希薄になっている。子どもにとっては絵本の役割がとても大切なんです。

幼稚園時代、私が最初に出会った絵本は「キンダーブック」でした。イソップ物語が特に印象に残っています。まだ文字が読めない私は「キンダーブック」を家に持ち帰って、母に読んでもらったのです。「幼稚園の庭でモズが鳴く。チッチキチ、ミッチキチ、とモズが鳴く」という言葉に添えられた、川島はるよさんの絵をよく覚えています。

私は「キンダーブック」のおかげで、幼稚園が好きになりました。母が弟を抱っこしながら、毎日幼稚園の送り迎えをしてくれました。五人きょうだい。姉が三つ歳上。弟が三つ歳下、百合子は六歳下、一番下の妹はその三つ歳下。家が保育園みたいな状態でした。父は研究者だったから、職場で使わなくなったノートと鉛筆が家にいっぱいありました。文学少女だった母は中勘助さんや吉野源三郎さんを読んでいました。夕食後、父が隣の部屋の本棚をさして「この本を持ってこい」と姉に命じるのです。父の朗読の時間です。父が自分の気に入った箇所を読むのを子どもたちが聞く。ちゃんと聞いていないと叱られました。

新制中学になって、ＧＨＱの命令で全国の学校に図書室ができました。私の学校の図書室の丸いテーブルに本が二、三冊だけありました。それが岩波少年文庫だったのです。その中の一冊が高橋健二さん訳のケストナーでした。家に戻ると、今日学校で面白い本に出会ったんだと、家族に報告しました。次の日母が家族全員を書店に連れていって、岩波少年文庫を買ってくれました。それをみんなでかわりばんこに読んでいきました。

この歳になって私は私自身にこう問いかけることがあります。

「あなたの人生は幸せでしたか？」

数多くインタビューを受けたけれど、この問いはまだありません。中川李枝子の黎明を記したこの本の最後に、自分にこう問いたいと思います。

「中川李枝子の人生は幸せでしたか？」

そして私は、

「幸せでした」

と、答えます。

「何が一番幸せでしたか？」

と、さらに問いかけます。

「たくさん本が読めたこと」

と、答えます。

「最後に願い事は？」

と、問いかけます。私の答えはこうです。

「もう一度ケストナーを読みたい。最近目が悪くなって本を読むのが辛くなっているので、誰かに読んでもらってもいい。できれば女の人がいい、母を思い出すかもしれない。そしてもう一つ、願いごとがあるのです。この本ができたらまた工藤さんに会いたい」

二つの願いごとが、どうか叶うことを願っています。

二〇二四年一月十九日

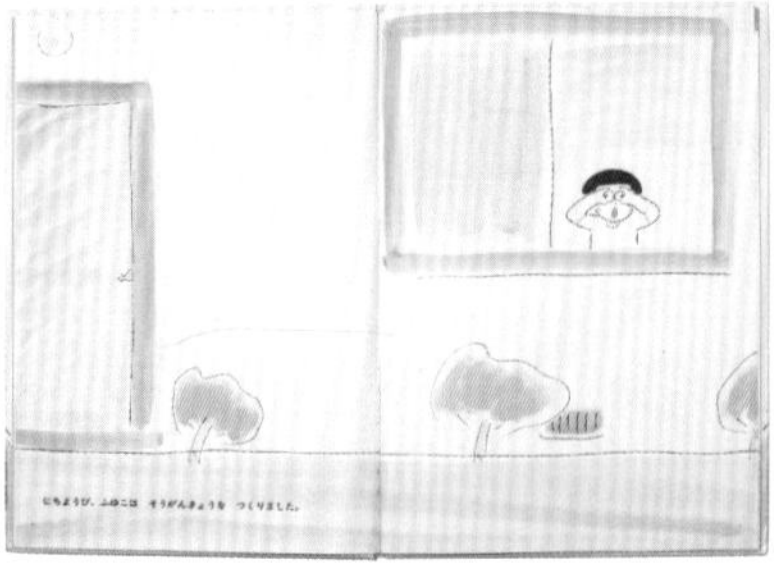

出典（装画）
「くろ雲たいじ」
なかがわりえこ はなし
なかがわそうや え
福音館書店 刊
p.6-7（上）、p.2-3（下）

協力
市河紀子
中川画太
野瀬整体指導室
福音館書店

ISSUE 中川李枝子　冒険のはじまり

2024年4月15日　第1刷発行

デザイン　宮古美智代
編集　齋藤亜紀　土谷みずき
発行者　新井敏記
発行所　株式会社スイッチ・パブリッシング
〒106-0031 東京都港区西麻布2-21-28
電話　03-5485-2100（代表）
http://www.switch-pub.co.jp

印刷・製本　シナノパブリッシングプレス

本書へのご感想は、info@switch-pub.co.jpにお寄せください。

ISBN978-4-88418-629-6 C0076 Printed in Japan

いやいやえん

大村李枝子

目　次

表紙・さしえ　大村百合子

中川李枝子、はじまりの一冊をここに再現した。

一九五九年七月五日、同人誌「いたどり　シリーズ3」誌上で「いやいやえん」が世に送り出された。保育士をしていた中川（当時大村）李枝子が、保育理論のつもりで書いたという六篇の物語。同人仲間の助言を受けながら、書いては消してを繰り返して完成した。作家の石井桃子は、開放的で新しい児童文学の登場に諸手を挙げて喜んだ。当時喧嘩ばかりしていたボーイフレンド、のちの夫となる中川宗弥は、これを読んで別れ話を反故にしたという。三年後、「やまのこぐちゃん」の一篇を加えた単行本『いやいやえん』が福音館書店から出版された。

これからの六つおはなしは、チューリップ保育園の子どもたちの、おはなしです。

一、チューリップ保育園

チューリップ保育園の門は、せいがひくくて、よこにばかり、ふとっています。

それは、八人の子どもたちが、手をつないで、なかよく通れるくらいです。

もし、この門が、やせっぽちだったら、みんなは通るときに、おしあったり、とび出したり、後へおし出されたりして、けんかをするに、きまっています。

チューリップ保育園には子どもが三十人いて、その中の十二人は、ほしぐみ、十八人は、ばらぐみです。

ほしぐみというのは、来年、学校へ行けるくみだから、いばっています。

ばらぐみは、来年、学校へ行けないくみだから、いばっていません。ばらぐみには三つの子も四つの子もいます。

しげるは、四つです。

「ほしぐみはいいなあ。ぼくも、なりたいなあ。」
　しげるは、いつも、思っています。

　ほしぐみとばらぐみは、あそぶ時は、いっしょでも、おべんとうになると、ほしぐみは、いばった顔で、

「ばらは、こっち！

ほしは、あっち！」

と、いって、ひろいホールから、小さいへやへ、はいってしまいます。

「いっしょに、たべようよ。」

「いやーだよ。ごめんだよ。ばらって、ごはんつぶを、こぼすからね。」

「いじわる、ほしぐみのいじわる。いいですよ。たのみませんよ。」

　ばらぐみは、ホールのすみへ、机をならべて、おべんとうにします。

　上品なほしぐみは、小さなへやで、こぼさないで、たべるのです。くしゃみが出そうになれば、うしろをむいて、手で口をおさえてしまいます。はなをかむ時は、しつれいにならないように、へやのすみっこへ行きます。

　ばらぐみなら、くしゃみだって、はなをかむのだって、ともだちの前で、大いばりでやってみせます。大きい声で、おしゃべりもします。自分のはなしをしたい時は、だれかが、はなしていたって、へいきです。いつだって、十八人、ぜんぶが、立ち上って、どなりあっています。

　ほしぐみは、立ったりしません。ふつうの声で、はなします。

　おべんとうが終ると、ほしぐみは、「字の本」、ばらぐみは、「えの本」を、先生によんでもらいます。

「字の本」は、字がいっぱいあって、長いおはなしです。

「えの本」は、えがいっぱいあって、字は、ちょっとしかありません。みじかいおはなしだからです。

　おはなしが終ると、小さいへやの戸があいて、

「ああ、おもしろかった!」

と、ほしぐみが、ホールへ出て来ます。

「ほしぐみ、いいなあ。」

ばらぐみのしげるは、いつも思います。

チューリップ保育園には、先生が二人います。
はるのはるこ先生と、なつのなつこ先生です。
「はるの先生、小さいから、ばらの先生
なつの先生、大きいから、ほしの先生
いつまでたっても、はるの先生、ばらぐみで、
いつまでたっても、なつの先生、ほしぐみだ。」
と、ずっと前から、きまっているのです。
一番上のたなから、がくたいのたいこを、おろす時、
はるの先生は、いすにのります。
なつの先生は、せいのびをします。
もし、はるの先生のせいが、なつの先生よりものびたら、
「はるの先生、大きくなったから、ほしぐみで、
なつの先生、小さくなったから、ばらぐみだ。」
ということになります。

二人の先生の、同じところといったら、こわいということだけです。

しげるには、お母さんより、先生たちの方が、こわいのでした。ちこちゃんとけんかして、ちこちゃんのあたまに、こぶをつくった時、ものおきに、いれられました。

ものおきは、くらい、いやなにおいのするところです。大きいとだなと、長いいすがあるだけです。

しげるが、どんなに泣いても、あばれても、先生は、びくともしないで、しげるをここへいれてしまいました。

ものおきは、わすれたやくそくを、思い出すところでした。このくらいへやにはいると、わすれたことを、いっぺんに思い出すと、先生たちは、しんじていました。

「しげるちゃん!おもちゃをかたづける時に、すもうをしていいのですか? ものおきで、かんがえてらっしゃい。」

「しげるちゃん!まどにのって、いいのですか? ものおきにいって、かんがえてらっしゃい。」

「しげるちゃん!みんなは、たいそうをしているんですよ。やりたくないのなら、ものおきへ行って下さい。」

「ものおき」といっただけで、しげるは、やくそくを

思い出し、

「わかったよう、わるいことですよう。ものおきにいかなくたって、へいきだよう。」

と、にげてしまいます。

「わかってるくせに、やるなんて、しげるちゃんは、ばかだなあ。」

と、みんなはわらいます。

チューリップ保育園には、やくそくが、七十ぐらいもあります。

いちばん、たいせつなのは、

なげないこと

ぶたないこと

ひっかかないこと

の、三つです。

あとは、はをみがくこと、かおをあらうこと、つめをきること、手をあらうこと、はなをかむこと、一人でようふくをきること、ならぶ時、前の人をおさないこと、よこはいりをしないこと、だれとでも手をつなぐこと、せなかをまっすぐにすること、すききらいをしないでたべること、ようふくをたべないこと、「おまえ」といわないで、「きみ」ということ、「おれ」といわないで、「ぼく」ということ、のりものの中で、くつのまま、外を見ないこと・・・・・まだまだありますが、「なあんだ」ということばかりです。

それなのに、しげるは、今日一日で、十七かいも、「しげるちゃん!」と、先生によばれ、にらまれました。

1. かおをあらわないできました。
2. ゆびをしゃぶっていました。
3. はなくそをなめました。
4. はさみをもって、はしりました。
5. つみきのとりあいをして、あいての足を、けっとばしました。
6. ちゃんばらの時、あいてのおなかにのりました。
7. うわばきを手にはいて、ほっぺたを、なでました。
8. かみの毛に、かみくずがついていたので、ほうきではきました。
9. お人形を、ボールのかわりにしました。
10. 手をあらったあと、ふかないで、はくしゅしました。

11. みんなが、うたをうたっている時、めんどうくさいから、ねていました。　いった子どもは、一人も、いないのです。

12. 先生がお話をしている時、くすぐりっこをしました。

13. まどから、かみくずをなげました。

14. 「ばかやろう」と、いいました。

15. かたづけの時、おにごっこをしました。

16. おべんとうの時、にんじんを、わざとおとしました。

17. おもちゃを、よこどりしました。

十七かいも、やくそくをわすれたのは、しげるだけではありません。

チューリップ保育園の子どもたちは、みんな、わすれてばかりいます。

でも、みんなは、なまえをよばれただけで、

「ああ。そうそう。」

と、思い出すのです。

やくそくを思い出すために、わざわざ、ものおきまで

二、くじらとり

ほしぐみの男の子たちは、つみ木で、りっぱな船を作りました。船の先は、とがっていて、そこには、うんてん室があります。うんてん室には、赤や黄色のきかいが、たくさんあります。うんてん室の後には、へやがあって、テーブルといすが並んでいます。

へやの次は、かんぱんです。

しげるは、このふねを見て、

「わあ、すごいなあ。」

と、びっくりしました。

「ぼくも、のりたいなあ。」

しげるは、三角の先に、さわってみました。

「どいた、どいた。じゃまっけだぞ。」

と、船員がおこりました。

「さわっちゃだめだよ。こわれるからさ。しげるちゃんは、むこうへ行きな。」

「ふん。ぼくなんか、こわしませんよ。」

しげるは、そういいましたが、いつのまにか、今さわ

ったところに、すきまが出来てしまいました。

しげるは、あわてて、すきまを、なおそうとしました。

「さわっちゃだめ！」

船員は、しゃがんで、船のすきまを、ていねいに、なおしました。

「この船は、できたてだから、こわれやすいんだよ。穴があいたら、水がはいっちゃうだろう？」

「ごめん。——ごめんっていったから、もういいでしょ。ぼくも、いれて。」

「だめ。」

船員は、かんばんへ、とびあがりました。

船室のいすに、キャプテンと、うんてんしと、五人の船員が、すわりました。

キャプテンは、六人の顔を見まわすと、

「これから、船のなまえを、きめます。」

といいました。

「ぞうってなまえがいい。一番大きくて、つよいんだから。」

「そうじゃないよ。ライオンだよ。ライオンは、けものの王様だもの。」

「ぞうですよ。ぞうは、ライオンよりも大きいし、ちからもちだもの。」

「ちがうよ。ライオンだよ。」

船の外にいるしげるも、ライオンがいいと思うので、

「ライオンだい。ライオンだい。」

と、どなりました。

「では、ぞうとライオンと、どっちがいいか、きめます。いい方に手をあげて下さい。」

と、キャプテンが、皆に、いいました。

「ぞうのいい人。」

「ハーイ。」

「二本いっぺんに上げないで下さい。一人一本ずつです。」

「ハーイ。」

「一人、二人、三人。ではライオンのいい人。」

「ハーイ。」

「一人、二人、三人。なーんだ。同じ。」

「ハーイ。ぼくもライオンだよ。」

船の外にいるしげるが、手を上げて、いいました。

「きみは、はいってないから、手を上げないで、いいんだよ。」

と、キャプテンが、おしえました。

「ぼくも、いれて。」

「だめ。今日は、ほしぐみだけなんだ。」

そういうと、キャプテンは、皆の方を、むきました。

「キャプテンは、どっちなの？　そうかい、ライオンかい？」

「そうだろう？」

「ちがうよ。ライオンだろう？」

「そうなんか、ライオンを見たら、ふんづけちゃって、鼻でひっぱたいちゃうからた。」

「ライオンなんか、ぞうを見たら、かみついちゃうもの。」

「ぞうとライオンと、すもうをしたら、どっちが、かつか？。」

キャプテンだって、どっちが強いか、わかりません。

「見たことがないんだもの。わかんないよ。」

「ぼくも、そうだよ。見ればわかるんだけどさ。」

「じゃ、ぞうとライオンと、いっしょにしようよ。」

「うん！　ぞうとライオン丸だ。」

「強くて、いいぞ。くじらを、生けどってこよう。」

なまえは「ぞうとライオン丸」に、きまりました。

次に、のせるものです。

「くじらをつかまえるんだから、鉄でできたつりざおだ。それから、みみずを、いっぱい。」

「よし、きた。」

皆は、船からとびおりて、鉄のつりざおを、とりに行きました。

鉄のつりざおは、重たくて、三人がかりで、船へのせました。

ミルクのあきかんに、みみずを、どっさりいれました。

「ぼくたちが、おひるに食べる魚をつる、つりざおも、もって行こう。」

「そして、やくのに、ガスとあみがいるよ。おはしもだ。」

「あ、ぼうえんきょう。」

「うで時計、海には柱時計がないから。」

「おべんとうと、おかしと、くだものと、かわをむく、ほうちょう。」

「海の水は、しょっぱいから、水を持っていかなくちゃ。」

つりざおと、ガスと、あみと、おはしと、ぼうえんきょうと、時計と、おべんとうと、おかしと、くだものと、ほうちょうと、すいとうが二十二、船にのりました。

「それから毛布、ねる時、おなかにかけるんだから。」

大きい毛布が、すいとうのとなりへ、のりました。これなら七人でつかえます。

「昼休みに、カルタをしなくちゃ。カルタをもって行こうよ。」

「本も見なくちゃ。」

カルタと本が、毛布のとなりへ、おかれました。

キャプテンは、ぼうしのつばを、後へまわしました。

それから、両手を後でくんで、胸をそらしました。

「にもつは、これでよーし。」

船の中を見て、次に、空を見ました。

「天気もいいな。」

「だいじょうぶさ。お日様が、百こも空にいるよ。」

「風はどうだ?。」

「そよそよ。」

「フム、ちょうしいいぞ。」

そこでキャプテンは、口を大きく開けて、いさましく、さけびました。

「くじらをとりに、しゅっぱあつ!」

「ワーイ。くじらをとりに行くんだぞう。生けどりにして、つれて来るからなあ。みんな、楽しみにして、まってろよう。」

「ぞうとライオン丸」は、しずかに動き出しました。

空には、雲一つなく、お日様は、空いっぱいにかがやいて、風は、そよそよ、しずかです。

しげるは、だんだんと、遠くへ行く、「ぞうとライオ

オン丸」にむかって、

「オーイ。つれてってくれえ。」

と、いいました。

「だめだよう。きみは、すぐ、あばれるからねえー。」

と、キャプテンの声が、風にのって、もどって来ました。

「いやーん。おとなしくするよう。」

しげるは船にのりたくて、足ぶみをしましたが、船の上の人たちは、元気いっぱい、歌い出しました。

お日様、百こも、空の上
風は、そよそよ、波しずか
ぼくらは、くじらを、生けどりに
ぼくらは、くじらを、生けどりに
おお、「ぞうとライオン丸」
おお、ぼくらの、「ぞうとライオン丸」

船のスピードは、だんだんと上ります。

おひるになりました。

キャプテンは、つりざおをとりあげると、つり糸にみみずをつけて、海の中へ、たらしました。


船員は、ガスの上に、あみをのせました。

「ほーら、一匹。」

「まってました。」

「もう一匹っと。」

魚を七匹つって、一人が一匹ずつたべました。

おなかいっぱいたべ、水ものみました。

「ごはんのあとは、しずかにカルタだ。」

「ぼくがよむよ。」

「ぼくは、とるよ。」

かんぱんの上に、まるくすわって、カルタを一かいしました。

次は、ひるねです。

毛布を持って来た船員は、

「こんなにせまくちゃ、ねられないなあ。」

と、ためいきをついて、頭をまげました。

「うーん。こんなにせまくちゃ、ねられないなあ。」

と、皆も、頭をまげました。

「すわったまんまでいいよ。」

「すわったまんまで、ひるねか。せっかく毛布をもって来たのになあ。」

「ひざにかけようよ。」

「うん、それがいい。」

毛布を、皆のひざの上にかけました。

「こたつみたいだな。」

と、皆はいいました。

「ひるね、はじめ。一、二、三。」

皆は、目をつぶりました。

「ひるねは、これで、おしまい。」

皆は、目をあけました。


「ぞうとライオン丸」は、ついに、海のまん中へ出ました。

「ワーイ。海と空ばっかりだ。どこから、海なんだろう。同じで、わかんないよ。」

「あっ、魚がとんでいる。」

「とびうおっていうんだよ。」

「ここまでくれば、きっと、くじらが、あそんでいるよ。」

「そうさ。何もなくて、海ばかりだもの。広いもの。くじらが住んでいるに、きまってるよ。」


「鉄のつりざおに、みみずをいっぱいつけておこうぜ。くじらが来たら、すぐ、つかまえちゃうんだから。」

鉄の棒の先に、かたい、じょうぶなひもをつけ、みみずを十四つけました。

「ようし、いつ来たって、だいじょうぶだ。」

皆は、自分のぼうえんきょうを目にあてて、海の上をさがしました。

「あっ、いたぞ。くじらだぞ。」

青い波の上に、山のような黒いせなかが、うかびあがりました。

うんてんしは、くじらにむかって、船を近づけました。

他の人たちは、鉄のつりざおを持ち上げました。

棒を、くじらの頭の前へのばしました。

生れて初めて、みみずを見たくじらは、何かしら?と、くいつきました。

くじらは、かたいじょうぶなひもを、口にいれてみました。次に、鉄の棒にくいついて、ひっぱりました。

「あっ、すごいちからでひっぱってる。まけるなっ。」

キャプテンは顔をまっかにして、いいました。

「みんなして、ちからを出すんだ。くじらになんかまけないぞ。」

「まけるもんか！」

皆は、顔をまっかにして、足をふんばりました。

うんてんしも、うんてん室からとび出して、おおえんしました。あせが流れても、棒から手をはなすわけには、いきません。目を開けていると、あせがはいってくるので、皆は目をつぶって、

「まけるもんかあ。

まけるもんかあ。

強いんだぞう。

よーいしょ。」

と、棒をひっぱりました。

くじらは、少しずつ、少しずつ、「ぞうとライオン丸」に、近づいて来ました。

「もう少しだ。よーいしょう。

まけるもんかあ、よーいしょ。」

とうとう、くじらは、「ぞうとライオン丸」のおなかに、つきました。

「船にのせるのかい？キャプテン。」

「大きくて、のらないよ。」

「船につなげるんだね？」

「うん。でも、前は、じゃまだから、後に、つなげよう。」

「よし来た。」

七人がかりで、くじらの首に、ふといひもをつけて、船の後へつなぎました。

くじらの口から、鉄の棒を、はずしました。

「ああ、よかった！。」

「さあ、ゆっくりと、あせをふこう。」

皆は、ポケットから、ハンカチを出して、あせをふきました。

「さっぱりした。

いいきもち。」

「さあ、くじらを見よう。」

くじらのからだは、船といっしょになって、波の上を、上ったり下りたりしています。

「あッ。しょっぱい。」

皆は、いっしょになって、さけび、口をおさえました。

黒いせなかから、塩水が、いきおいよく吹き上ったのです。

「ウワー。びしょびしょだ。」

ようふくも、くつも、塩水だらけです。

「ペッ、ペッ、口の中がしょっぱいや。」

「たすけてくれえ。」

塩水を、頭からかぶってしまったのです。

「目にはいっちゃったよう。」

「はなにはいっちゃったよう。」

「いたいよう。」

目やはなにはいった塩水は、泣くと、なみだといっしょになって、外へ流れ出て、やっと、いたいのがなおりました。

からだが、かわいた時には、頭も、ようふくも、お塩で、まっしろでした。

皆は丸くなって、となりの人のお塩を、おとしあいました。

「くじらを見る時は、かさをさすんだな。」

「でも、かさはないよ。」

「それじゃ、毛布をかぶろう。」

「さんせい、さんせい。」

毛布を持って来て、皆で、かぶりました。


きゅうくつだけど、これなら安心して、ゆっくりと見られます。

「もう、くじらをつかまえたから、帰るとしょう。」

と、キャプテンがいいました。

「毛布をたたんで、帰る用意!。」

その時です。

黒い雲が一つ、空にあらわれたかと思うと、空じゅうに、ひろがりました。

「あっ、空がへんだぞ。」

さけんだのと同時に、大つぶの雨が、いきおいよく降って来ました。

風も出て来ました。

「ぞうとライオン丸」を、なぐるように吹き出しました。

「あらしだ。

あらしだ。」

大波が、「ぞうとライオン丸」を、ひっくりかえしてやれと、あばれます。

「ぞうとライオン丸」は、たてになってゆれ、よこになってめれ、上ったかと思うと沈み、沈んだかと思うと、とび上りました。

船の上の人たちも、そのたびに、とび上ったり、ころがったりしました。あまりころがって、手や足がいたくなりましたが、いたくたって、止るわけにはいきません。声を出せば、舌をかみそうで、口は、しっかりと、しめなくてはなりません。とうとう、目がまわって、みんなは、のびてしまいました。


くじらは、平気でした。

どんなに雨にうたれても、風になぐられても、波があばれても、いい気持でおよいでいました。

今じゃ、「そうとライオン丸」は、くじらの後にあります。

くじらに引かれて、やって来ます。

かんぱんの上には、七人の、のりくみいんだちが、ぼんやりすわっていました。

「ねむっちゃってたらしいぞ。」

と、うんてんしは、目をこすりました。

「早く、うんてんしなくちゃ。」

そういいながら、うんてんしつへ行こうとして、びっくりしました。

「やっ、この船は、うしろまえになってしまったぞ。」

「あれれ、ほんとうだ。うんてんしつが、うしろにあるぞ。」

みんなも、びっくりして、とび上りました。

「あ、くじらが、先頭だ。」

「あらしの間に、かわっちゃったんだ。」

「ぼくらは、どのへんにいるんだろう。」

「もし、アメリカの方に来ちゃったら、どうしよう。」

皆は、あわてて、ぼうえんきょうで、まわりを見ました。

「あ、陸だ!」

丸いレンズの中に、ほそ長い陸が見えます。

「はたが、いっぱいあるよ。」

「何か、かいてある。お・か・え・り・な・さ・い・だって。よかったなあ。英語でなくって。」

ちゃんと、日本へ帰れたのです。安心です。

「もう一つかいてあるよ。く・じ・ら・さ・ん・こ・ん・に・ち・は・」

「わかった。みんなで、ぼくたちを、むかえに来たんだよ。」

「おかえりなさい。

おかえりなさい。」

たくさんのはたが、たのしくゆれました。

「ぞうとライオン丸」が、まいごにならずに、かえったのです。

船の人たちは、船からおりて、並びました。

むかえの人たちは、はくしゅしました。

チューリップ保育園の子どもたちは、みんな、よそいきのようふくを着ています。

大きい花たばが、しずかに、すすみ出ました。

あんまり花たばが大きくて、持っている人の顔が見えません。

一人ずつ、花たばをもらうと、花たばをくれた女の子と、あくしゅしました。

くじらも、花わをもらって、頭にのせました。

くじらのもらったのは、とくべつに大きくて、ほしぐみの女の子が、五人でもって来ました。

ばら、カーネーション、すいせん、チューリップ、すみれ、たんぽぽ、ヒヤシンス、ストック、まるで、花やのようなかんむりをかぶって、くじらは、とても、きれいになりました。

しゃしんきを、首から下げた人が、出て来ました。

「しゃしんをとりますから、『ぞうとライオン丸』の皆さん、並んで下さい。」

みんなは、くじらをまん中にして、並びました。

「わらって、わらって。—— ハイ、とりました。次に、おむかえの方たちもおはいり下さい。」

ほしぐみとばらぐみの子どもたちが、並びました。

しげるは、一番に、とんで行って、くじらのとなりに、立ちました。

「みなさん、そんなに、すまさないで下さい。すますと、こわい顔になりますよ。にっこりと笑って下さい。はい、とりました。」

「もし、しっぱいしてると、つまらないから、もう一枚、とってちょうだい。」

「ああ、そうですね。では、もう一度、にっこりわらって下さい。はい、とりました。」

大きいトラックが、くじらをのせるために、待っていました。ところが、いくら大きいからといっても、くじらには、とても小さく見えました。ひろい海で、自由にそだったくじらは、きゅうくつなのが、一番、きらいでした。トラックが、くじらの前に止ると、くじらは、そっぽをむきました。

「ぼくたちと、いっしょに、保育園へ行こうよ。」

みんながいうと、くじらは、海の方へもどって、泳ぎ出しました。

「やっぱり、海がいいんだってさ。」

キャプテンは、くじらをつないでいたひもを、ほどきました。

くじらは、花わののった頭を、ちょっと、みんなの方にむけてから、さっさと、海へ帰ってしまいました。

「ざんねんだな。」

と、みんなは、いいました。

「ぼくが行ったら、もっと小さいくじらを、見つけてやったのになあ。」

と、しげるがいいました。

三、ちこちゃん

机の上に、机がのっています。その机の上に、又、もうひとつ、机がのっています。

ゆかをはくので、三つもかさねておいたのです。

一ばん上の机にのったら、だれだって、白いきれいなてんじょうに、さわれます。

ちこちゃんは、一ばん上の机に、のりたくなりました。

まず、机の横にあったいすに、のりました。いすから、一ばんめの机にのりました。

次に、二ばんめの机に、右の足をかけて、のぼりました。

次に、三ばんめの机に、左の足をかけて、のぼろうとした時です。

しげるが、こわい顔をして、ちこちゃんのところへ走って来ました。

「ちこちゃん！机にのっていいんですか？」

ちこちゃんは、しげるにしかられて、のぼるのを、やめにしました。

ちこちゃんは、せっかく、三ばんめまでのぼった足を、下へおろして、一つずつ、おりました。

さいごに、いすからゆかへとびおりると、こんどは、しげるが、いすにとびのりました。

「いやあね。わたしには、わるいって、いったくせに。」

ちこちゃんは、しげるの足を、ひとつ、たたきました。

「こらッ。さわるな。あぶないぞ。ぼくは、いいんだい。男だからね。女じゃないから、つよいんだ。」

しげるは三ばんめの机の上にのると、あぐらをかきました。

「わあーい、てんじょうが、こんなに近くだ。さわれるよ。」

しげるは、立って、白い

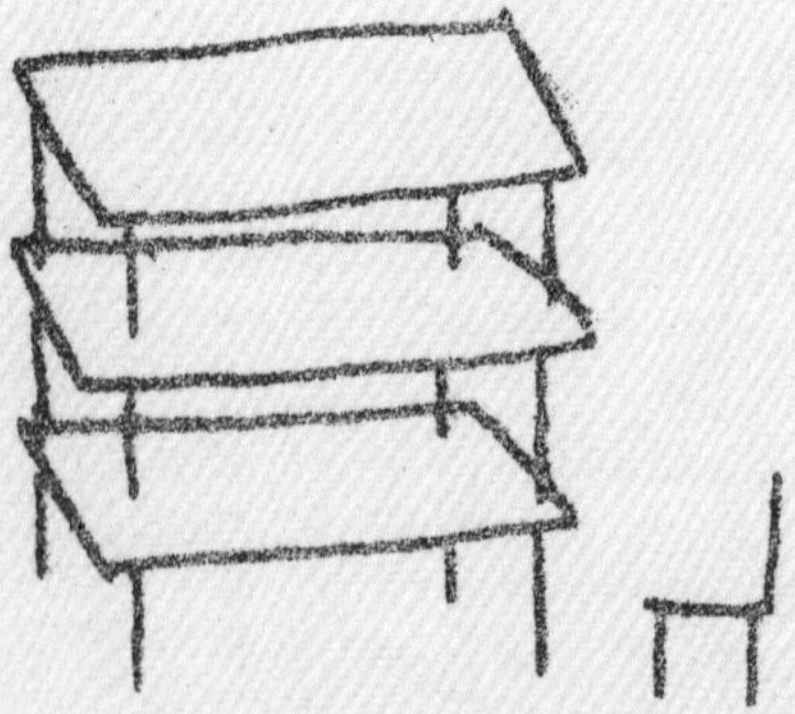

てんじょうにさわりました。

「この白いの、こなだよ。エヘヘ、ゆびに、ついちゃった。」

しげるは、ひとさし指をなめて、てんじょうを、こすりました。

「はい、こんどは、でんとうをつけますよ。」

けいこうとうのひもを、ひっぱりました。

青い光が、しげるの顔じゅうに、ぶつかって来ました。

「わア、すごい。すごい。まぶしいな。ヤーイ、ちこちゃんなんか、さわれないだろう。」

「あたしが、さっき、のぼってたのよ。しげるちゃんは、ずるいわねえ。」

「ちこちゃんなんか、だめだよ。アハハ・・・こんどは、消しまあす。」

青い光が、消えました。

「つぎは、あるきます。

タンタタ　タッタータンタタ　タッター
タンタタ　タタタタ　タッタッター
エヘン。ほいくえんで、ぼくが、いちばん大きいんだぞ。みんな、小ちゃいなあ。先生も、小ちゃいなあ。タンタタ　タッター　タンタタ　ター」

しげるが、いばって、らんぼうに歩いたので、三ばんめの机のあしが、動きました。

「しげるちゃんッ。」

先生が、とんで来て、しげるを、だきました。

どうじに、三ばんめの机が、大きい音をたてて、ゆかへおちました。すると、二ばんめの机も、大きい音をたてて、ゆかえおちました。

みんなが、走って来ました。みんなは、あまりびっくりしたので、あおい顔をしています。

先生は、しげるの顔を、にらんでいます。

子どもたちも、しげるの顔をにらんでいます。

しげるは、ちこちゃんを見ました。

しげるは、ゆかを見ました。

しげるは、おっこちた机を見ました。

しげるは、てんじょうを見ました。

しげるは、先生を見ました。先生は、まだ、にらんでいます。

「ちこちゃんがのったから、ぼくものったんだよ。」

と、しげるは、ちこちゃんをにらみながら、先生に、いいました。

先生は、しげるのあごを、先生の方へひっぱって、

「しげるちゃん、机の上にのっていいんですか？」

と、ききました。

「だって、ちこちゃんが、はじめにのったんだよ。」

「しげるちゃん、机の上にのって、いいんですか？」

先生は、もういっぺん、ききました。

「だって、ちこちゃんが、はじめにのったんだもの。」

「ちこちゃんがしたから、いいと思って、まねしたの？」

「うん。そうだよ。」

「ちこちゃんがすることは、みんな、いいことなの？」

「うん、そうだよ。」

「ちこちゃんが、机にのれば、机にのることはいいことだから、しげるちゃんも、まねしたの？」

「うん、そうだよ。」

「ちこちゃんが、みちくさをしたら、みちくさをすることはいいことだから、しげるちゃんも、みちくさをするの？」

「うん。するよ。」

「ちこちゃんが、石をなげたら、石をなげることは、いいことだから、しげるちゃんも、石をなげるの？」

「うん。なげるよ。」

「ちこちゃんが、自動車にひかれたら、自動車にひか

れるのはいいことだから、しげるちゃんも、自動車にひかれるの?」

「うん。ひかれるよ。」

「はい、わかりました。それでは、しげるちゃんは、何でも、ちこちゃんのすることを、まねしなさい。」

「うん、するよ。」

しげるは、ちこちゃんを、もう一度、にらみ、心の中で、

「ちこちゃんが机にのったから、ぼくも、のったんだもの。わるいのは、ちこちゃんで、ぼくは、わるくないんですよ。エヘン。」

と、いいました。

「先生! それじゃ、しげるちゃんに、ちこちゃんのようふくを、きせてやるといいよ。」

と、ほしぐみの男の子たちが、いいました。

「そうね。そうしてあげましょう。」

先生は、ちこちゃんの家へ行って、ちこちゃんのようふくをかりて来ました。

先生は、ちゃんばらをしていたしげるをよびました。

「しげるちゃん、いらっしゃい。」

「いやだよ。」

「いらっしゃい。」

「いや。」

「しげるちゃんには、足がないの?」

「あるよ。」

「じゃ、あるいていらっしゃい。」

「たんげさぜん」のしげるは、かた目で、先生のところへ来ました。

「さるとび　さすけ」と、「あかどう　すずのすけ」が、「たんげ　さぜん」のあとから、ついて来ました。

先生は、ふろしきづつみを開けました。

「あ、ちこちゃんのようふくだ!」

と、「さるとび　さすけ」が、いいました。

「わかった。しげるちゃんがきるんだ。何でも、ちこちゃんのまねをするからね。」

と、「あかどう　すずのすけ」が、いいました。

「わあ、おもしろい。しげるちゃんが、スカートをはくんだよ。早く、きてごらんよ。」

「どれ、どれ、」

みんなが、あつまって来ました。

「いやだ、きるもんか！」

しげるは、耳をおさえて、どなりました。

「さあ、きるんですよ。」

と、先生が、しげるの手を、ひっぱりました。

「いやだい。女のふくなんか。」

「でも、ちこちゃんのすることは、みんな、いいことだから、まねするって、いったでしょう？」

「いわないよ。」

「机の上にのるのは、いいことですか？」

「だって、ちこちゃんが、はじめにのったんだもの。」

「ああ、よく、わかりました。それでは、このようふくを、きて下さい。」

先生は、あばれるしげるの頭から、ちこちゃんのようふくを、かぶせました。

そでに、手を、一つずつ、通しました。

せなかのチャックを、上へあげました。

ひだのたくさんある、ももいろのようふくです。

えりに、白いレースがついていて、前に、赤いリボンがついてます。


「いやだ、いやだ、こんなの、きないよう。」

しげるは、足ぶみをして、ぐずりました。

「ぬぎたいよう。ぬぎたいよう。」

しげるは、ゆかの上を、らんぼうに、とび上りました。

すると、スカートが、ひろがりました。

「しげるちゃん。まわってごらんなさいよ。バレーをする人みたいよ。」

と、女の子たちが、いいました。

「ぬぎたいなあ。」

しげるは、手を、せなかへ、まわしました。顔をまっかにして、手をのばしても、チャックにうまくとどきません。

「だれか、はずしてよう。」

しげるが、せなかをむけると、男の子たちは、

「このふくの方が、にあうよ。」

と、笑いました。女の子たちも、

「ほんとにかわいいわよ。かがみを見てらっしゃいよ。」

と、笑いました。

ちこちゃんも、笑いました。

「ヤイ。ちこちゃんが、わるいんだぞ！」

しげるは、ちこちゃんの頭を、げんこつでなぐりました。

ふしぎなことが、おこりました。

見えないげんこつが、しげるのところへ、とんで来ました。

「いたいわッ。」

ちこちゃんが、おでこをおさえると、

「いたいッ。」

しげるも、おでこをおさえました。

「アハハ、、、、しげるちゃんたら、さっそく、ちこちゃんのまねをしている。」

みんな、わらいました。ちこちゃんも、わらいました。

「さっきの、つづきをしょうぜ。」

しげるは、片目をつぶって、「たんげ　さぜん」になりました。

「さるとび　さすけ」と、「あかどう　すずのすけ」が、「たんげ　さぜん」に
「やっ、」

と、かかって来ました。

「たんげ　さぜん」は、スカートがひろがって、じゃまだけど、ぬげないから、しょうがありません。

ちこちゃんは、ままごとを、はじめました。

「あたしは、お母さんだから、エプロンしましょう。」

ちこちゃんは、エプロンをしました。

ふしぎなことが、おこりました。

ちゃこちゃんがしたのと同じもようで、同じ大きさのエプロンが、空中にあらわれたかとおもうと、とびながら、

「しげるは、どこだ?　どこにいる」

と、いって、しげるのおなかに、まきついてしまいました。

「ぼくは、エプロンなんか、したくないよ。」

しげるは、いっしょうけんめい、エプロンを、ひっぱりましたが、だめです。

しょうがないので、エプロンをしたまま、ちゃんばらです。

「さあ、赤ちゃん、おんぶよ。」

ちこちゃんは、お人形を、おんぶしました。

ふしぎなことがおこりました。

ちこちゃんがおんぶしたのと、同じ顔の、同じ大きさ

のお人形が、空中にあらわれたかと思うと、とびながら
「しげるは、どこだ？　どこにいる？」

といって、しげるのせなかに、すいつきました。

次に、ひもがとんで来て、

「しげるは、どこだ？　どこにいる？」

といって、お人形を、せなかに、ゆわえつけてしまいました。

「ぼくは、『たんげ　さぜん』だぞ。人形なんか、いらないぞ。」

しげるは、ひもをほどこうとしました。いくら引っぱっても、だめです。

「なんだ、そんな『たんげ　さぜん』は、いんちきだ。あかんぼうなんか、おんぶして。」

と、「さるとび　さすけ」が、おこりました。

「しげるちゃんは、お母さんの方が、いいんでしょ。あっちへ行きなさい。」

と、「あかどう　すずのすけ」も、おこりました。

「ちがうよ。お人形が、来ちゃったんだもの。ぼくは、『たんげ　さぜん』だぞ。」

「どうして、エプロンしてるんだい？」

「だって、エプロンが、きちゃったんだもの。」

「へエ。おかしいな。あっ、ちこちゃんを、ごらんよ。しげるちゃんと、同じだよ。」

「ほんとだ。しげるちゃんと同じエプロンして、同じお人形を、おんぶしてる。」

「わかった、わかった。しげるちゃんは、何でも、ちこちゃんのまねがしたいんだよ。」

「そうだ。そうだ。」

しげるは、顔をまっかにして、ちこちゃんのところへ、行きました。

「みんな、ちこちゃんが、わるいんだ。」

と、しげるは、思いました。

「ヤイ、ちこちゃん。お人形なんか、おんぶするから、ぼくも、おんぶしちゃうんだ。おかあさんですもの。」

「いやあよ。あたしは、おかあさんですもの。」

「おんぶしちゃ、だめ！」

「いや。おんぶする。」

しげるは、ちこちゃんのかみの毛を、ひっぱりました。

「いたいわ。」

ちこちゃんが泣くと、見えない手が、しげるのかみを

はげになるくらい、ひっぱりました。

「いたいよう。」

しげるも、泣きました。

二人は、大きい声をあげて、泣きました。

ちこちゃんも、しげるも、同じエプロンをして、同じお人形をおんぶして、同じぐらい、泣きました。

「まあ、どうしたの?」

と、先生が、ちこちゃんのせなかから、お人形をおろしました。

ふしぎなことが、おこりました。

しげるのせなかから、お人形がきえたのです。

ちこちゃんがエプロンをはずすと、しげるのおなかにまきついていたエプロンも、きえました。

ちこちゃんは、びっくりして、泣くのをやめました。

しげるも、びっくりして、泣くのをやめました。

ちこちゃんは、はなをかみました。

しげるも、はなをかみました。

ちこちゃんは、頭をかきました。

しげるも、頭をかきました。

ちこちゃんが水をのむと、しげるも、水をのみました。


ちこちゃんが、スキップをすると、しげるも、スキップをしてしまうのです。

めんどうくさくて、やりたくないのに、ちこちゃんが、スキップをすると、しげるの足も、スキップをしてしまうのです。

「まねっこの、しげるちゃん、ちこちゃんのことは、何でも、まねっこ、一人じゃ、何も、できません。くるくるばあの、しげるちゃん。」

と、みんなが、うたいました。

かえる時間になりました。

「いいよ。家にかえって、お母さんに、ぬがせてもらいますからね。」

しげるは、いばって、門まで来ました。

門を出ると、しげるの足は、しげるの家のはんたいにむかって、歩き出しました。

「ちがうよ。家は、こっちだよう。」

しげるは、びっくりして、自分の足に、おしえましたが、足は、すまして、ちこちゃんのあとを、おいかけます。

「ちこちゃーん。」

しげるは、ちこちゃんを、よびました。

「なあに?」

ちこちゃんは、足をとめて、ふりかえりました。

「いっぺん、先生のところへもどってよ。ぼく、家へかえりたいんだよ。」

ちこちゃんは、早く家へ帰って、おやつをたべたかったのですが、がまんして、ほいくえんへ、もどりました。

「先生。このようふく、いらないよ。なんでも、ちこちゃんのまねばっかりして、こまるんだもの。」

先生は、もういっぺんだけ、しげるに、ききました。

「しげるちゃん。机にのるのは、いいことですか?」

しげるは、首をふりました。

「しげるちゃんは、口がないの?」

と、先生が、いいました。

「あるよ。」

「では、口で、おっしゃい。」

しげるは、小さい声で、

「わるいことです。」

と、いいました。

先生は、ちこちゃんのももいろのようふくの、せなかのチャックを、はずしました。

ちこちゃんは、そのようふくを、かばんへしまいました。

「先生、さようなら。」

「さようなら。みちくさをしないでね。」

二人は、門のところへ来ました。

「さようなら、ちこちゃん。」

「さようなら、しげるちゃん。」

ちこちゃんは、ちこちゃんの家へ、一人で帰りました。

しげるは、しげるの家へ一人で帰りました。

四　山のぼり

山が五つあります。

てっぺんが丸くて、みんな、ちがう色をしています。

一ばんめは、赤い山です。赤い山には、りんごの木が、たくさんあります。

二ばんめは、きいろい山です。きいろい山には、バナナの木が、たくさんあります。

三ばんめは、だいだい色の山です。だいだい色の山には、みかんの木が、たくさんあります。

四ばんめは、くろい山です。くろい山には、くろい木が、たくさんあります。

五ばんめは、もも色の山です。

もも色の山には、ももの木が、たくさんあります。

いいお天気です。

「今日はさ、おもちゃであそばないで、山のぼりをしょうよ。」

「うん。それがいいや。」

「あたしも行く。」

「ぼくも行く。」

ほしぐみの男の子も女の子も、

ばらぐみの男の子も女の子も、みんな、おもちゃであそぶのよりも、山のぼりがしたくなりました。

「じゃ、先生にきこう。」

「うん。先生にきこう。」

チューリップ保育園の子どもたちは、みんなで、先生のところへ行きました。

「先生、山のぼりがしたい。」

と、みんなは、いいました。

「やくそくを、まもれば、いいですよ。」

と、先生は、いいました。

「どんなやくそく?。」

「みんなは、山へいったら、いろいろなものを、たべるでしょう? たべる時は、何でも、一つだけにするっていう、おやくそくなの。

りんごも一つだけ。

バナナも、一つだけ。

みかんも、一つだけ。

もも　も、一つだけ。

二つたべては、いけません。」

「わかった、先生。一つ以上たべると、おなかをこわすからでしょ。」

「そうですよ。」

「だいじょうぶ。一つしか、たべないよ。」

みんなは、わかったしるしに、手をあげて、いいました。

「それから、まだ、おやくそくがあります。」

と、先生がいいました。

「へエー。まだあるの? なんのやくそく?」

「それは、くろい山へは、のぼらないこと。

くろい山には、大きい木が、たくさんあって、道がありません。そんなところへ行くと、まいごになって、かえれなくなりますよ。」

「はーい。わかりました。」

みんなは、わかったしるしに、手をあげました。

「わかった人は、行ってらっしゃい。」

「そんなやくそく、かんたんに、わかっちゃった。いってまいります。」

みんなは、ごふじょうへ行って、用をすましてから、ぼうしをかぶって、外へ出ました。

二人ずつ手をつないで、ならびました。

ほしぐみは、前、ばらぐみは、後です。

ばらぐみが、前になると、歩くのがおそくて、だめです。

ほしぐみが、前になると、さっさと歩きます。後のばらぐみも、まねをして、さっさと歩きます。

「いちばん前の、赤い山から、のぼろうか。

いちばん後の、もも色の山から、のぼろうか?」

と、せんとうが、みんなにむかって、ききました。

「赤がいい。」

と、ばらぐみが、いいました。

「ももがいい。」

と、ほしぐみが、いいました。

「ももからのぼって、赤をいちばんあとにすれば、かえる時、いいから。」

「そうだ。そうだ。もも色の山まで、行っちゃえ。」

と、せんとうの二人は、さっさと歩き出しました。

いちばんめの、赤い山の前へ来ました。

せんとうは、止まりません。ほしぐみも、止まりません。

ばらぐみは、止まりました。りんごがたべたくて、がまんができなくなったのです。

「ねエー、ほしぐみさーん。赤い山にのぼろうよ。りんごをたべようよ。」

ほしぐみは、歩くのをやめました。山の上から、りんごのにおいがおりて来ます。

ほしぐみも、りんごのにおいをかぐと、まてなくなりました。

「よし、赤い山からのぼろう。」

と、せんとうが、きめました。

みんなは、歌を歌いながら、山をのぼります。

お山だ　お山だ
　だんだんだん
高いぞ　高いぞ
　だんだんだん
てっぺん見えてる
　だんだんだん

山の上には、りんごの木が、二十一れつにならんでいました。どの枝も、赤いりんごで、いっぱいです。

しげるは、みんなをおいこして行って、いちばん先にりんごをとりました。

みんなは、りんごの木の下を、行ったり来たりして、大きくて、おいしそうなのを、さがしています。みんながさがしている間に、しげるは、りんごを、たべてしまいました。

「ああ、おいしかった。

さあ、行こうぜ。」

こんどは、きいろい山のバナナだ。

しげるは、立ち上りました。

「もうたべちゃったの？　早いわねえ。みんなは、今、たべてるのよ。」

「おそいなあ、早くたべちゃえよ。」

みんなは、おいしそうにたべています。

しげるは、つまらなくなりました。

「もうひとつ、たべちゃえ。」

しげるは、すみっこの、だれもいない木のところへ走って行って、もう一つ、りんごをとりました。

みんなは、りんごを一つ、たべました。

しげるは、りんごを二つ、たべました。


赤い山をおりて、きいろい山へ行きました。

きいろい山には、バナナの木が、三十一列あります。

バナナの木は、背が高くて、のぼらないと、とれません。

山のてっぺんにつくと、しげるは、みんなをおいこして行って、いちばん早く、くつをぬいで、バナナの木にのぼりました。

バナナを一本とって、たべました。

木の下の方では、みんなが、

「どの木にのぼろうかな。

どのバナナが、いちばん大きいかな。」

「どの木が、いちばん高いかな。」

「こっちにしょうか、あっちにしょうか。」

と、さわいでいます。

その間に、しげるは、バナナをたべてしまいました。

「ああ、おいしかった。」

しげるは、木からすべりおりると、

「さあ、みかんの山へ行こうぜ。」

と、大きい声で、いいました。

「もう、たべちゃったのかい。ぼくたちは、これからたべるんだぜ。」

高い木の上から、みんなが、おどろいた顔で、いいました。

「おそいなあ。早くしろよ。」

みんなは、おいしそうにたべています。

しげるは、つまらなくなりました。

「もう一つ、たべちゃえ。」

しげるは、すみっこの、だれもいない木のところへ走って行って、こっそり、のぼりました。

みんなは、バナナを一本たべました。

しげるは、バナナを二本たべました。


きいろい山をおりて、だいだい色の山にのぼりました。

だいだい色の山には、みかんの木が四十一列あります。はの間から、みかんがたくさん、顔を出しています。

しげるは、かけ出して行って、いちばん先に、みかんをとりました。

みんなは、どれがいいかしらと、みかんの木の間を、行ったり、来たりしています。


その間に、しげるは、みかんをたべてしまいました。

「ああ、おいしかった。

こんどは、ももだ。

早く行こうぜ。」

しげるは、立ち上りました。

「あら、しげるちゃんは、もうたべちゃったの。私たちは、まだよ。待っててちょうだい。」

「おそいなあ。待ってるのなんか、つまらないよ。」

みんなは、おいしそうに、たべています。

しげるは、つまらなくなりました。

「もう一つ、たべちゃえ。」

しげるは、すみっこの、だれもいない、みかんの木のところへ行って、もう一つ、たべました。

みんなは、みかんを一つたべました。

しげるは、みかんを二つ、たべました。

しげるは、おなかが、いっぱいになりました。

「さあ、出発。」

せんとうが、大きい声で、いいました。

みんなは、二人づつ手をつないで、並びました。

「こんどは、黒い山の前を通るんだからね。黒い山へはいると、まいごになるから、はいっちゃだめだよ。のろのろしないで、走っちゃおう。」

「うん。黒い山の前は、走っちゃおう。早く、もも色の山へ行って、ももをたべよう。」

だいだい色の山をおりて、黒い山の前に来ると、みんなは、走りました。

しげるは、おなかがいっぱいで、走れません。いちばん後から、一人で、歩いて行きました。黒い山の前を通りすぎないうちに、しげるは、歩くのがいやになりました。

「ぼく、ももなんか、いらないや。みんなが、帰ってくるまで、ここで、まっていようっと。」

しげるは、石の上に、こしかけました。

しげるの前には、黒い山があります。黒い木が、いっぱいはえていて、おひさまが、少ししか、さしません。夕方のようです。

しげるは、もっとよく見たくなりました。

石の上にたって、見ました。やっぱり、黒い木ばかりで、夕方のようです。

しげるは、のぼってみたくなりました。

木と木の間の、せまい所を、十歩だけ、のぼりました。

「くらいぞ。トンネルだ。」

もう十歩、のぼりました。

「ぼくは、汽車だぞ。」

もう十歩、のぼりました。

「とっきゅう、つばめ。」

両手でピストン、背中をまるくして、とっしん。

「長いトンネルだなあ。すごいぞ。すてきだぞ。」

しげるは、どんどん行きました。

のぼって行くほど、木は多くなります。

一つの根から、ふとい木が、三本も四本もはえて、枝が、からみあっています。

しげるは、もう先へ行けなくなりました。

もどろうとすると、木と木にからだをはさまれて、きゅうくつで、動けません。

「よし、くぐればいい。」

木と木の間へ、しげるは、頭をいれました。両手をいれました。次に、むねを、いれました。これで、頭と手とむねが、くぐれました。あと半分です。

ところが、おなかを、くぐらそうとした時、動けなくなってしまいました。

顔をまっかにして、ちからを出しましたが、ビクともしません。

「あ、ぬけない。こまった。」

黒い山には、だれもいません。

となりのもも色の山には、ともだちが、おおぜい、います。大きい声を出せば、もも色の山まで、聞こえるかもしれません。

しげるは、くるしいのをがまんして、

「ぬ・け・な・い・よう。

ぬ・け・な・い・よう。」

と、どなりました。

せっかく、どなっても、おなかを、しめられているので、小さい声しか、でません。

「ぬけなーい。ぬけなーい。たすけてよう。」

しげるは、かすれた声で、何かいも、さけびました。

黒い山にすんでいるおにが、しげるの声をききました。

おには、ほしぐみの男の子ぐらいで、かみはちじれ毛で、おでこに、みどり色のつのが、ありました。

目と口が大きい、かわいいおにです。

おには、ねずみ色ともも色のしまの、毛糸のパンツをはいて、きいろいシャツをきています。

きいろいシャツには、前にも、せなかにも、そでにも、ポケットがついています。

どのポケットも、りんごとみかんとももで、いっぱいです。

おには、むねのポケットから、みかんを出して、かわごと、口にほうりこみながら、枝から枝へとびうつって、しげるのところへ来ました。

「おう。どうしたい？」

と、おには、しげるにいいました。

「ぬけなーい。」

と、しげるが、いいました。

「どらどら？」

おには、枝にこしをおろすと、つまさきで、しげるのせなかを、つついてみました。

つついても、せなかは、ちっとも、動きません。

「ふーん。たすけてやりたいけど、おまえのおなかがいっぱいで、だめだ。むりしてひっぱると、おなかが、ちょん切れるからな。」

「いやだあ。早くかえりたいんだよう。」

「ここで、見てでやるから、安心しな。もう少しまてば、おなかがすいてくるよ。」

そういうと、おには、せなかへ手をまわして、せなかのポケットからバナナを出して、かわごと、たべました。

バナナをたべると、そでのポケットから、ももを出して、まるごと口へ入れ、たねまでかんでしまいました。

ももをたべると、おなかのところにあるポケットからりんごを出して、まるごと、一口で、たべてしまいました。

おには、あとからあとから、ポケットからだしては、口へ入れます。

「おまえにやりたいけど、今たべると、ぬけなくなるから、がまんしろな。」

と、おには、しげるに、やさしくいいました。

「おれは、この山のおになんだ。『くいしんぼう』ってなまえだよ。あかい山も、きいろい山も、だいだい色の山も、ももいろの山も、みんな、くろい山のともだちなんだぜ。だから、ここにすんでいれば、りんごや、バナナや、みかんや、ももが、いくらでも、たべられるんだ。

ポケットがからっぽになれば、すぐ行って、とって来るんだもの。おまえも、おににしてやろうか。おれのつのを少しけずって、水でぬらして、おでこにつければ、おにになるよ。」

「いいよう。おにになんかならないよう。」

「ふーん。おまえも、くいしんぼうみたいだけどなあ。」

「ちがうよ。」

「そうかなあ。」

おには、しげるの顔をみて、ふしぎに思いました。

「どれ。もう、おなかがすいたころだ。」

おには、もう一度、つまさきで、しげるのせなかを、つつきました。

しげるのせなかが、動きました。

「ああ、動く、動く、ぬいてやろう。手を出しな。」

しげるは、おにの方に手を出しました。

おにも、手をのばして、しげるの手をつかみました。

おにのつめは、まっくろで、一センチものびています。

「さあ、ひっぱるぞ。」

おには、しげるをひっぱりました。

「あ、ぬけた！」

しげるのからだが、やっと、木の間から、ぬけました。

それといっしょに、ズボンのおしりに、大きいあなができてしまいました。

「こっちをむきな。」

と、おには、しげるを、まわれみぎさせました。

「ほら、光が、あっちから、まっすぐ、はいってくるだろう。あの光のとおりに歩けば、下へつくよ。」

「わかった。どうもありがとう。」

しげるは、いわれたとおりに、光にむかって、山をおりて行きました。

木と木の間や、枝と枝の間を、からだをまるくしてぬけていくと、さっきの石のところへ、もどりました。

ちょうど、そこえ、ももの山から、みんなが、かえって来ました。

「あ、しげるちゃんがいる！」

せんとうは、びっくりしました。

「しげるちゃん、どうして来なかったの。ももは、おいしかったぜ。おなかが、いっぱいになっちゃったから、みんなで、やすんで来たんだよ。」

しげるは、何も、いいません。

「あれ、ズボンが、ものすごく、やぶけているよ。」

「シャツが、まっくろだ。」

みんなが、よって来ました。

しげるの白いシャツは、くろい木に、こすれて、よごれたのです。

「あら、せなかに、あしあとがついてるわ。」

おにが、つついたところです。おにの足のゆびあとが、五本ついています。

しげるは、あわてて、シャツのすそをまくりあげて、わきの下で、メリヤスのシャツも、いっしょに、まくってしまいました。おなかと、せなかが、でています。

「さあ、しゅっぱつ。」

みんなは、歩き出しました。

しげるは、いちばん後につきました。

みんなは、げんきよく、かえりました。

しげるは、やぶれたズボンをはいて、シャツを、まくりあげ、せなかとおなかを出し、おまけに、おへそまで出して、おかしなかっこうで、かえりました。

五、いやいや園

しげるは、顔をあらっていません。
しげるは、朝ごはんも、たべていません。
しげるの前には、夕べ、お父さんが買って来た、まっかな自動車があります。
それは、大型の乗用車で、大きいまどから、中にある

ハンドルや、そくどけいが、よく見えます。
自動車の前には、ライトが、右に二つ、左に二つあります。
自動車の後には、1959という、白いふだが、ついています。
これが、赤い自動車だなんて、ほんとうに、しゃくにさわります。
くろか、あおだったら、いいのです。
しげるは、がっかりしました。
「赤い自動車なんて、いやだよう。
女の自動車なんて、いやだよう。
くろいのでなくちゃ、いやだよう。」
しげるは、赤い自動車をにらみつけました。
「よう、よう、赤いのは、いやだよう。
くろいのと、とりかえて来てよう。」
しげるは、足で、ゆかを、けりました。
「いやなら、よその子へあげるよ。」
と、お父さんがいいました。
「いやだい。上げちゃいやだい。」
しげるが泣いている間に、お父さんは、おつとめに行

ってしまいました。

「しげるちゃん、まだ、ようふくをきないの？」

と、お姉さんがいいました。

しげるは、メリヤスのシャツだけです。

自動車のとなりに、お姉さんのおさがりのブラウスがあります。

あおと、きいろと、赤いしまのブラウスです。

「いやだい。女のようふくなんか。」

「そんなことないわ。男の子だって、こういうのをきますよ。」

「きないよッ。」

しげるが、おこっている間に、お姉さんは学校へ行ってしまいました。

「ほいくえんへ行く時間ですよ。」

と、お母さんがいいました。

「いやだい。ほいくえんなんか、いやだい。」

「先生が、まっていらっしゃいますよ。」

「いやだい。先生なんか、きらいだい。」

「おともだちと、あそぶんでしょう？。」

「いやだい。おともだちなんか、きらいだい。」

と、しげるが、泣きながら、いうと、

「それなら、いつまでも泣いてらっしゃい。」

と、お母さんがいいました。

「いやだい。泣くのなんか、いやだい。」

お母さんは、おべんとうを、ハンカチにつつみました。

「いやだい。おべんとうなんか、いやだい。パンをもっていくよう。」

しげるがぐずっている間に、お母さんは、おべんとうを、かばんへいれてしまいました。

「ようふくをきるんですよ。」

「いやだい。こんな、女のようふく！」

しげるは、手と足をふりまわしました。

ほいくえんのげんかんまで来ると、お母さんは、しげるにかばんと、ようふくをわたそうとしました。

「いやだ。いらない。」

しげるは、手を後にまわして、くびをふりました。

先生が出て来て、

「おべんとうをいただかないと、つよいこどもになりませんよ。」

と、いいました。

「いやだ。おべんとうなんか。」

しげるは、もういちど、くびをふりました。

「ようふくを、おきなさい。」

と、先生がいいました。

「いやだ。女のようふくなんか。」

しげるは、又、くびをふりました。

「そう。それなら、いいことがあります。」

先生は、お母さんに、いいことを、おしえてくれました。

「いやいや園に、いらっしゃい。いやいや園なら、しげるちゃんも、すきになりますよ。この前の道を、まっすぐ行くと、くだものやがあります。くだものやを右へまがって行くと、ポストがあります。ポストのところをまがると、すぐですよ。」

「どうもありがとうございます。すぐ、いってみます。」

お母さんは、しげるの手を、しっかりとつかまえて、先生にいわれた道を行きました。

「いやだよう。いやだよう。おうちの方が、いいよう。」

しげるは、お母さんに手をひっぱられながら、べそをかいています。

くだものやをまがって、ポストをまがると、あります。

「いやいや園」

せいの高い、ほそい門に、そう、かいてあります。

まどから、こどもたちが、大ぜい、顔を出して、しげるたちの方を、見ています。

「あ、泣きむしこぞうが

来た。」

「いやだようの、いやだようが、来た。」

みんなは、わざと、あごを前につき出して、しげるのまねをして、歌を歌いました。

「いやだよう、いやだよう
あまったれのなきむし
一人じゃ、あるけぬ、なきむし
いやだよう、いやだよう　の
なきむし、ヤーイ。」

「なんだって！」

しげるの顔は、まっかになりました。

お母さんは、どんどん歩いて、門をくぐりました。

「あっ、この子、いやいや園にはいるんだ。おばあさんに、おしえなくちゃ。おばあさーん。おばあさーん。」

子どもたちの顔が、まどから、うちの中へひっこみました。

「おうちへ、かえろうよ。ねェ。」

しげるは、お母さんの手を、ひっぱりました。


「ごめんください。」

お母さんがよぶと、戸があきました。

まるいはなの、少しふとったおばあさんが出て来て、しげるを見ました。

おばあさんの後では、さっきの子どもたちが、しげるを見ようと、おしあっています。

おばあさんは、青い長いスカートをはいています。

ねずみいろのうわぎから、レースのえりがでていて、あかい木の実のブローチをしています。

おばあさんは、げんきよく、

「ぼうやは、何がきらいかね。」

と、ききました。

しげるは、お母さんにしがみつきました。

お母さんが、かわりに、こたえました。

「はい。赤いものがきらいで、こまります。今朝は、おみやげの赤い自動車が気にいらないと、ごはんもたべません。おべんとうも、いやだといいます。それから、お姉さんのおさがりも、いやだといって、シャツのままなのです。」

「まあ、まあ、そうですか。」

と、おばあさんは、うれしそうにいいました。

「じゃあ、おはいり。

お母さんは、一時に、むかえに来て下さい。」

「おべんとうは？」

「けっこうです。きらいなんだから。」

「この服は？」

「けっこうです。きらいなんだから。」

「では、おねがいします。」

お母さんが、おじぎをしたのとどうじに、おばあさんの手がのびて、しげるを戸の中にひっぱりました。

「この子、赤い自動車が、きらいなんだってさ。」

「なんだ。へんなの。」

みんなは、そういいながら、しげるから、はなれて行きました。

「うちに、かえりたいようー。」

と、しげるは、おばあさんにいいました。

「一時にならなきゃ、戸があかないんだよ。それまで、すきなことをしておいで。なきたければ、おなき。けんかをしたけりゃ、けんかをするし、ゆびをなめたければ、なめてなさい。」


おばあさんはそういうと、へやのすみっこのいすにすわって、あみものをはじめました。

しげるは、へやの中をみました。

へやの中には、つみ木やままごとやお人形が、たくさん、ちらばっています。

そのまん中につったって、エプロンをかじっている子がいます。

指をしゃぶっている子もいます。

まどのところには、何もしないで、しゃがんだままの子どもたちがいます。

しげるは、足もとにあるつみ木に、さわりました。

三かく、四かく、長いのに、みじかいの、、、

「きしゃを作ろうっと。」

一つ、二つ、三つ、長いきしゃが出来たとき、

「おい、どけろ、ぼくのだぞ。」

と、むねに、エムの字をつけた男の子が来て、しげるを、おしました。

「使ってないじゃないか。」

と、しげるがいうと、

「今、使おうとおもったんだ。じゃまだ、じゃまだ。」

と、しげるを、つきのけて、

「ピー、ポー」

と、きしゃを、おして行ってしまいました。

しげるは、おばあさんのところへ、走って行きました。

「おばあさん、あのこは、ぼくのつみ木を、とっちゃったよ。」

「ああ、エムちゃんは、よくばりだからね。」

「かえしてもらってよ。」

「いやいや園じゃ、かえすのがいやな子は、かえさなくていいんだよ。」

「つまんないなあ。」

しげるは、エムちゃんのそばへ行くと、わざと、きしゃを、けっとばしました。

「こいつ!」

エムちゃんは、長いつみ木で、しげるのおしりを、ちからいっぱい、ぶちました。

「いたいよう!おばあちゃん。エムちゃんって子は、つみ木で、ぼくのおしりをぶったよう。」

しげるは、いたいおしりをさすりながら、おばあちゃんのところへ、走りました。

「いたむかね。」

おばあさんが、ききました。

「うん。いたい。」

「ちゅうしゃで、なおそうかね?」

「いやだあ。いたくないよ。」

「それじゃ、だいじょうぶ。」

オルガンがなって、おかたづけになりました。

「もう、やめたっと!」

大きい音をたてて、つみ木の家が、たおれました。

ままごとは、おぼんごと、ひっくりかえり、お人形は、なげとばされました。

「おにごっこするもの、よっといで。」

エムちゃんが、人さしゆびを立てて、歩きました。

「いれてえ。いれてえ。」

みんなが、よって来ました。

しげるは、びっくりしました。おかたづけのときに、おにごっこなんかしたら、はるの先生は、何ておこるでしょうか。

「ものおき」にきまっています。

「おにきめ、ジャン。」

「ワー、エムちゃんのおにだ。にげろ。」

みんなは、ちらばったおもちゃの間を、かけまわりました。

「しずかに！」

と、おばあさんが、手をたたきました。

「おもちゃを、かたづけておくれ。」

「いやーだよ。」

「いやーよ。」

男の子も、女の子も、くびをふりました。

「かたづくまでは、おやつにならないよ。」

「いやだあ。おばあさんが、かたづけてよ。」

「私は、おもちゃなんか、つかいませんよ。かたづけるのは、いやだね。」

「ぼくも、いやだよ。」

「わたしも、いやだわ。」

「それじゃ、すてちゃいますよ。」

「すてちゃ、いやだあ。」

「それなら、かたづけなさい。」

「かたづけるの、いやだあ。おにごっこをしたいんだもの。」

「そうだ、今日、はいった、しげるちゃんにかたづけさせちゃおう。」

と、エムちゃんが、いいました。

「君は、おにごっこをしてないんだから、かたづけなよ。」

「いやだ。みんなで、やれば、いいけど。」

と、しげるは、いいました。

「ちエッ、けちんぼ。」

すると、今まで、だまって、ころがっていたお人形たちが、立ち上りました。

「ここにいると、けっとばされたり、ふまれたり、かじられたりで、ほんとうに、いやになるわ。」

「ええ。そうね。もう、ここの子たちとあそぶのは、いやだわ。」

「かたづけられないうちに、出て行きましょうよ。」

つみ木も、ひくい声で歌いはじめました。

「いやだ、いやだ、こんなところ
あそんでしまえば、あとはポイ
なげたり、ふんだり、けられたり」

すると、ままごとどうぐが、かわいい声で、悲しそうに、いいました。

「あそんだあとは、いつも、そのまんま。だから、あたしたちは、すぐ、まいごになっちゃうのよ。」

おもちゃたちは、げんかんにむかって、歩き出しました。

お人形が、戸にさわると、戸が開きました。

お人形、つみき、ままごと、おもちゃのぎょうれつは、戸の外へ出て行きました。

一ばんうしろの、おなべが行ってしまうと、戸は、又、しまりました。

「オーイ。どこえいくんだよう。」

みんなは、まどから、よびました。

もう、そこには、何も、ありませんでした。

「おやつだから、手をあらいたい人は、あらっておいで。」

と、おばあさんが、いいました。

「わーい、おやつだぞう。」

みんなは、水道の前へ、走りました。

「私が先に来たのよ。」

「ちがうよ。ぼくだよ。」

「どいて。私に洗わせて。」

「おさないでよ。」

「いたいなッ。足をふむなよ。」

「キャッ、つめたい。水をかけないで。」

「おすなったら。エイッ。うしろへさがれ。」

「あぶないッ。おすと、あぶない。」

ゆかは、水だらけ。タオルは、ちぎれそうです。

はるの先生が見たら、何ていうでしょう。

よこはいりをしたり、おしたりする子は、「ものおき」に、きまっています。

みんなは、いすにすわりました。

いやいやえんには、ほしぐみも、ばらぐみもありません。

みんな、いっしょで、ほしぐみぐらいの、にんずうです。

しげるは、

「ここには、らいねん、学校へいける子どもは、いないんだな。」

と、思いました。

おばあさんが、大きいおぼんに、おやつのおさらをのせて来ました。

「あ、りんごだ。」
白いおさらに、赤いりんごが、ひとつづつ、のってい
ます。
しげるの、だいすきなりんごです。
ところが、しげるは、自分の前のおさらをみて、
「あ、ない!」
と、びっくりしました。しげるのおさらにあるのは、ビ
スケットです。
「おばあさん、ぼくだけ、ちがうよ。」
「ああ、そうだよ。赤いものは、きらいだからね。い
やいや園じゃ、きらいなものは、たべなくて、いいんだ
よ。」
「ぼく、りんごは、すきだよ。」
「おや、それは、ふしぎ。」
おばあさんは、目をまるくして、ふしぎそうに、しげ
るを見ました。
「じゃ、この次のおやつのときは、みんなと同じにす
るからね。」
しげるは、ビスケットをたべましたが、みんなのたべ
ているりんごの方が、ずっと、おいしそうに見えました。

おやつが終って、えをかくことになりました。おばあ
さんは、しげるに、クレヨンの箱をくれました。

「ぼくは、しょうぼうを、かくんだ!。」

しげるは、クレヨンの箱のふたを、あけました。

「赤は、どこだ?」

しげるは、クレヨンを、一本ずつ、しらべました。

二かいも、しらべましたが、赤はありません。

「おばあさん。このクレヨン、赤がないよ。」

おばあさんは、あみものをつづけながら、

「赤は、きらいだから、ないんだよ。つかわなくて、
いいよ。」

と、すましています。

「しょうぼう車を、かくんだもの。」

「くろで、おかき。」

「くろいしょうぼうなんて、ないよ。」

「じゃあ、べつのものを、おかき。」

しげるは、いすにもどりました。

もう、何も、かきたくありません。赤がないんですか
ら。

しげるは、画用紙をまるめて、かたなにしました。

「わがはいは、たんげさぜんである。」

しげるは、かためをつぶると、えをかいている子どもたちの頭を、一つずつ、たたいて行きました。

「なんだと、こいつめ。おれの方が、強いんだぞ！」

エムちゃんは、いすから立つと、しげるのかたなを、とりあげて、

「お前の頭もたたいてやらあ。」

と、しげるの頭を一つ、たたきました。

「これは、いいかたなだな。」

エムちゃんは、しげるのかたなを、自分のバンドにさしました。

「ぼくのかたなだよ。かえして。」

「いやだよ。もらったよ。」

「あげるって、いわないじゃないか。かえして。」

「アッカン、ベー。」

エムちゃんは、しげるに、赤いベロを出してみせました。

「かえせ。かえせ。」

しげるは、エムちゃんに、とびかかりました。


しげるより大きいエムちゃんは、しげるのかみの毛を、にぎりました。

しげるも、エムちゃんのかみの毛をにぎりました。

二人とも、目がつり上って、顔が、まっかになりました。

二人とも、あいてが、手をはなすまでは、ぜったいにはなさないぞ、と、にらみあっています。

「けんかだ、けんかだ。」

みんなが、さわぎました。

「おばあさん。けんかだよ。すごいよ。」

おばあさんは、あみものを止めて、しげるとエムちゃんが、とっくみあいをしているのを、見に来ました。

「ほう。すごいけんかをしてるね。今に、どっちも、手の一本ぐらい、折っちゃうだろうよ。そうしたら、わたしは、きゅうきゅう車をよぶから、よんでおくれ。」

おばあさんは、そういうと、又、いすにもどって、あみものをはじめました。

しげるとエムちゃんは、手をはなしました。

「こんな、ぼろがたな、いらないよ。」

エムちゃんは、バンドから、かたなをとると、下へす

てました。

「けんかは、もう、おしまいかね。」

と、おばあさんが、わらいました。

おべんとうになりました。

しげるは、おべんとうがありません。

エムちゃんは、サンドイッチを、ほうばりながら、しげるに、

「おべんとうは、きらいなんだろ。さては、ぼくのまねをしたな。」

と、いいました。

「まねだって？」

「そうさ。ぼくなんか、今日、お母さんが、おべんとうを持って行きなさいっていったけど、いやだって、いったんだ。そして、パンをもって来たんだよ。」

「ぼくは、まねしていったんじゃないもの。」

だって、おべんとうはいやだって、いったんじゃないか。ぼくは、えらいから、みんな、ぼくのまねをするんだ。アッハハハ、、、。」

エムちゃんは、サンドイッチの間から、ほうれんそうを外へ出しました。

「ほうれんそうって、まずいなあ。たべるのはやめたっと。」

エムちゃんのとなりでは、たまごやきのおかずの子と、おいなりさんの子が、おしゃべりをしています。

「あなたって、いつも、たまごね。」

「そうよ。たまごが、すきだからよ。あなたは、いつも、おいなりさんね。」

「そうよ。おいなりさんが、すきだからよ。朝も、おひるも、ばんも、おいなりさんをたべるの。」

しげるは、この女の子たちが、うらやましくなりました。

おばあさんは、すみっこの机で、だまって、おべんとうをたべています。

はるの先生なら、

「たまごや、おいなりさんばかりたべてると、じょうぶな子になりませんよ。」

と、いいます。

ほうれんそうをのこすと、

「なんでもたべなくては、つよいからだになりません。

わからなかったら、ものおきで、かんがえてらっしゃい。」

と、いいます。

たべてしまうまでは、あそべません。

いやいや園は、ほんとうに、いいところです。

みんなの、おべんとうは、おわりました。

きれいにたべてしまった子も、います。

しげるのおなかは、すっかり、からっぽです。

おべんとうのあとで、みんなは、うたをうたいましたが、しげるは、おなかがすいて、うたえません。

ハンカチおとしをしましたが、しげるは、おなかがすいて、うごけません。

「ぼくのおべんとうは、どうしてるかなあ。

お母さんが、たべちゃったかなあ。のこってると、いいなあ。」

一時になるまで、しげるは、おべんとうのことを、かんがえていました。

「あの自動車は、どうしたかなあ。赤は、女の色じゃないな。しょうぼうも赤いし、りんごも赤いんだもの。

赤い自動車って、かっこういいぞ。」

しげるは、お母さんがむかえに来るのを、いっしょうけんめい、まちました。

やっと、一時になりました。

お母さんが、むかえに来ました。


「また、あしたもおいで。」

と、おばあさんが、いいました。

「もう、来ないよ。」

と、しげるは、小さい声でいいました。

「へえ。いやいや園は、きらいかい。」

「ぼく、もう、赤い自動車、すきだもの。おべんとうだって、すきだもの。」

おばあさんは、がっかりしました。

「そうかい。みんな、すきなら、しょうがないね。さようなら。」

「どうもありがとうございました。」

お母さんは、おれいをいって、しげるといっしょに、外へ出ました。

「さようなら!」

「いやいや園の子どもたちが、まどから、手をふりました。

ポストをまがりました。

「いやいや園」は、もう見えません。

「お母さん、おんぶしてよ。とっても、おなかがすいて、あるけないんだもの。」

お母さんは、しげるを、おんぶして、家へかえりました。

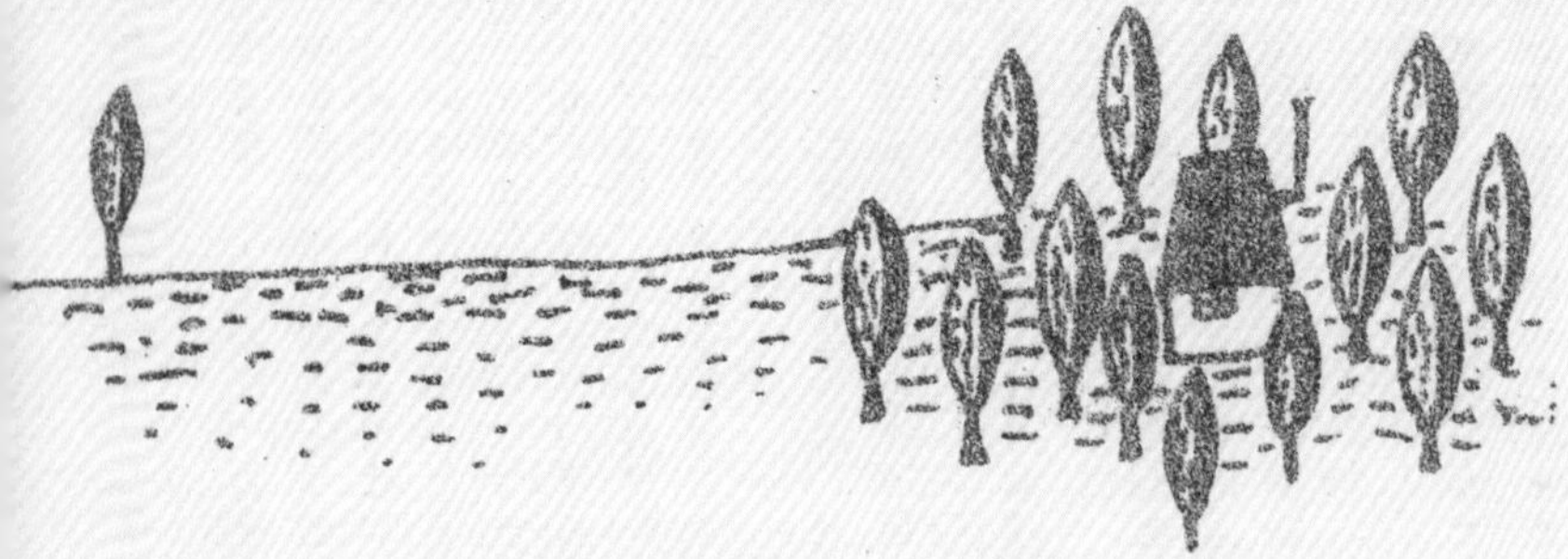

六、おおかみ

森のむこうから、おおかみが、はらっぱへ、さんぽに来ました。

おおかみは、このあたたかいのに、赤い毛糸のジャケツをきています。

はらっぱには、だれもいません。

ちょうちょうが、白い花の間を、とんでいるだけです。

風がふくと、草は、こっそり、ねむくなるにおいを、まきます。

おおかみは、いいきもちで、ねむってしまいました。


「いやいや園」からかえったしげるは、はらっぱへ行こうと、思いました。

「いやいや園」は、一時におわりましたが、「チューリップ保育園」は、三時におわります。

だから、しげるは、ひとりぼっちです。

「みんなが、かえってくるのを、はらっぱでまっていようっと。」

しげるは、はらっぱへ行きました。

しげるは、ちょうちょうをおいかけて、草の上を、走りました。

「おや！」

ねむっていたおおかみは、しげるの足音をきいて、目をさましました。

「何が来たのかな。」

おおかみは、草の間から首をのばして、しげるの方を見ました。

「今日は、めずらしく、子どもがいるぞ。ずるやすみをしたんだな。」

おおかみは、ジャケツのすそを、ゆび先でひっぱりながら、そっと、しげるの後へ、ちかずきました。

「なんて、ふとった。おいしそうな子どもだろう。フッフフ、、、、」

おおかみは、赤いしたを出して、自分の口のまわりを、なめました。

「あれ、ベロベロだって、なんだろう。」

しげるは、うしろを見ました。

おおかみの目と、しげるの目が、あいました。

「おっとっと、と、」

おおかみは、あわてて、したを口の中へひっこめました。

おおかみは、しげるの顔を見て、びっくりしました。

「この子の顔ったら、何てこった!」

おおかみは、とびあがりました。

おおかみの三かくの目が、まるくなりました。

「口のまわりのきたないこと。目のまわりのきたないこと。

ほっぺたのきたないこと。

はなの頭のきたないこと。

おでこのきたないこと。

こんなきたない顔は、見たことがない。」

しげるの口のまわりには、昨日の朝ごはんのたまごのきみから、おしょうゆ、ジャム、バター、おやつのビスケットのこな、キャラメルのしる、それに、お昼にのんだ牛乳まで、みんな、こびりついています。

ほっぺたには、クレヨンで、えがかいてあります。

おでこと、はなの頭には、どろがついています。

「こうきたなくては、うっかり、たべられないぞ。こんなのをたべたら、おなかがいたくなっちゃう。」

と、おおかみは、思いました。

「でも、せっかくふとって、おいしそうなのに、もったいないなあ。そうだ。ごしごし、あらうんだ。」

おおかみは、うれしくなって、手をたたきました。

「へえ。おおかみが、手をたたいている。おもしろいおおかみだなあ。」

と、しげるは思いました。

しげるは、おおかみを、よく見ようと、手のひらで、目をこすりました。

その手を見た時、おおかみは、又とび上りました。

しげるの手は、どろだらけです。

「おやまあ、なんという手だ。洗ったことがないらしいぞ。つめは、まっくろ。こんなのをたべたら、かいちゅうがわくぞ。ああ、ごしごし洗わなくちゃ、あぶない、あぶない。」

おおかみは、いそいで、森のむこうの家へかえりました。

しげるは、おおかみの走っていくのを見て、

「なーんだ。にげちゃった。」

と、おもいました。

しげるは、また、ちょうちょうを、おいかけました。

おおかみの家は、森のおくのおくに、ありました。

二かいだてで、ドアは、あつい木のいたです。

「いそげ、いそげ。」

おおかみは、足で、ドアをけっとばして、中へはいると、だいどころへ、とびこみました。

「おなべ、おなべ、
水だ、水だ、
まき、まき、
たきつき　たきつけ
マッチだ　マッチだ」

一ばん大きいおなべに、水を入れて、石のかまどにのせると、たきつけに火をつけました。

「もえろ　もえろ
ボンボン　もえろ
おゆだ　おゆだ
グラグラ　おゆだ。」

おおかみは、かまどの前に立って、三かくの目をつりあげ、こわい声で、めいれいしました。

「はい　はい　グラグラ、わかします。」

はい　はい　ボンボンもえます。

かまどは、あわてて、こたえました。

おおかみは、せんめんじょへ、とびこみました。

「せっけん、せっけん!」

おおかみがどなると、せんめんきが、

「ゆうべのおふろで、つかっちゃったよ。」

と、いいました。

「そうだっけ。二かいだ、あたらしいのがあるぞ。とってこよう。」

おおかみは、かいだんを、三だんずつ、かけ上りました。

「せっけん、せっけん。あった、あった。」

タオル、タオル。あった、あった。」

かまどが、下で、よんでいます。

「わいたよ。わいたよ。

ボンボンもえて、グラグラだ。」

おおかみは、タオルとせっけんをつかむと、二かいから下へ、かいだんをつかわずに、とびおりました。

おおかみは、バケツにおゆをあけると、せっけんとタオルをもって、はらっぱへもどりました。

はらっぱへついたとき、おおかみは、わすれものを、思い出しました。

「ウー しまった!」

おおかみは、ふといしっぽで、じめんをた

たきました。

「ブラッシを、わすれたぞ。

ブラッシでこすらなくちゃ、きれいにならないからな。

一はしりして、とってこなくちゃ。」

おおかみは、バケツを下におくと、今来た道を、はしりました。

バケツには、おゆがいっぱいはいっていて、重いからです。

おおかみが、ふといしっぽで、じめんをたたいたとき、しげるは、

「ピシャッって、なんだろう?」

と、おおかみの方を、見ました。

「あれ、あのおおかみったら、また、はしっていく。へんなの。」

しげるは、おおかみの、だいじなバケツを見つけました。

「あ、バケツだ。おゆがはいってる。」

しげるは、バケツの中に、少しずつ、手を入れていきました。

「おふろみたいだなあ。いいきもち。」

おゆの中で手をまわすと、おゆがバケツの外へこぼれました。

かわいた土が、しめりました。おだんごを作るのに、うまいぐあいです。

「こんどは、ふねだ。

ぞうとライオン丸。エヘン。ぼくが、キャプテンである。

ここが、海。」

バケツのおゆは、いっぺんに、外へこぼれて、海になりました。

そこえ、ブラッシを持ったおおかみが、走って来ました。

おおかみは、どろだらけのしげると、ふねと、海を見ました。

「ウー、何てこった!」

おおかみは、しっぽで、じめんをたたいてうなりました。

「バケツは、からっぽ。おまけに、こいつは、どろだらけ。チェッ、もう一かい、わかして来なくちゃならない。」

おおかみは、バケツを持つと、今来たばかりの道を、

又、走りました。

おおかみは、走りながら、

「せっけんが、もう一つ、いるぞ。たわしもだ。いそげ、いそげ。」

と、いいました。

「あのおおかみったら、また、はしっていく。へんなの。」

しげるは、海のまん中に、しまを作りました。

「おーい。しげるちゃーん。」

かばんの中で、からっぽのおべんとうばこをならして、保育園の子どもたちが、かえって来ました。

「おーい。」

しげるも、手をふりました。

「すごいなあ、しげるちゃんの顔ー」

と、みんなは、あきれてしまいました。

「いやいや園の子どもになったから、あらわなくて、いいだろう。」

と、みんなが、いいました。

「ちがうよう。ぼく、いやいや園の子どもじゃないもの。」

「やめちゃったの?」

「そうだよ。」

「どうして?。」

「チューリップの方が、いいもの。」

「いやいや園の先生、こわいの?」

「先生はいないよ。おばあさんだよ。」

「へえ。おばあさんなの。こわいおばあさん?」

「こわくないよ。おこらないもの。」

「すごく、いいな。」

と、みんなは、思いました。

「あそぼうよ。ぼく、まってたんだ。」

「うん、かばんを、おいてくるからね。」

「ぼくも、うちへ行って、あらってこよう。」

しげるも、みんなといっしょに、家へかえると、顔と手と足を、ていねいに、あらいました。

森の家へもどったおおかみは、だいどころへとびこむと、

「おなべ、おなべ

水だ　水だ
たきつけ　たきつけ
マッチだ　マッチだ。」
と、どなりました。
「もえろ、もえろ、
ボンボン　もえろ
おゆだ　おゆだ
グラグラ　わくんだぞ。」
と、こわい声で、めいれいしました。
かまどは、早口で、
「はい、はい、ボンボンもえます。」
と、どなりました。
「せっけん、せっけん、もう一つだ。」
「たわし、たわし。」
おおかみが、さわぐと、せんめんきが、
「たわしは、ここ、ここ。わたしのとなり。
ついでに、へちまも、もっていけ。
かるいしは、どうかね。
つめきりは、いらないか。」
と、いいました。

「いそいでるんだ。

たわしだけでいい。」

おおかみは、おゆをバケツにいれると、ブラッシと、たわしと、タオルと、せっけんを二つもって、はらっぱへ走りました。

おおかみは、走りながら、

「きれいにあらったら、バターをつけよう。ジャムもつけよう。チョコレートもいいな。それより、トマト・ケチャップの方が、おいしいかな。こしょうと、とうがらしを少しかけて、からくしようかな。」

と、よだれを、おとしました。

おおかみは、やっと、はらっぱへ、つきました。

ところが、はらっぱには、だれも、いません。

「ウー、何てこった!」

おおかみは、又、しっぽで、じめんをたたきました。

「せっかく、おゆをもって来たのに、どこへ行ってしまったんだ。ああ、おなかがすいた。」

おおかみは、はらっぱを、行ったり来たり、せのびをしたり、しゃがんで見たりして、しげるを、さがしました。

しげるが、来ました。

顔も、手も、足も、あらってしまったので、きれいです。

口のまわりも、ほっぺたも、はなの頭も、ひかるぐらいに、きれいです。

つめも、ちゃんと、切りました。

おおかみには、この子どもが、自分のさがしている、きたない子どもだとは、わかりません。

しげるが、

「いったり来たりして、へんな、おおかみだなあ。」

と、思っていると、おおかみが来て、

「おい、きみ。ここに、ふとった、きたない子どもがいたけど、しらないかい？」

と、ききました。

「ぼくは、きたなくないよ。」

と、しげるが、いいました。

「きみのことじゃないよ。そんなきれいな子どもとは、ちがうんだ。きもちがわるくなるぐらい、きたない子どもがいたんだよ。顔は、あらわないし、つめは、まっくろだし、おまけに、どろんこなんだ。」

しげるは、おおかみを、にらみました。

おおかみは、にらまれても、へいきで、

「そいつを、しらないか？おれは、その子が、すきなんだよ。」

と、いいました。

「いやだーい。」

しげるは、あわてて、にげました。

しげるのともだちが、ちょうど、はらっぱへあつまりました。

しげるは、みんなのところへ、とんでいきました。

おおかみは、バケツとブラシと、たわしと、タオルと、せっけんを二つ持つと、

「ちょと、まってくれ」

と、しげるを、おいかけて来ました。

みんなは、おおかみを見て、

「なんだ、なんだ。」

と、よって来ました。

「きたない子どもをさがしてるんだ。きみたち、見なかったかね？。」

と、おおかみは、あせをふきながら、いいました。

「どうして、さがしているの？」

と、ききました。

「あらってやるから。」

「どうして、あらってやるの？。」

「おなかが、いたくなるから。」

「だれの、おなかが、いたくなるの？。」

「おれのおなかだよ。」

「どうして？」

「たべるからさ。」

「どうして、たべるの？。」

「ふとってて、おいしそうだからさ。」

それをきくと、子どもたちは、いっせいに、

「こいつ！　おおかみめ！」

と、さけんで、おおかみに、とびかかりました。

おおかみの足にも、手にも、しっぽにも、耳にも、みんな、とびついて、ぶらさがりました。

「しまった。　たべるなんて、いうんじゃなかった。」

おおかみは、気がつきましたが、もう、だめです。

子どもたちは、

「一、二の三！」

と、おおかみを、草の上にたおしました。

みんなは、おおかみの上に、またがりました。

「こら！　いたづら子どもめ！

おれは、おおかみだぞ。うまじゃないぞ。

おおかみの上にのるとは、けしからん。

やい。どけ。どかないと、バターをつけて、たべちゃうぞ。」

おおかみは、おこって、あばれます。

「みんな、おりたら、だめだぞ。

しっかり、のってるんだよ。」

と、ほしぐみが、ばらぐみに、いいました。

おおかみが、立ち上ったら、たいへんです。

みんなは、ちからいっぱい、おおかみを、おさえました。

「しげるちゃん！パトロールカーを呼んで来るんだ！」

しげるは、でんわボックスまで、死にものぐるいで、走りました。

「もしもし、一一〇番です。」

「はらっぱに、おおかみがいます。」

「はい、すぐ行きます。」

パトロールカーが、二台、サイレンをならして、やって来ました。

おまわりさんが、とびおりました。

おおかみは、パトロールカーに、のりました。

パトロールカーは、サイレンをならしたまま、まっすぐ、どうぶつえんへ、行きました。

おまわりさんは、子どもたちに、

「ごほうびに、パトロールカーに、のせてあげよう。」

と、いいました。

「ばんざーい。」

みんなは、生れてはじめて、パトロールカーに、のりました。

サイレンがなっていて、しんごうのところなんか、とまりません。

前の自動車は、ぜんぶ、おいこしてしまいます。

とっても早い自動車でした。

それに、うんてんしゅが、ピストルをさげた、おまわりさんでした。

いたどりニュース

賞・賞・賞

四月には小笹正子「ネーとなかま」が日本児童文学新人賞を、五月には小池タミ子『童話劇20選』（国土社）が、日本児童演劇協会賞を受けた。更に、小池の同書は、五月五日産経児童出版文化賞の「スイセン」の部にも入選。この次は誰の番かしら、と同人一同大いに期待中。

富田・小池夫妻出版記念会

五月二十日、富田博之、小池タミ子夫妻の出版記念会が、結婚式のような雰囲気の中で、楽しく行われました。

その後日談。

西郷氏「なんだ。いたどりの連中って、ヒゲの生えた女ばかりよくも揃ったものだ。田んぼが干上った時、どじょうが、一ヵ所に集まるようにして集まったんだな。」

それを、富田夫人より聞き、いたどり一同、「ヒゲのない男に生れるより、はるかに幸せね。」と、互に、よろこびあいました。

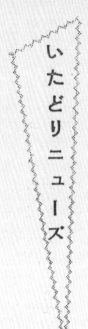

絵本研究会について　（大村　李枝子）

幼い子どもたちの文学を考えるとき、忘れてはならないものに《絵本》がある。スイスのカリジェや、アメリカに帰化したベーメルマンの大きな絵本を見て、ため息をつかれた方も多いと思う。また「ちびくら・さんぼ」「ちいさいおうち」のような絵本を幼い子どもたちが繰り返し繰り返し読む姿に、驚きの目をみはった方も多いだろう。「いたどりグループ」では、研究活動の一つとして、六、七、八月に月一回づつ《絵本研究会》をすることにし、その第一回を六月十七日に開いた。海外の絵本に造詣のふかい瀬田貞二氏が数十冊の古典的な絵本を前に熱のこもった解説をして下さり、傍らから石井桃子氏も口を添えて、その絵本の巧色、見どころを説明され、つづいて松居直氏により、日本の「コドモノクニ」（大正12～昭和10）のすぐれたシーンのスライドが紹介され、九時頃閉会した。この第一回目の会は、うけ入れ側の状態のせいもあって、アトランダムな概観に止まったが、次回はもう少しつっこんだ勉強をするようにしたい。外国のしゃれてはいても健康な絵本にくらべ、「コドモノクニ」の絵が非常に文学的・情緒的であるのには驚かされた。描き版からオフセットへの技術革新が必ずしも絵本の進歩とは一致していない点なども興味ぶかかった。

当日は、「だ・かぽ」と「童話」の有志の方、福音館、岩波の有志の方も参加された。尚、何のお礼もできないわれわれのために熱心にご協力下さった瀬田・石井・松居氏に、心から感謝を表したい。

次回　七月十五日（水）　四時半より

会場　未定

出席希望の方は33ノ〇五四一岩波気付いぬいまで乞連絡。

前号作品「小さい城壁」合評会

六月二十四日　六時より十時　鈴木宅にて。

目にもさわやかな生野菜。色どりも美しく、赤。うす緑。オレンジ色。ゆで卵。ハム。チーズ。ソーセージ。紅さけの燻製。その他。

病気中の鈴木さんのお見舞いに来たはずなのに、全員出席して、よく食べ、よく飲み？（ジュース）その上、笑った、笑った。

さて、やっと笑いおさめて声もなめらかに合評会となる。

○　大体、中学生以上なら読み出すと最後まで読めるけれど、小学生だと、プロローグのところで、まず、ひっかかるのじゃないかしら。

○　たしかに三頁の上段など、少しくど過ぎたようね。

○　私達が読むと、方言のあたたか味が、とても上品でよかったと思うけれど、子供にはそれが、負担になったらしい。

○　ある田舎の学校で、先生が読んでやったら、子供達によく理解できたということだけれど。

○　たしかに用字がむつかし過ぎたようね。

○　ストーリーは、おもしろかったけれど、登場人物が多くて、性格が充分表現できなかったのじゃないかしら。思い切ってもっと枚数をふやしても書きこんだ方がいい。

○　脱走兵のところね、作品の中で、どう位置づけるかが、むつかしいわね。今の子供は、脱走兵なんて知らないから、ぴんと来ないのじゃないかしら。

○　でもね。子供って、案外、感覚的に、とらえてくれるのじゃない？。

○　杉田先生のよさを、もっと具体的に書くとよかったわね。
○　前半と後半が切れてしまって、ヤマが二つになったという事は、プロットの立て方に一貫した構造性がなかったからね。
○　時代（大正末期）が余り感じられなかったけれど…。
○　留次はよく書けていたわ。二部に入って留次が、どういう生活をきりひらくかが、たのしみね。
○　とにかく、一部はこのままにしておいて、すぐに二部にとりかかろうと思うの。
○　その方が、絶対にいいわね。それにしても、二号までの印刷費も、やっと完了したし、よかったわね。

同人雑記

▽新人賞受賞以来、「母の友」。「児童文学」。より原稿の依頼をうけたり、共同通信社文化部からの訪問を受けたりで、私には、何もかも初めての経験で、どぎまぎさせられてしまった。また、写真入りで、二、三の地方新聞に「童話を書く主婦の典型」などと、書かれたり、批評にしても、「主婦くさい」。「もっとぬかみそくさく」。など、同時にまったく反対のことを言われたり等。自分のまわりの人が、私の作品とか私自身について、いろいろとハンコを押してくれた。迷惑なハンコ。うれしいハンコ。私はそのハンコから脱皮したいと思う。期日に迫られて、とうとう投函してから、後味が悪くて悪くて、原稿用紙を見ると頭に血が上ったりするのも、今度初めて知った。今、まだ、その状態が癒えないままでいる。

（小笹正子）

▽「小さい城壁」について、沢山の方から感想をよせて頂いた。エスペラントの本に、梗概を訳してのせて下さったというお知らせもあった。いま、後篇のプロットもかなり詳しい所までできているのだが、書き出すだけの

体力が「ゼッタイ的」に欠如している。肺活量八〇〇という体の状態は、酸素の「ゼッタイ的」欠乏であり、それはハント隊長の「エヴェレスト登頂記」の中に適確に描かれている。あの状態である。感想をよせて下さった方には、もう一度、かき直した作品を、ぜひ読んでいただきたいと思うし、そこで指摘して頂いた欠点をいくらかでも克服できていたら、それが私にできる最上のお礼だと思うのに、この体力のなさ……つくづく悲しいと思う。

（鈴木三枝子）

▽「いやいや園」をたずねて

駒沢大学の横手の細い道をくだると、水たまりと、古いバラック建の家にかこまれた原っぱに出る。むこうに見える、土をこんもりと盛り上げたトーチカみたいな小山の下には、防空壕の入口めいたコンクリートのトンネルが白く口をあけている。その原っぱのまん中に、すすけた木造の倉庫が立っていて、屋根に突き出た煙突からはボワボワと黒い煙が空に流れる。この風景は、どう見ても戦後間もなくの東京だ。十数年前の時が、そのままのんき気に居すわってしまったような、ふしぎな一角に迷いこんでしまったなと思っていると、倉庫の入口があいて、ネッカチーフをかぶった丸い顔がこちらに笑いかけた。

これがＭ保育園の大村李枝子先生。倉庫と見たのは、保育園の建物だった。

ちょうど園ではおべんとうの時間で、床だけがピカピカと光った教室のすみに、ちまちまと向い合っておべんとうをたべている子どもたちはたったの七、八人。これが年少組で、十数人の年長組は、となりの小部屋でぐるっと机をかこみ、食事の最中である。急にお客さんが入ってきたせいか、みんな最大限にすましている。

おべんとうをたべおわると、みんなは教室に集り、床にはらばいになって絵をかき出した。ものしずかな感じの園長先生と、大村先生は、ストーブのそばに椅子をひきよせ、だまって子どもたちをながめている。

みんなが、積木だの、ままごと道具だの、お人形だのを、ホール一ぱいに並べて、自由に遊び出しても、このお二人はやはり泰然としてすわったまま。ごくたまに、進行中の遊びへの手きびしい批判や、簡単な指示などをさりげない調子で投げかける。

なるほど全体から受ける印象は、表面的にはひどく地味でそっけない。が、子どもたちは決して甘やかされていないかわりに、完全に一人前の人格としてみとめられ、ひとりひとりの創造力は、生活全体の中でのびのびと育てられていく。ここでくわしく紹介することのできないのは残念だが、子どもたちが、先生そっちのけで、わいわいと無秩序にやっているように見える遊びが、いつの間にかおどろくほど豊かにふくらんでしまう。「劇あそび」というのは、ほんとうはこういうものではないのだろうか。

とにかく、子どもたちが二十数名に先生が二人――。こんなにゼイタクな保育園はそうザラにはありません。そして、最近倉庫をひきはらって、新築の建物に引越したという話なので、わが「いやいや園」はますますもってゼイタクになったわけであります。

（小池タミ子）

いたどりシリーズ・3
いやいやえん
大村李枝子　作

一九五九年七月一日印刷
一九五九年七月五日発行　（頒価70円）
発行人　小笹正子
編集人　小池・鈴木・いぬい
印刷所　草土社
渋谷区代々木富ヶ谷町一四六六　(46)三一五四